I0632173

17218
H

# MEMOIRES

*POUR SERVIR*

## A L'HISTOIRE

### DES

# HOMMES

## ILLUSTRES.

*TOME XVIII.*

# MEMOIRES

*POUR SERVIR*

## A L'HISTOIRE

### DES

## HOMMES

### ILLUSTRES

### DANS LA REPUBLIQUE DES LETTRES.

*AVEC*

### UN CATALOGUE RAISONNÉ,

de leurs Ouvrages.

## TOME XVIII.

A LA SCIENCE

BIBLIOTHEQUE DE L'ARSENAL

## A PARIS,

Chez B R I A S S O N , Libraire , ruë S. Jacques ,
à la Science.

___

## M. DCC. XXXII.

Y² H2 8697   18-

# TABLE ALPHABETIQUE
## des Auteurs.

a iij

# TABLE DES AUTEURS.

*Fin de la Table Alphabetique.*

# MEMOIRES
## *POUR SERVIR*
# A L'HISTOIRE
# DES
# HOMMES
## ILLUSTRES
## *DANS LA RE'PUBLIQUE des Lettres.*

Avec un Catalogue raifonné
de leurs Ouvrages.

---

## J E A N   R A C I N E.

*EAN RACINE* naquit
le 21. Decembre 1639. à
la *Ferté-Milon*, où fon
pere, après avoir été
élevé dans le Regiment
des Gardes en qualité de Cadet, s'é-
toit établi, & avoit époufé *Marie des
Moulins.*

*Tome XVIII.* A

**J. RA-**
**CINE.**

Sa mere étant devenuë veuve, lorfqu'il n'étoit encore que dans l'enfance , fe retira à l'Abbaye de *Port-Royal*
*des Champs* , & le mit en penfion aux
*Granges* , maifon voifine de cette
Abbaye, où la grande réputation des
folitaires , qui y demeuroient, avoit
attiré plufieurs Penfionnaires.

M. *le Maître* y prit un foin particulier de fon éducation. Le Sacriftain
de l'Abbaye , homme très-habile,
qui étoit *Claude Lancelot* , lui apprit
le Grec , & le mit en moins d'une
année en état d'entendre les Tragedies de *Sophocle* & d'*Euripide*. Elles
l'enchanterent à un tel point, qu'il
paffoit les journées entieres à les lire
& à les apprendre par cœur , dans les
Bois qui font au tour de l'Etang de
*Port-Royal.*

Il trouva le moyen d'avoir le Roman de *Theagene* & de *Chariclée* , en
Grec ; mais le Sacriftain le lui prit ,
& le jetta au feu. Huit jours après
*Racine* en eut un autre , qui éprouva
le même traitement. Il en acheta un
troifiéme , & l'apprit par cœur ; après
quoi il l'offrit au Sacriftain , pour le
brûler comme les deux autres.

J. RA-
CINE.

En fortant de *Port-Royal*, il vint à *Paris*, & fit fa Logique au College d'*Harcourt*. La Poëfie Françoife commençoit alors à l'amufer, & il compofa dès lors des Pieces, qui meriterent l'applaudiffement des connoiffeurs, & qui firent juger qu'il iroit loin en ce genre.

En 1660. tous les Poëtes ayant fait par émulation des Pieces de Vers fur le Mariage du Roy, *Racine* fe mit auffi fur les rangs, & compofa une Ode, où il introduit la Nymphe de la Seine faifant une efpece d'Epitalame très-fin & très-ingenieux. Il le porta manufcrit à *Chapelain*, qui lui donna de bons avis, le prit en amitié, & fit fi bien valoir fon Ode dans l'efprit de M. *Colbert*, que ce Miniftre envoya d'abord cent Louis de la part du Roy au jeune Auteur, & quelque temps après le mit fur l'Etat, pour une penfion de fix cens livres, qui lui a été payée jufqu'à fa mort.

Ce fut apparemment avant qu'il eût cette penfion, qu'il forma le deffein de fe retirer à *Uzés*. Car ayant alors perdu fa mere, & fe voyant avec peu de bien, il profita des offres que lui fit un de ses oncles, Chanoine Regulier, Official, & Vicaire Genéral d'*Uzés*, de lui résigner un Prieuré de son Ordre qu'il possedoit, dans l'esperance qu'il en prendroit l'habit.

Le jeune *Racine*, âgé alors de 22. ans alla pour ce sujet à *Uzés* & prit possession du Prieuré ; mais pour l'habit, comme il differoit toûjours à le prendre, un Regulier lui disputa ce Bénéfice & l'emporta. Voilà le Procès, *que ni ses Juges, ni lui, n'avoient jamais bien entendu*, à ce qu'il dit dans la Préface de ses *Plaideurs*.

Il possedoit encore ce Prieuré, lorsqu'il obtint le Privilege de son *Andromaque*, qui est du 28. Decembre 1667. puisqu'il y prend la qualité de *Prieur de l'Epinay* ; mais il ne l'avoit plus apparemment l'année suivante, cette qualité ne paroissant point dans le Privilege des *Plaideurs*, qui est daté du 5. Decembre 1668.

Le succès de l'Ode, qu'il avoit faite sur le Mariage du Roy, l'ayant animé à s'élever plus haut, il commença à travailler pour le Theâtre, & à composer ces Pieces admirables,

dont tout le monde connoît aſſez le
merite , pour que je n'aye pas beſoin
de le relever ici.

Ce qu'il fit en ce genre le broüillà
avec Meſſieurs de *Port-Royal.* Pluſieurs traits aſſez vifs lancés par M.
*Nicole* dans ſes *Viſionnaires* & les *Imaginaires* contre les Pieces de Theâtre ,
& contre leurs Auteurs , piquerent
fortement *Racine.* Il crut qu'ils s'a-
dreſſoient à lui , & écrivit contre M.
*Nicole* une Lettre fort animée , où
ſans parler preſque du ſujet de leur
differend , il s'efforça de tourner en
ridicule les Solitaires & les Religieu-
ſes de *Port-Royal.* Meſſieurs *du Bois*
& *Barbier Daucour* ayant fait chacun
de leur côté une réponſe à cette Lettre , *Racine* leur en oppoſa une ſeconde auſſi animée que la premiere.

Cependant il ſe réconcilia dans la
ſuite ſincérement avec le *Port-Royal* ,
lorſqu'il eut une fois quitté la Comé-
die & les Comédiennes ; deux articles
ſur leſquels la Mere *Agnés* , ſa tante ,
ſœur unique de ſon pere , & qui a été
Abbeſſe de *Port-Royal* , ne ceſſoit de
lui faire des exhortations.

Elles lui étoient néceſſaires ſurtout

J. RA-
CINE.

par rapport au dernier article , puifqu'il avoit aimé long-temps la
*Champmêlé*, fameufe Actrice , dont
il avoit même eu un fils , & qu'il ne
fe dégoûta d'elle , que lorfqu'elle
l'eut quitté pour M. *Clermont de Ton-*
*nerre* ; ce qui fit dire alors de cette
Actrice , qu'un *Tonnerre l'avoit Déra-*
*cinée.*

Après avoir rompu entierement
avec le Theâtre , il fe maria en 1677.
& époufa *Catherine Romanet* , fille
d'un Tréforier de France d'*Amiens* ,
dont il a eu trois filles & deux fils ,
dont le plus jeune eft connu par fon
talent pour la Poëfie.

Ce fut apparemment vers le même
temps , qu'il acheta une Charge de
Tréforier de France dans la Generalité
de *Moulins* ; à laquelle il ajoûta depuis
celles de Secretaire du Roy , & de Gen-
til-homme ordinaire de fa Chambre.

Il avoit été reçu à l'Academie
Françoife le 12. Janvier 1673. à la
place de M. de *la Mothe-le-Vayer* ,
avec Meffieurs *Flechier* & *Gallois*. M.
*Flechier* parla le premier en cette occafion , & fut infiniment applaudi.
*Racine* , qui parla enfuite , gâta fon

diſcours par la trop grande timidité J. R A-
avec laquelle il le prononça ; ainſi CINE.
voyant qu'il n'avoit pas été goûté,
il ne voulut pas le donner à l'Imprimeur.

Il fut nommé en 1677. avec M.
*Boileau Deſpreaux*, pour écrire l'Hiſtoire du Roy *Louis XIV*. & l'on at-
tendoit quelque choſe de parfait de
ces deux fameux Ecrivains ; mais
cette attente n'a abouti à rien. » *Deſ-*
» *preaux* & *Racine*, dit M. *de Valin-*
» *court* après avoir quelque temps
» eſſayé ce travail, ſentirent qu'il
» étoit tout-à-fait oppoſé à leur ge-
» nie ; & d'ailleurs ils jugerent avec
» raiſon, que l'Hiſtoire d'un Prince
» tel que le feu Roy, & remplie d'é-
» venemens ſi grands & ſi extraordi-
» naires en tout genre, ne pouvoit,
» ni ne devoit être écrite que cent ans
» après ſa mort ; à moins que de vou-
» loir ne donner que de fades extraits
» de Gazettes, comme ont fait les
» miſerables Ecrivains, qui ont vou-
» lu ſe mêler de faire cette Hiſtoire.

*Racine* employa les dernieres années de ſa vie à écrire l'Hiſtoire de
*Port-Royal*, qui fut dépoſée à ſa mort

A iiij

par ses ordres entre les mains de personnes interessées à la conserver. M.
l'Abbé *d'Olivet*, qui en a vû un
échantillon, assûre que si jamais elle
s'imprime, elle achevera de lui donner parmi ceux de nos Auteurs qui
ont le mieux écrit en Prose, le même rang qu'il tient parmi nos Poëtes.

Quatre ou cinq mois avant sa
mort, il fut attaqué d'une fiévre
violente, dont il guerit à force de
quinquina. Il se croyoit hors d'affaire, lorsqu'il lui perça tout d'un
coup, à la région du foye, une espece
de petit abcès, qui jettoit tous les
jours un peu de matiere, & auquel
les Chirurgiens ignorans ne firent
pas assez d'attention. Un matin,
étant entré dans son Cabinet, pour
prendre du Thé selon sa coûtume, &
s'appercevant que cet abcès étoit se-
ché & refermé, il fut frappé d'effroy,
& s'écria qu'il étoit un homme mort.
Il descendit aussi-tôt dans sa chambre, & se mit au lit, d'où en effet il
n'est pas relevé depuis. On reconnut
bien-tôt, que c'étoit un abcès formé
dans le foye. Ses douleurs devinrent
si cruelles, qu'une fois il s'échappa à

demander s'il ne feroit pas permis de J. RA-
les faire ceffer, en terminant fa ma- CINE.
ladie & fa vie par quelque remede.
Mais la Religion étouffa bien-tôt en
lui cette penfée, & il mourut dans
des fentimens très-chrétiens, le 22.
Avril 1699. âgé de 59. ans.

Il avoit ordonné par fon teftament
que fon corps fut porté à *Port-Royal
des Champs* ; & fa volonté fut exe-
cutée : mais lorfqu'on ruina cette
maifon, fes os furent rapportez à *S.
Etienne du Mont*, & enterrez vis-à-
vis la Chapelle de la Vierge, proche
l'endroit où eft enfeveli M. *Pafcal*.

Il étoit d'une taille médiocre,
d'une phyfionomie agréable, & d'un
exterieur ouvert. Il avoit le nez poin-
tu ; ce qui marque, felon *Horace*, un
efprit porté à la raillerie. Il étoit en
effet railleur, & d'une raillerie amé-
re ; mais dans les dernieres années de
fa vie, la pieté, dont il faifoit profeffion, l'avoit porté à fe modérer fur
cet article. Au refte s'il relevoit avec
plaifir le ridicule d'un fot heureux, il
avoit cela de bon, qu'il étoit plein
de compaffion & toûjours prévenu
favorablement pour ceux qui fouf-
froient.

Pour peu qu'il fût échauffé dans la conversation, il avoit l'éloquence la plus vive & la plus persuasive du monde; c'est ce qui lui faisoit quelque fois regretter de ne s'être point fait Avocat au Parlement.

Il possedoit au suprême degré le talent de la déclamation. C'étoit même assez sa coûtume de déclamer ses Vers avec feu à mesure qu'il les composoit. Pendant qu'il travailloit à sa Tragedie de *Mithridate*, il alloit tous les matins aux Thuilleries, où travailloient alors toutes sortes d'Ouvriers. Recitant là un jour ses Vers à haute voix, sans s'appercevoir seulement qu'il y eût quelqu'un dans le Jardin, il s'y trouva tout d'un coup environné de tous ces Ouvriers, qui avoient quitté leur travail pour le suivre, le prenant pour un homme, qui par desespoir alloit se jetter dans le grand Bassin.

Je n'entreprendrai point de faire ici le parallele de *Corneille* & de *Racine*; c'est une chose qui se trouve par tout. Je me contenterai de dire avec M. *Perrault*, que » si *Corneille* » surpasse *Racine* du côté des senti-

» mens heroïques , & de la grandeur   J. RA-
» du caractere qu'il donne à fes per-  CINE.
» fonnages , le même *Corneille* lui eft
» inferieur dans les mouvemens de
» tendreffe , & dans la pureté du
» langage.

Catalogue de fes Ouvrages.

1. *La Nymphe de la Seine à la Reine.*
*Ode.* 1660. J'en ai parlé ci-deffus. Ce
fut cette Ode qui commença à le
faire connoître. Elle a été inferée
dans un *Recüeil de Poéfies Chrétiennes*
*& diverfes, dedié à M. le Prince de*
*Conti, par M. de la Fontaine.* Pàris
1671. *in-*12. 3. Tomes. On l'a auffi
mife à la tête de l'Edition des *Oeuvres*
*de Racine* faite à *Paris* en 1728.

2. *La Thebaïde , ou les Freres enne-*
*mis. Tragedie* 1664. Cette Piece qu'il
compofa fous les yeux de *Moliere* , à
qui il s'étoit attaché , & dont il re-
toucha depuis la verfification , quoique bien éloignée de la perfection de
celles qu'il compofa depuis , fit juger
fans peine de quoi il étoit capable. Ce
qu'il y a de fingulier , c'eft que l'a-
mour , à qui il a donné tant de part
dans fes autres Tragedies , n'en a
prefque pas dans celle-ci.

**J. RA-**
**CINE.**

3. *La Renommée aux Muses. Ode*
1664. It. dans l'Edition de ses Oeuvres de 1728.

4. *Alexandre. Tragedie* 1666. M.
*de Valincour* rapporte à l'occasion de
cette Piece, un fait qu'il dit tenir de
*Racine* même : » C'est qu'étant allé la
» lire au grand *Corneille*, *Corneille*
» lui donna beaucoup de loüanges ;
» mais en même temps lui conseilla
» de s'appliquer à tout autre genre
» de Poësie qu'au Dramatique, l'as-
» sûrant qu'il n'y étoit pas propre.
» *Corneille*, ajoûte M. *de Valincour*,
» étoit incapable d'une basse jalou-
» sie : s'il parloit ainsi à *Racine*, c'est
» qu'il pensoit ainsi. Mais on sçait
» qu'il preferoit *Lucain* à *Virgile*,
» d'où il faut conclure que le talent
» de faire excellemment des Vers, &
» l'art de juger excellemment des
» Poëtes & de la Poësie, peuvent
» quelque fois ne se pas rencontrer
» dans la même tête. « Une chose
qu'on a trouvé à redire dans l'*A-*
*lexandre* de *Racine*, est qu'il ait fait
*Porus* plus grand qu'*Alexandre* même ; mais il s'en justifioit en disant
que le beau caractere du vaincu relevoit celui du vainqueur.

5. *Lettre à l'Auteur des Herefies* J. RA-
*Imaginaires, & des deux Visionnaires* CINE.
1666. Cette Lettre, dont j'ai déja
parlé, a été inférée dans un *Recueil
de Pieces choifies, tant en Profe qu'en
Vers*, publié par les foins de M. de
*la Monnoye*, à *la Haye*, comme porte
le titre, ou plûtôt à *Paris* en 1714,
*in*-12. 2. Vol. enfuite dans les *Memoires de Trevoux* du mois d'Octobre
1714. pag. 1716. dans les dernieres
Editions de *Boileau*, où elle ne paroît pas trop à fa place ; enfin dans
l'Edition des Oeuvres de *Racine* de
1728.

6. *Seconde Lettre aux deux Apologi-
ftes de l'Auteur des Herefies Imaginaires.*
1666. Cette Lettre où *Racine* répond
à M. *du Bois* & à *Barbier Dancour*,
eft datée du 10. May 1666. & parut
dans ce temps-là. Mais M. *Racine*
l'ayant fupprimée, lorfqu'il fe réconcilia avec Meffieurs de *Port-Royal*,
elle devint fort rare. On l'a réimprimée dans les *Memoires de Trevoux* de
Mars 1724. p. 474. dans les dernieres
Editions de *Boileau*, & dans l'Edition des Oeuvres de *Racine* de 1728.

7. *Andromaque, Tragedie* 1668.

J. RA-
CINE.

Cette Piece eut un grand succès ; mais elle trouva des Censeurs : on condamna surtout le caractere de *Pyrrhus*, qu'on trouva trop violent, trop farouche, & trop emporté. Ce fut le jugement qu'en porterent quelques personnes judicieuses, particulierement le Grand Prince de *Condé*. On fit même alors une Critique de la Tragedie en forme de Comedie, dans laquelle on accusoit encore *Pyrrhus* de brutalité, & même d'être un malhonnête homme, parce qu'il manquoit de parole à *Hermione*. Le Sieur *de Subligny*, qui en étoit l'auteur, l'intitula : *La folle Querelle, ou Critique d'Andromaque, Comedie en Prose. Paris* 1668. *in-*12. Mais tout cela ne fit aucun tort ni à la Piece, qui n'en fut pas moins admirée, ni au Poëte qui s'encouragea de plus en plus à se perfectionner, & qui prit encore de plus grandes précautions dans la composition des Tragedies qu'il fit depuis. C'est à quoi M. *Despreaux* fait allusion dans ces Vers de sa Septiéme Epître à M. *Racine.*

*Toi donc, qui t'élevant ſur la Scene*
 *tragique,*
*Suis les pas de Sophocle, & ſeul de tant*
 *d'Eſprits,*
*De Corneille vieilli ſçais conſoler Paris;*
*Ceſſe de t'étonner, ſi l'envie animée,*
*Attachant à ton nom ſa roüille enve-*
 *nimée,*
*La calomnie en main quelquefois te*
 *pourſuit.*
*En cela, comme en tout, le Ciel qui nous*
 *conduit,*
*Racine, fait briller ſa profonde ſa-*
 *geſſe.*
*Le merite en repos s'endort dans la*
 *pareſſe;*
*Mais par les envieux un genie excité,*
*Au comble de ſon art eſt mille fois*
 *monté.*
*Plus on veut l'affoiblir, plus il croît &*
 *s'élance.*
*Au Cid perſecuté Cinna doit ſa naiſ-*
 *ſance,*
*Et peut-être ta plume aux Cenſeurs de*
 *Pyrrhus*
*Doit les plus nobles traits dont tu peignis*
 *Burrhus.*

J. RA-
CINE.

Au reste il ne faut pas oublier que l'*Andromaque* coûta la vie à *Mont-fleuri*, célebre Comedien, qui fit de si grands efforts pour représenter le personnage d'*Oreste*, qu'il en mourut.

8. *Les Plaideurs*, *Comedie* 1668. La lecture des *Guêpes d'Aristophane* fit naître à *Racine* le dessein de cette Piece, & la conjoncture du Procès pour le Bénéfice dont il avoit été pourvu, qu'il perdit dans ce temps-là, l'engagea à la composer : il n'y travailla cependant pas seul ; plusieurs personnes y contribuérent, comme nous l'apprenons par une Note de M. *Brossette* sur la seconde Epigramme de *Despreaux*, où il parle ainsi : » Dans la place du Cimetie-
» re *Saint-Jean* à *Paris*, il y avoit
» alors un Traiteur fameux, chez qui
» s'assembloit tous les jours ce qu'il y
» avoit de jeunes Seigneurs des plus
» spirituels de la Cour, avec Mes-
» sieurs *Despreaux*, *Racine*, *la Fon-*
» *taine*, *Chapelle*, *Furetiere*, & quel-
» ques autres personnes d'élite ; &
» cette Troupe choisie avoit une
» chambre particuliere du Logis,

qui

» qui leur étoit affectée. En ce temps-   J. RA-
» là les Caffez n'étoient pas encore CINE.
» établis. Dans ce célebre Réduit ils
» inventoient mille ingenieuſes fo-
» lics. Là fut compoſée la Parodie de
» quelques Scenes du *Cid*, ſur une
» prétenduë querelle de *la Serre* &
» de *Chapelain*, avec l'enlevement
» de ſa perruque à calote : là fut ima-
» ginée la Métamorphoſe de cette
» fameuſe perruque en Comete : là
» fut faite en très-peu de jours la Co-
» medie des *Plaideurs* de *Racine*. En-
» fin il ne ſeroit pas poſſible de ra-
» conter toutes les plaiſanteries fines
» & délicates, que ce Rendez-vous
» a vû naître. Il y avoit ſur la table
» de cette chambre un Exemplaire de
« *la Pucelle* de *Chapelain*, qu'on y
» laiſſoit toûjours : & quand quel-
» qu'un d'entre eux avoit commis
» une faute, ſoit contre la pureté
» du langage, ſoit contre la juſteſſe
» du raiſonnement, ou quelque
» autre ſemblable, il étoit jugé à la
» pluralité des voix, & la peine or-
» dinaire qu'on lui impoſoit, étoit de
» lire un certain nombre de Vers de
» ce Poëme. Quand la faute étoit

*Tome XVIII.*      B

» confiderable, on condamnoit le dé-
» linquant à en lire jufqu'à vingt, &
» il falloit qu'elle fût énorme pour
» être condamné à lire la page en-
» tiere, tant la lecture de ce Poême
» leur paroiffoit ennuïeufe & affom-
» mante.

La Comedie des *Plaideurs* fut d'a-
bord affez mal reçuë. » Aux deux
» premieres reprefentations, dit M.
» *de Valincour*, les Acteurs furent
» prefque fifflez, & n'oferent hafar-
» der la troifiéme. *Moliere*, qui
» étoit alors broüillé avec Racine, alla
» à la feconde ; mais ne fe laiffa pas
» entraîner au jugement de la Ville,
» & dit en fortant, que ceux qui fe
» moquoient de cette Piece, meri-
» toient qu'on fe moquât d'eux. Un
» mois après les Comediens étant à
» la Cour, & ne fachant qu'elle pe-
» tite Piece donner à la fuite d'une
» Tragedie, rifquerent les Plaideurs.
» Le feu Roy, qui étoit très-férieux,
» en fut frappé, y fit même de grands
» éclats de rire, & toute la Cour,
» qui juge ordinairement mieux que
» la Ville, n'eut pas befoin de com-
» plaifance pour l'imiter. Les Come-

» diens partis de *Saint-Germain* , dans  J. RA-
» trois caroffes, à onze heures du foir, CINE.
» allerent porter cette bonne nou-
» velle à *Racine*, qui logeoit à l'Hôtel
» des Urfins. Trois caroffes après mi-
» nuit , & dans un lieu où jamais il
» ne s'en étoit tant vû enfemble ,
» réveillerent tout le voifinage. On
» fe mit aux fenêtres, & comme on
» vit que les caroffes étoient à la por-
» te de *Racine* , & qu'il s'agiffoit des
» Plaideurs, les Bourgeois fe perfua-
» derent qu'on venoit l'enlever, pour
» avoir mal parlé des Juges. Tout
» *Paris* le crut à la Conciergerie le
» lendemain ; & ce qui donna lieu
» à une vifion fi ridicule, c'est qu'ef-
» fectivement un vieux Confeiller
» des Requêtes avoit fait grand bruit
» au Palais contre cette Comedie.

    9. *Britannicus , Tragedie* 1670. Il
nous apprend lui-même que c'est de
fes Tragedies celle qu'il a le plus
travaillée, & cependant que le fuccès
ne répondit pas d'abord à fes efpe-
rances. A peine parut-elle fur le
Théâtre , qu'il s'éleva quantité de
Critiques, qui fembloient la devoir
détruire ; mais les Critiques fe font

J. RA-
CINE.

évanoüis, & la Piece eſt demeurée;
& c'eſt une de celles de *Racine*, que
la Cour & le Public revoyent le plus
volontiers.

10. *Berenice*, *Tragedie* 1671. Cette
Piece eut auſſi des Cenſeurs, qui re-
procherent à *Racine*, qu'elle n'étoit
qu'un tiſſu d'Elegies. Le Theâtre
Italien en fit une Critique boufonne,
& l'on appliqua aux pleurs de *Bere-*
*nice* une vieille Chanſon du Pont-
neuf.

*Marion pleure*, *Marion crie*,
*Marion veut qu'on la marie.*

Cependant cette Tragedie triom-
pha de toutes les Critiques, & la
Cour & la Ville ſe paſſionnerent
pour elle. Long-temps après qu'elle
eut commencé à paroître, le Grand
*Condé*, chez qui on parloit ſouvent
des Ouvrages d'eſprit, dit à ſon
ſujet ces deux Vers où *Titus* parle de
ſa maîtreſſe.

*Depuis cinq ans entiers chaque jour je la*
*vois*,
*Et crois toûjours la voir pour la premiere*
*fois.*

11. *Bajazet*, *Tragedie* 1672. Ce fut J. RA= apparemment pour ne plus fe ren- CINE. contrer avec *Corneille*, comme il avoit fait jufques-là, qu'il traita ce fujet. Ceux qui avoient avancé qu'il n'avoit réüffi dans fes Pieces précedentes, que parce qu'il n'avoit travaillé que d'après les Anciens, dont il empruntoit toutes les beautez, n'eurent rien à oppofer aux applaudiffemens qui accompagnerent celle-ci.

12. *Mithridate*, *Tragedie* 1673.

13. *Iphigenie*, *Tragedie* 1675. Cette Piece mit le comble à la réputation de l'Auteur. La difpute fur les Anciens & les Modernes étoit alors dans fa plus grande chaleur. M. *Perrault* avoit fait un Paralléle de l'Opera d'*Alcefte* de *Quinaut* & de l'*Alcefte* d'*Euripide*, & avoit donné la préference au premier. *Racine* crut devoir vanger le Tragique Grec, & fit dans fa Préface de l'*Iphigenie* une Apologie d'*Euripide*, qui eut les fuffrages de tous les Sçavans.

14. *Phedre*, *Tragedie* 1677. *Racine* fit reprefenter, pour la premiere fois, cette Piece le premier jour de Jan-

J. RA-
NE.

vier de l'an 1677. fur le Theâtre de l'Hôtel de Bourgogne. Quelques perfonnes de la premiere diftinction, unies de goût & de fentimens, entr'autres la Ducheffe de *Bouillon*, & le Duc de *Nevers*, ayant appris quelque temps auparavant qu'il y travailloit, engagerent *Pradon* à faire une Tragedie fur le même fujet, pour mortifier *Racine*, & pour faire tomber fa Piece, quand elle paroîtroit. *Pradon* fier de quelque fuccès que la Cabale avoit procuré à fes premieres Tragedies, fut affez vain pour ofer joûter contre cet illuftre Poëte. Il compofa donc fa *Phedre* par émulation, & la fit reprefenter deux jours après celle de *Racine*, par les Comediens du Roy. Quelque mauvaife que fût cette Piece, elle ne laiffa pas de paroître d'abord avec éclat, & de fe foûtenir même pendant quelque temps. Deux chofes principalement contribuerent à ce fuccès ; la concurrence des deux Tragedies, que tout le monde voulut voir, & les applaudiffemens exceffifs que les Protecteurs de *Pradon* donnerent à fa Piece. Madame *des Hou-*

*lieres*, que *Pradon* conſultoit ſurtout ce qu'il faiſoit, & qui prenoit pour ce ſujet interêt à la réüſſite de ſa Tragedie, voulut voir la premiere repreſentation de celle de *Racine*. La prevention la lui fit trouver mauvaiſe, & revenuë chez elle, elle fit en ſoupant avec quelques perſonnes, parmi leſquelles étoit *Pradon*, ce fameux Sonnet contre la Piece qu'elle venoit d'entendre.

*Dans un fauteuil doré Phedre tremblante*
    *& blême*,
*Dit des Vers où d'abord perſonne n'en-*
    *tend rien.*
*Sa Nourrice lui fait un Sermon fort*
    *Chrétien*,
*Contre l'affreux deſſein d'attenter ſur*
    *ſoi-même.*

*Hippolyte la hait preſque autant qu'elle*
    *l'aime.*
*Rien ne change ſon cœur, ni ſon chaſte*
    *maintien.*
*La Nourrice l'accuſe : elle s'en punit*
    *bien.*
*Theſée a pour ſon fils une rigueur ex-*
    *trême.*

J. RA-
CINE.

*Une groſſe Aricie* (a) *au teint rouge,*
　*aux crins blonds,*
*N'eſt-là que pour montrer deux énor-*
　*mes t.....*
*Que malgré ſa froideur Hippolyte ido-*
　*lâtre.*

*Il meurt enfin, traîné par ſes courſiers*
　*ingrats,*
*Et Phedre après avoir pris de la Mort-*
　*aux-Rats,*
*Vient, en ſe confeſſant, mourir ſur le*
　*Theâtre.*

Ce Sonnet ſe répandit bien-tôt
dans *Paris.* Dès le lendemain matin
l'Abbé *Tallemant* l'aîné en apporta
une copie à Madame *des Houlieres,*
qui la reçut, ſans rien témoigner de
la part qu'elle avoit au Sonnet, &
elle fut enſuite la premiere à le montrer, comme le tenant de l'Abbé *Tal-*
*lemant.*

Les amis de *Racine* crurent que ce
Sonnet étoit l'Ouvrage de M. le Duc
de *Nevers*, l'un des Protecteurs de

(a) C'étoit la *Deſœillets*, peu jolie;
mais excellente Actrice.

Pradon ; car pour *Pradon* lui-même,     J. RA=
ils ne lui firent pas l'honneur de le CINE.
foupçonner d'en être l'Auteur. Dans
cette penfée ils tournerent ainfi ce
Sonnet contre M. de *Nevers* fur les
mêmes rimes.

> *Dans un Palais doré, Damon jaloux*
> > *& blême*
> *Fait des Vers, où jamais perfonne n'en-*
> > *tend rien.*
> *Il n'eft ni Courtifan, ni Guerrier, ni*
> > *Chrétien,*
> *Et fouvent pour rimer il s'enferme lui-*
> > *même.*
>
> *La Mufe par malheur le haït autant*
> > *qu'il l'aime.*
> *Il a d'un franc Poëte & l'air & le main-*
> > *tien.*
> *Il veut juger de tout, & n'en juge pas*
> > *bien ;*
> *Il a pour le Phoebus une tendreffe ex-*
> > *trême.*
>
> *Une Sœur vagabonde, aux crins plus*
> > *noirs que blonds,*
> *Va dans toutes les Cours offrir fes deux*
> > *t . . . . .*

*Tome XVIII.*        C

*Dont malgré son Païs son Frere est ido-
lâtre.*

*Il se tuë à rimer pour des lecteurs in-
grats.*
*L'Eneide est pour lui pire que la mort-
aux-rats,*
*Et selon lui Pradon est le Roy du Theâ-
tre.*

On attribua à *Racine* & à *Despreaux*
cette réponse trop satyrique & trop
maligne, puisqu'elle va jusqu'à attaquer les mœurs, & la personne.
Mais voyant que M. de *Nevers* disoit
par tout qu'il les faisoit chercher,
pour les faire assassiner, ils la désa-
voüerent hautement ; sur quoi M.
le Duc, *Henri Jule*, fils du Grand
*Condé*, leur dit : *Si vous n'avez pas
fait le Sonnet, venez à l'Hôtel de Condé,
où M. le Prince sçaura bien vous gara-
tir de ces menaces, puisque vous êtes in-
nocens ; & si vous l'avez fait, venez
aussi à l'Hôtel de Condé, & M. le Prince vous prendra de même sous sa protection, parce que le Sonnet est très-plai-
sant & plein d'esprit.* Ils ont assûré depuis que ce Sonnet avoit été fait par

le Chevalier de *Nantouillet*, avec le Comte de *Fieſque*, le Marquis *d'Ef-* *fiat*, M. de *Guilleragues*, & M. de *Manicamp*. C'étoit en effet l'Ouvrage d'eux tous enſemble.

M. de *Nevers* repliqua par cet autre Sonnet, qui eſt auſſi ſur les mêmes rimes.

*Racine & Deſpreaux l'air triſte & le*
    *teint blême,*
*Viennent demander grace, & ne con-*
    *feſſent rien ;*
*Il faut leur pardonner, parce qu'on eſt*
    *chrétien ;*
*Mais on ſçait ce qu'on doit au public, à*
    *ſoi-même.*

*Damon pour l'interêt de cette Sœur qu'il*
    *aime,*
*Doit de ces ſcelerats châtier le main-*
    *tien :*
*Car il ſeroit blâmé de tous les gens de*
    *bien,*
*Sil ne puniſſoit pas leur inſolence ex-*
    *trême.*

*Ce fut une furie, aux crins plus noirs*
    *que blonds,*

J. RA-
CINE.

*Qui leur preſſa du pus de ſes affreux*
    *t . . . . .*

*Ce Sonnet qu'en ſecret leur cabale ido-*
    *lâtre.*

*Vous en ſerez punis , ſatyriques in-*
    *grats ,*
*Non pas en trahiſon d'un ſou de mort-*
    *aux-rats ,*
*Mais de coups de baton donnez en plein*
    *Theâtre.*

Cette querelle fut enfin terminée
par la médiation de quelques perſonnes du premier rang.

Au reſte la *Phedre* de *Racine* , après
avoir été ſur le point d'échoüer , eût
bien-tôt des applaudiſſemens univer-
ſels , pendant que celle de *Pradon*
tomba dans un oubli , dont elle n'a
jamais pû ſe retirer.

15. *Idylle ſur la Paix* 1685. Elle a
été miſe en Muſique par M. *Lulli.*

16. *Diſcours prononcé à la Réception*
*de Meſſieurs Thomas Corneille , & Ber-*
*geret à l'Academie Françoiſe , en* 1685.
Dans le Recuëil de cette Academie.

17. *Eſther , Tragedie* 1689. *Racine*

ayant été chargé par Madame de **J. RA-**
*Maintenon* de compoſer quelque Tra- **CINE.**
gedie pour amuſer les jeunes Demoi-
felles qu'on éleve dans la Maiſon
Royale de S. *Cyr*, & de tirer fon ſujet de l'Ecriture, il choiſit l'Hiſtoire
d'*Eſther*, qu'il accommoda ſi bien au
Theâtre, que rien n'a jamais été plus
touchant ni plus agréable. Il y in-
ſera quantité de chœurs, pour donner lieu d'y faire entrer de la Muſique, & ces chœurs ne ſont qu'un
tiſſu des ſentimens les plus tendres
& les plus pathetiques des Pſeaumes,
des Prophêtes, & de divers autres
endroits de l'Ecriture Sainte. Il ob-
ſerva la même choſe dans ſon *Athalie*,
qu'il compoſa deux ans après pour les
mêmes Demoiſelles. Il fit encore
plus ; car comme il excelloit dans la
déclamation, il prit lui-même le ſoin
d'inſtruire les jeunes Actrices, & les
mit en état de donner un ſpectacle
agréable & touchant.

18. *Cantiques ſpirituels* 1689.
19. *Athalie, Tragedie* 1691.
20. *Epigrammes diverſes*. Dans les
Recuëils de ſon temps.

Toutes les Pieces de Theâtre de

J. RA-
CINE.

*Racine* ont été imprimées plusieurs
fois enſemble en deux Volumes *in*-12.
Les anciennes Editions ſont les plus
belles & les plus exactes ; les dernieres de *Paris* ſont horribles, & à peine
liſibles. M. de *la Martiniere* en a
donné une fort belle à *Amſterdam*
en 1722. en 2. Vol. *in*-12. Il y a joint
la Vie de *Racine* & tous ſes autres Ouvrages, qui n'avoient encore paru
que ſéparément, ou dans d'autres
Recüeils, avec quelques Pieces qui
le concernent ; comme la Satyre in-
genieuſe que M. *Barbier Daucour* a
faite contre lui, ſous le titre d'*Apol-
lon Charlatan.* Cette Edition a été
copiée dans celle que la Compagnie
des Libraires a donnée à *Paris* en
1728. *in*-12. 2. Vol. Cette derniere
eſt fort vilaine & fourmille de fautes
d'impreſſion. Les Oeuvres de *Racine*
ont été auſſi imprimées à *Londres* en
1723. en 2. Vol. *in*-4°. Edition fort
belle ; mais qui ne peut avoir d'autre
uſage que de parer des Bibliotheques.

V. ſa *Vie par M. de la Martiniere.
Une Lettre de M. de Valincour inſerée
dans l'Hiſtoire de l'Académie Françoiſe*

*de M. l'Abbé d'Olivet, avec les Addi-* J. RA-
*tions de ce Sçavant. Les Eloges de M.* CINE.
*Perrault,* Tome 2. *La deſcription du*
*Parnaſſe François par M. Titon,* pag.
*292. Baillet, Jugemens des Sçavans*
*ſur les Poëtes modernes,* N°. 1553.
*Notes de M. Broſſette ſur Boileau. Diſ-*
*ſertation ſur les caractères de Corneille*
*& de Racine. Paris* 1709. *in-*12.

---

# MICHEL POCCIANTI.

**M**ICHEL *Poccianti* naquit à *Flo-* M. Poc-
*rence* l'an 1535. Après avoir CIANTI.
fait ſes études, il entra dans l'Ordre
des Servites, & y fit profeſſion dans
leur Couvent de l'Annonciade, qui
eſt dans cette Ville.

Il régenta pluſieurs années la Philoſophie & la Theologie, tant dans
cette Maiſon, que chez les Benedictins du *Mont-Caſſin,* & s'adonna enſuite à la Prédication. Les occupations que lui donnerent ces differens
emplois ne l'empêcherent pas de ſe
livrer au goût qu'il avoit pour l'Hiſtoire. Il s'appliqua principalement à
celle de ſon Ordre, & à celle des

**M. Poc-CIANTI.** Sçavans de fa patrie. Mais il vêcut trop peu pour donner quelque chofe d'exact; d'ailleurs cet efprit de critique, qui eft indifpenfablement néceffaire pour réüffir en ce genre, n'étoit gueres connu de fon temps. Ainfi il ne faut pas s'étonner fi tout ce qu'il nous a laiffé merite peu d'attention.

Son merite perfonnel l'éleva aux principales Charges de fon Ordre, dans lefquelles il n'oublia rien pour infpirer à fes Confreres l'amour des Sciences & des Lettres. Il forma pour cela une Bibliotheque dans le Couvent de l'Annonciade, & la remplit des meilleurs Livres qu'il put trouver.

Il mourut à Florence d'une mort prématurée, le 6. Juin 1576. (a) âgé feulement de 41. ans.

Catalogue de fes Ouvrages.

1. *Hiftoria, feu Chronicum rerum totius facri Ordinis Servorum B. Mariæ Virginis ab anno 1233. ad annum 1567. Florentiæ 1567. & 1616. in-4°.*

2. *Vite de' Sette Beati Fiorentini, Fondatori del Sagro Ordine de Servi,*

(a) *Negri* s'eft trompé en avançant fa mort à l'année 1566.

con un' *Epilogo di tutte le Chiefe, Monifteri, Luoghi Pii, è Compagnie della
Citta di Firenze, del P. M. Michele
Poccianti, Fiorentino, Servita. Con la
giunta di molte cofe notabili circa le vite
de' Sette Beati, Chiefe, Monifteri, &c.
è due difcorfi, uno della nobilta de' Fiorentini, l'altro della Religione de' Servi.
Il tutto compofto dal P. M. Luca Ferrini da Prato dell' Ordine de' Servi. In
Fiorenza 1589.in-8°.* Luc *Ferrini* avoit
été difciple de *Poccianti*, & ce fut
par amitié pour lui, qu'il entreprit de
publier les Ouvrages qu'il avoit laif-
fez imparfaits avec des Additions de
fa façon.

3. *Catalogus fcriptorum Florentino-
rum omnis generis, quorum & memoria
extat, atque lucubrationes in literas re-
latæ funt ad noftra ufque tempora* 1589.
*Auctore P. M. Michaele Pocciantio,
Florentino, Ordinis Servorum B. M. V.
Cum Additionibus fere* 200. *fcriptorum
Fratris Lucæ Ferrinii, alumni, facræ
Theologiæ Profefforis. Florentiæ* 1589.
*in-4°.* Si *Baillet* avoit parcouru cet Ou-
vrage, il n'auroit pas dit que c'eft un
*Recueil fort accompli* des Ecrivains de
*Florence.* Non feulement *Poccianti*

M. Poc-
CIANTI.

& son Continuateur ont omis un grand nombre d'Ecrivains, que l'on peut voir dans la Bibliotheque de *Negri* ; ce qu'ils ont dit de ceux dont ils font mention, est encore très-imparfait. Les Eloges qu'ils donnent ne font gueres qu'un ramas de generalitez qui n'apprennent rien, & qu'une indication fort vague de leurs Ouvrages, où ils ne se font pas mis en peine de distinguer ceux qui ont été imprimez, d'avec ceux qui ne l'ont point été. D'ailleurs le Continuateur n'a pas eu soin de marquer les articles qui viennent de lui, & les Additions qu'il a faites à ceux de *Poccianti.* De-là vient qu'on trouve dans plusieurs Eloges des contradictions, tant par rapport aux dates, que par rapport aux particularitez ; *Luc Ferrini*, qui croyoit être mieux instruit que lui sur certains points, ayant ajoûté ce qu'il sçavoit à ce que *Poccianti* avoit dit, sans vouloir cependant rien retrancher de son texte. Mais il arrive assez souvent qu'ils se trompent tous les deux.

4. *Mystica Coronæ Annorum Beatæ Mariæ Virginis numero Sexaginta trium*

*Miraculorum reſpondentium Opus,* à M. Poc-
*Michaele Pocciantio inceptum. Floren-* CIANTI,
*tiæ* 1596. *in*-8o *Poccianti* a commencé
cet Ouvrage, & *Luc Ferrini*, ſon
diſciple, l'a achevé & l'a publié. Il
ne donne pas grande idée du ſçavoir
de *Poccianti*, ni de ſon Continuateur.

V. *Poccianti Catalogus ſcriptorum*
*Florentinorum*, p. 128. *Ghilini Theatro*
*d'Huomini Letterati,* tom. 2. p. 196.
*Negri Scrittori Fiorentini.*

---

# RICHARD STANYHURST.

R ICHARD *Stanyhurſt* naquit R. STA-
vers l'an 1552. à *Dublin* en Ir- NYHURST
lande, de *Jacques Stanyhurſt*, Greffier
de cette Ville.

Il étudia la Grammaire ſous *Pierre*
*Whyte*, à qui les Catholiques d'Irlande confioient alors volontiers
leurs enfans, parce qu'il profeſſoit
leur Religion. Il alla enſuite en 1568.
à *Oxford*, où il fit en peu de temps
des progrès ſi conſiderables dans la
Philoſophie, qu'au bout de deux
ans il compoſa un Commentaire ſur

R. Sta- *Porphyre*, n'ayant alors que dix-huit
Nyhurst ans.

Après s'être fait recevoir Maître-
ès-Arts, il quitta le Collège de l'U-
niversité auquel il étoit aggregé, &
alla à *Londres*, où il étudia pendant
quelque temps en Droit.

De-là il s'en retourna dans son
Païs & s'y maria. Mais son inconf-
tance naturelle ne lui permit pas de
s'y fixer. Il paffa bien-tôt la mer &
alla voyager dans les Païs-Bas, en
France, & en d'autres endroits, où
fa capacité lui procura plufieurs con-
noiffances.

Dans ces entrefaites fa femme mourut, & étant peu de temps après
entré dans l'état Ecclefiaftique, il fut
ordonné Prêtre. Ce changement lui
procura un Pofte auprès d'*Albert*,
Archiduc d'Autriche, Gouverneur
des Païs-Bas, qui le fit fon Chapelain
& lui donna une bonne penfion.

Il eft mort dans cet emploi à *Bruxelles* l'an 1618. âgé d'environ 66.
ans.

Catalogue de fes Ouvrages.

1. *Harmonia, five Catena Dialectica
in Porphyrianas Conftitutiones. Londini*

1570. *in-fol. Edmond Campian* ayant lû cet Ouvrage en manuſcrit, en prit occaſion de faire ainſi l'Eloge de *Stranyhurſt* dans une de ſes Lettres : *Mirifice lætatus ſum, eſſe adoleſcentem in Academia noſtra, tali familia, eruditione, probitate, cujus extrema pueritia cum multis laudabili maturitate viris certare poſſit.*

2. *De rebus in Hibernia geſtis Libri IV. Antuerpiæ* 1584. *in-4°.*

3. *Rerum Hibernicarum Appendix, ex Silveſtro Giraldo Cambrenſi Collecta, cum annotationibus adjectis.* Cet Appendix eſt joint à l'Ouvrage précedent.

4. *Deſcription de l'Irlande,* ( en Anglois) Inſerée dans le premier Volume des Chroniques de *Raphael Holingſhed. Londres* 1586. *in-fol.*

5. *De Vita S. Patricii Hyberniæ Apoſtoli Libri duo. Antuerpiæ* 1587. *in-8°.*

6. *Hebdomada Mariana, ex Orthodoxis Catholicæ Romanæ Eccleſiæ Patribus collecta, in memoriam ſeptem feſtorum Beatiſſimæ Mariæ Virginis. Antuerpiæ* 1606. *in-8°.* Il ſe qualifie à la tête de cet Ouvrage *Sereniſſimorum Princi-*

R. STA-*pum Sacellanus*, par où il entend le
NYHURST Duc *Albert* & la Princesse *Isabelle-*
*Claire-Eugenie*, sa femme.

7. *Hebdomada Eucharistica ex sacris*
*Litteris & Patribus. Duaci* 1 6 1 4,
*in -* 8°.

8. *Brevis præmunitio pro futura con-*
*certatione cum Jacobo Usserio, qui in*
*sua Historica explicatione conatur pro-*
*bare Pontificem Romanum ( Legitimum*
*in terris Christi Vicarium ) verum &*
*germanum esse Antichristum. Duaci*
*1615. in-*8°. J'ai parlé dans l'article
d'*Usserius*, Tome 5. pp. 112. de cet
Ouvrage de *Stranyhurst*, qui étoit
oncle d'*Usserius* ; & qui lui écrivit
outre cela plusieurs Lettres, pour
tâcher de le convertir à la Religion
Catholique. Mais il y avoit trop
d'inégalité entr'eux, par rapport à
l'habileté & au sçavoir, pour que
son zele put produire quelque chose.

9. *Les Principes de la Religion Ca-*
*tholique.* ( en Anglois ) *Wood*, qui
cite cet Ouvrage, dit que ne l'ayant
point vû, il ne sçait ni quand, ni où
il a été imprimé.

10. *Les quatre premiers Livres de*

*l'Eneide de Virgile*, *traduits en vers* R. STA-
*Anglois*, *avec quelques autres Poëſies.* NYHURST
*Londres 1583. in-8°.* Il travailla à cette
traduction, qui eſt bonne pour le
temps où il vivoit, pendant quelque
ſéjour qu'il fit à *Leyde* en Hollande.
Les autres Poëſies imprimées à la ſuite
de cette traduction, ſont une autre
traduction auſſi en Vers Anglois,
non rimez comme les précedens,
des quatre premiers Pſeaumes de
*David*, & quelques autres Pieces de
divers genres, tant Angloiſes que
Latines. On y voit entr'autres l'Epitaphe de *Jacques Stanyhurſt*, pere de
notre Auteur, qui nous apprend qu'il
mourut à *Dublin* le 27. Decembre
1573. âgé de 51. ans.

   *Sotwel*, dans ſa Bibliotheque des
Auteurs Jeſuites, parle d'un *Guillaume Stanyhurſt* né à *Bruxelles* en
1601. qui ſe fit Jeſuite en 1617. &
mourut en Janvier 1665. après avoir
publié quelques Ouvrages. *Wood*
croit que c'étoit le fils de notre Auteur.

   V. *Antoine Wood Athenæ Oxonien-
ſes & Hiſtoria Univerſitatis Oxonienſis.*

## JEAN-BAPTISTE GELLI.

J. B.
GELLI.

JEAN-BAPTISTE *Gelli* naquit vers l'an 1498. à *Florence* de parens fort peu confiderables. Il fut lui-même obligé d'apprendre un métier, pour gagner de quoi vivre, & il choifit celui de Tailleur, foit que fon pere fut déja de cette profeffion, comme le dit *Ghilini*, foit que fon goût particulier le lui eut fait preferer aux autres.

La plûpart de ceux qui ont parlé de lui le font Cordonnier ; mais fans aucun fondement. Ils n'ont pas entendu le nom de *Calzaivolo*, que les Italiens lui donnent, & qui ne fe peut entendre, que d'un Ouvrier, qui fait des chauffes, ou plûtôt d'un Tailleur ; ou bien ils l'ont confondu avec celui de *Calzolaio*, qui fignifie effectivement un Cordonnier. Ils auroient reconnu facilement leur erreur, s'ils avoient parcouru les Lettres de *Pafquier*, qui dit dans la premiere de fon premier Livre : *Nous avons vû en notre jeune âge dans la Ville*
*de*

*de Florence Jean-Baptiſte Gello exerçant* J. B.
*avec les Lettres la Couture.* Ou bien GELLI.
s'ils avoient lû ces Vers de *Matthieu*
*Toſcan* dans le quatriéme Livre de
ſon Ouvrage, intitulé : *Peplus Ita-*
*liæ*, à la loüange de *Gelli.*

*Quæ Calamo æternos conſcripſit dextera*
  *Libros,*
  *Sæpe hæc cum gemino forcipe rexit*
  *acum.*
*Induit hic hominum peritura corpora*
  *veſte,*
  *Senſa tamen Libris non peritura*
  *dedit.*

  Et ceux de *Tanſillo*, où il lui parle
ainſi :

*Con ago è penna i voſtri amici, voi*
  *Or d' abito adornate, ed or di glo-*
  *ria,*
  *E fate veſte al tempo, è veſte eter-*
  *na.*

  Malgré les occupations méchaniques de *Gelli*, l'étenduë & la pénétration de ſon eſprit lui firent acquerir de grandes connoiſſances dans les
  *Tome XVIII.* D

J. B.
GELLI.

Belles-Lettres. M. *de Thou* & *Pasquier* se sont trompez en disant qu'il ne sçavoit pas le Latin : il falloit bien qu'il le sçût, & même plus que passablement, puisque *Paul Jove* l'engagea à traduire du Latin la Vie du Duc de *Ferrare*, & que ce fut à la priere de *Simon Porzio* qu'il mit en Italien quelques-uns de ses Opuscules Latins.

Il s'appliqua aussi beaucoup à la Philosophie morale, & à l'Histoire naturelle ; mais il excella sur tout dans sa propre Langue. Quoiqu'il ait donné une traduction Italienne de l'*Hecube* d'*Euripide*, il n'est pas sûr qu'il ait sçu la Langue Gréque, puisqu'il est facile de voir qu'il n'a fait cette traduction que sur les Versions Latines, que l'on avoit alors.

Son merite le fit bien-tôt connoître, & lui acquit une grande réputation : il fut en liaison avec tous les beaux esprits de *Florence*, & l'Academie de cette ville s'empressa de le mettre au nombre de ses membres. M. *de Thou* dit qu'il en fut le second fondateur ; mais c'est une nouvelle faute de cet Auteur. L'His-

toire de cette Académie ne dit rien  J. B.
de ſemblable. On y voit ſeulement GELLI.
qu'il y fut aggregé quelque temps
après qu'elle ſe fut formée l'an 1540.
ſous le nom d'*Academia degli Umidi.*

La Ville de *Florence* fit auſſi à *Gelli*
l'honneur de le tirer en quelque maniere de la vile condition d'Artiſan,
en le mettant au nombre de ſes Bourgeois. Mais il ne laiſſa pas d'exercer
ſon métier juſqu'à la fin de ſa vie, &
il marque dans une de ſes Lettres,
qu'il y travailloit les jours ouvriers,
pour avoir de quoi vivre, & qu'il
réſervoit les Dimanches & les Fêtes
à l'étude & aux travaux de l'eſprit.
Cette Lettre, qui eſt adreſſée à *François Melchiori*, & datée du 3. Mars
1553. fait connoître ſa modeſtie, par
les reproches qu'il lui fait de lui donner des titres honorables, qui ne
convenoient pas à la baſſeſſe de ſa
condition.

Il mourut au mois de Juillet 1563.
dans la 65e. année de ſon âge, & fut
enterré le 25. de ce mois dans l'Egliſe de *Sainte - Marie la Neuve* des
Dominicains de *Florence*, comme il

D ij

J. B.
GELLI.

paroît par les Regiſtres mortuaires
de cette Egliſe.

On voit par-là l'erreur de *Michel Poccianti*, qui dans ſon Catalogue des Ecrivains de *Florence* le fait mourir en 1562. date qu'il oublie auſſi-tôt ; puiſque deux lignes plus bas il met ſa mort en 1568. Son défaut de memoire s'étend auſſi ſur le lieu de la ſepulture de *Gelli*, qu'il place au premier endroit dans l'Egliſe de *Sainte-Marie la Neuve*, & au ſecond dans celle de *la Trinité*. On pourroit dire pour le juſtifier de s'être contredit ſi ridiculement, que le ſecond endroit a été ajoûté par *Luc Ferrini*, ſon Continuateur, qui n'a rien voulu retrancher de ſon Ouvrage, & s'eſt contenté d'y ajoûter ce qu'il a jugé à propos pour le corriger, ce qui paroît aſſez vraiſemblable. Quoiqu'il en ſoit de ce fait, l'un & l'autre auroit facilement reconnu la fauſſeté de ſes dates, s'il avoit fait réflexion qu'on a l'Oraiſon funébre de *Gelli*, par *Michel Capri*, imprimée ſous ce titre : *Orazione di Michele Capri Calzaivolo, nella morte di Gio. Battiſta Gelli.*

*In Fiorenza* 1563. *in-4°.* On avoit ef-    J. B.
fectivement, pour la rareté du fait, GELLI.
choiſi *Capri*, qui étoit Tailleur,
comme *Gelli*, & dont on a quelques
Poëſies Italiennes, pour faire ſon
Oraiſon funébre.

  *Ghilini* a mis auſſi la mort de *Gelli*
en 1568. mais cet Auteur eſt ſans
conſequence, & on peut dire que
quand il rencontre juſte dans ſes dates, c'eſt par hazard. Cependant il
a été ſuivi par *Freher, Konig, Baillet,*
& pluſieurs autres.

  Catalogue de ſes Ouvrages.

  1. *Dialoghi del Gelli. In Fiorenza*
1546. *in-4°.* Il n'y a que ſept Dialogues dans cette Edition ; *Gelli* y en
ajoûta depuis trois autres, & fit imprimer le tout ensemble, ſous le
titre ſuivant :

  2. *J. Capricci del Bottaio di Giov.*
*Battiſta Gelli. In Fiorenza* 1549. *in-8°.*
It. *La quinta impreſſione accreſciuta è ri*
*formata. In Fiorenza, Lorenzo Torren-*
*tino* 1551. *in-8°.* Il y a pluſieurs Editions de cet Ouvrage ; mais cette derniere eſt la meilleure de toutes. On
en a une traduction Françoiſe, intitulée : *Diſcours Fantaſtiques de Juſtin*

- J.  B. *Tonnelier, traduit de l'Italien de J. B.*
GELLI.  *Gelli, par C. D. K. P.* ( c'est-à-dire,
*Claude de Kequifinen, Parisien* ) Lyon
1566. *in-8°.* & 1575. *in-16.*

    3. *La Circe. In Firenze* 1549. &
1550. *in-8°.* Il y a plusieurs autres
Editions de cet Ouvrage ; mais ces
deux font les meilleures. Le P. *Jerô-*
*me Giannini*, de *Capugnano*, Dominicain, mort en 1604. en a donné
une qui merite d'être rapportée ici,
parce qu'il y a joint ses remarques.
Elle est intitulée : *La Circe di Giov.*
*Battista Gelli, nella quale Uliffe ed*
*alcuni trasformati in fere difputano dell'*
*eccellenza, è della Miferia dell' Vomo,*
*è degli animali, con belliffimi difcorfi,*
*paralleli, ed Iftorie; aggiuntevi le An-*
*notazioni è gli argomenti, da Maeftro*
*Girolamo Giannini da Capugnano,*
*Frate Predicatore. In Venetia* 1600. &
1609. *in-8°. Du Parc* en a fait une
traduction Françoise, dont la feconde Edition parut à *Lyon* en 1572.
*in-16.* On en a aussi une traduction
Latine, imprimée fous ce titre : *De*
*Naturæ humanæ fabrica Dialogi decem;*
*in quibus Ulyffes cum aliis quibufdam*
*Græcis, qui in varias belluarum formas*

*tranſmutati erant, de Hominis, Ani-
mantiumque reliquorum præſtantia ac* GELLI.
*miſeria diſputat. Opuſculum olim à
Joanne Baptiſta de Gello, Academico
Florentino, Italico Sermone proditum,
nunc multis in locis reſtitutum, & in
Latinum converſum à Johanne Wolfio.
Amberga* 1609. *in-*12. Je ne vois pas
pourquoi *Van-der-Linden* a fait entrer dans ſon Livre de *Scriptis Medicis,* cet Ouvrage, qui n'a aucun rapport à la Medecine. Les Dialogues
que contient la *Circe* de *Gelli* ſont
faits, de même que les autres du
même Auteur, à l'imitation de ceux
de *Lucien.*

4. *Tutte le Lezioni di Gio. Battiſta
Gelli fatte da lui nell' Accademia Fiorentina. In Firenze* 1551, *in-*8º. Ces
Diſſertations roulent ſur les Poëſies
du *Dante* & de *Petrarque.* Il y en a
douze en tout. Quelques-unes avoient
déja été imprimées; ainſi la premiere
ſe trouve dans le premier Livre des
*Lezzioni di Accademici Fiorentini ſopra
Dante. In Firenze* 1547. *in-*4º. Mais
il y a quelques differences.

5. *Lettura di Giov. B. Gelli ſopra lo
Inferno di Dante letta nell' Accademia*

*Fiorentia. In Firenze* 1554. *in-8°. Lettura seconda sopra lo Inferno di Dante. In Firenza* 1555. *in-8°. Lettura terza, &c.* Ibid. 1556. *in-8°. Lettura quarta.* Ibid. 1558. *in-8°. Lettura quinta.* Ibid. 1558. *in-8°. Lettura sesta.* Ibid. 1561. *in-8°. Lettura settima.* Ibid. 1561. *in-8°.* Toute cette suite de Pieces concerne l'Enfer du *Dante*, dont *Gelli* avoit entrepris de donner l'explication.

6. *L'Ecuba, Tragedia di Euripide, tradotta in lingua volgare, in-8°.* sans date, ni nom de lieu ; il est probable cependant que l'Edition est de *Florence*.

7. *La Sporta, Commedia. In Firenze* 1550. *in-8°.* Cette Comedie a été réimprimée plusieurs fois. *Allatius,* p. 301. de sa *Drammaturgia*, nous apprend qu'on a retranché plusieurs choses dans les Editions modernes. Il pouvoit ajoûter qu'on a fait aussi des retranchemens dans d'autres qui ne le sont pas ; comme dans celle des *Giunti*, de l'an 1566.

8. *Lo Errore, Commedia. In Firenze* 1603. *in-8°.* Il y a des Editions plus anciennes de cette Comedie, qui est
écrite

écrite en Proſe , auſſi-bien que la J. B.
précedente. GELLI.

9. *Trattato de' Colori degli Occhi dell' Eccel. Filoſofo Simone Porzio Napolitano , tradotto in Volgare. In Firenza* 1551. *in-*8°. *Porzio* dans une Lettre , qui eſt à la tête de cette traduction , témoigne en être très-content , & aſſûre que *Gelli* a fort bien compris toutes ſes penſées, & les a fidellement exprimées. Ce qui fait voir que *Gelli* ſçavoit fort bien le Latin , & il falloit que *Porzio* fût bien convaincu de ſon habileté en ce genre, puiſqu'il l'avoit choiſi préferablement à tant d'autres Sçavans , qui étoient alors à *Florence* , pour mettre en Italien ſon Ouvrage Latin.

10. *Se l'Uomo diventa buono o cattivo volontariamente. Diſputa di Simone Porzio Napoletano , tradotta in volgare. In Firenza* 1551. *in-*8°.

11. *Diſputa di Simon Porzio Napoletano ſopra quella Fanciulla della Magna , la qual viſſe due anni , o piu , ſenza mangiare e ſenzabere , tradotta in Lingua Fiorentina. In Firenze , in-*8°. ſans date.

12. *Modo di Orare Chriſtianamen-*

*Tome XVIII.* E

*te, con la Spofizione del* Pater noster, *di* Simon Porzio, *tradotto in Volgare.*
In Firenze 1551. *in-8°.*

13. *La Vita di Alfonfo da Efte, Duca di Ferrara, Scritta dal Vefcovo Giovio, tradotta in Lingua Tofcana. In Firenze 1553. in-8°.*

14. *Ragionamento fopra le difficulta del mettere in Regole la noftra Lingua. In Firenze in-8°.* fans date. Avec un Ouvrage de *Pierre-François Giamb ul-lari, della Lingua, che fi parla è fi fcrive in Firenze.*

15. Il eft l'Auteur des Stances, qui fe trouvent dans un Livre, intitulé : *Apparato è Fefte nelle Nozze dell' Illuftr. Sign. Duca di Firenza, con le Stanze, Commedia, & Intermedi in quella recitati. In Firenze 1539. in-8°.*

16. On trouve deux Lettres de lui, dans le fecond Livre d'un Recüeïl fait par *Paul Manuce,* qui a pour titre : *Lettere di diverfi Nobilif-fimi vomini. In Venetia 1563. in-8°.* L'une eft adreffée à *François Mel-chiori,* & l'autre à *Thomas Cambi.* Il traite fçavamment dans cette dernie-re de l'origine de l'amitié, furtout de celle qui n'eft fondée fur aucun interêt.

V. *Notizie Letterarie ed Iftoriche
intorno à gli vomini illuftri dell' Accademia Fiorentina, Parte I. In Firenze
1700. in-8°. Negri Scrittori Fiorentini.*
Ce qu'il en dit eft tiré de l'Ouvrage
précedent. *Ghilini, Teatro di vomini
Letterati. Poccianti, Catalogus fcriptorum Florentinorum.* L'article de *Gelli*
qu'on lit dans ces deux Auteurs,
mais furtout dans le dernier, femble
fait en dépit du bon fens. *Freher
Theatrum Viror. Doctor.* auffi peu
exact que *Ghilini* & *Poccianti* qu'il a
copiez. *Eloges de M. de Thou, & les
Additions de Teiffier.*

# AUGUSTIN NIPHUS.

AUGUSTIN *Niphus* naquit vers
l'an 1473. à *Iopoli* dans la Calabre , comme l'assûre *Gabriel Barri*
dans les Antiquitez de cette Province , & non point à *Sessa* , dans la
terre de Labour , comme le veulent
plusieurs Auteurs , qui se sont copiez
sur cela les uns les autres. Il est vrai
que ces derniers ont eu pour fondement de leur opinion , l'autorité
même de *Niphus* , qui se donnoit
ordinairement le titre de *Suessanus* ;
mais *Gabriel Barri* nous apprend ,
qu'il en usoit ainsi pour se rendre
plus agréable aux habitans de *Sessa* ,
où il avoit demeuré long-temps ,
& où il s'étoit marié ; qu'il ne laissoit pas dans la conversation de
s'avoüer Calabrois , & qu'il s'est
donné cette qualité dans son Commentaire sur les Livres d'*Aristote , de
Interpretatione* , qualité cependant
qu'il a effacée dans une seconde
Edition , pour ne point préjudicier
à celle de *Suessanus* , qu'il se donnoit
ailleurs.

La date de sa naissance n'est rap- A. NI-
portée par aucun Auteur, mais il nous PHUS.
la fait connoître assez lui même,
lorsqu'il dit dans la Préface de son
Livre *de Re Aulica*, qui est de l'an
1534. qu'il avoit alors soixante ans
passez.

Jerôme *Marafioti*, qui publia en
Italien les Antiquitez de la Calabre
l'an 1601. prétend que *Niphus* fit la
meilleure partie de ses études à *Tro-
pea*, Ville de ce Païs, & assûre qu'on
voyoit encore de son temps dans un
Village qui en est voisin, plusieurs
personnes de son nom & de sa famille ; c'est une nouvelle preuve qu'il
étoit Calabrois.

Il eut le malheur de perdre sa mere
de bonne heure, & son pere s'étant
remarié, il se vit exposé à toutes sortes de mauvais traitemens ; ce qui
l'obligea à prendre la fuite & à s'en
aller à *Naples*.

Il y trouva un habitant de *Sessa*, à
qui il eut l'avantage de plaire, & qui
l'emmena chez lui pour être Précepteur de ses enfans. Cet emploi lui
donna occasion de s'appliquer avec
une nouvelle ardeur à l'étude des

E iij

A. Ni-
PHUS.

Belles-Letres , & lorfqu'on envoya
fes difciples à *Padoue* , il les y fuivit ,
& s'y donna tout entier à la Philofophie.

A fon retour à *Seffa* & à *Naples* , il
apprit que fon pere étoit mort, après
avoir mangé tout fon bien. Cette
nouvelle l'obligea à renoncer pour
toûjours à *Iopoli* fa Patrie , & à fe fixer
dans le Païs où il fe trouvoit. Il fe
maria à *Seffa* , & quelque temps après
on lui donna une Chaire de Philofophie à *Naples*. Il falloit qu'on fût
dès lors bien prévenu de fon merite ,
puifqu'il ne devoit avoir , dans ce
temps-là , gueres plus de dix-huit
ans.

La hardieffe & la nouveauté de fes
fentimens lui fit d'abord des affaires.
Il avoit eu pour Profeffeur à *Padoue* ,
*Nicolas Vernia* , qui foûtenoit l'opinion d'*Averroes* fur l'unité de l'ame
de tous les hommes ; & il compofa
dès le commencement de fon féjour
à *Naples* , un Livre fur cette matiere ,
qu'il intitula : *De Intellectu & de Dæmonibus* , & où fuivant fidellement
les traces de fon Maître , il enfeigna
qu'il n'y avoit qu'un feul entende-

ment, & qu'il n'y avoit point d'autres substances séparées de la matiere,
que les intelligences qui font mou-
voir les Cieux.

Cet Ouvrage répandu dans le public, quoique seulement en manufcrit, souleva tout le monde contre
lui, & il lui en auroit peut-être couté
la vie, si *Pierre Baroci*, Evêque de
*Padoue*, n'eût détourné l'orage, en
l'engageant à publier son Ecrit avec
plusieurs changemens, qui fissent
oublier les jugemens desavantageux
que l'on en avoit porté d'abord ; c'est
ce qu'il fit en 1492.

Depuis ce temps-là *Niphus* publia
coup sur coup, divers Ouvrages,
qui lui acquirent une si grande réputation, que les plus fameuses Universitez d'Italie lui offrirent des Chaires de Philosophie, avec des appointemens considerables. Il nous apprend lui-même (*a*) qu'on lui offrit à
*Boulogne* & à *Padoue* des appointemens de mille écus d'or par an, s'il
y vouloit enseigner la Philosophie.
Mais on ne sçait s'il accepta ces offres, du moins par rapport à la pre-

(*a*) *De Divitiis*, p. 88.

E iij

miere de ces Villes. Il ne paroît pas
dans la Liste qu'*Alidosius* a donnée
des Professeurs de l'Université de
*Boulogne* ; on ne le voit pas non plus
dans le Catalogue des Professeurs de
*Padoue*, publié par *Riccoboni*, & par
*Tomasini*. Cependant, si l'on en croit
*Gauric*, *Achillini* & *Pomponace*, Professeurs à *Padoue*, y eurent pour Collegue *Augustin Niphus*, qui d'ailleurs
insinuë (*a*) lui-même qu'il a enseigné
dans cette Université.

Au reste, si nous n'avons rien de
bien positif sur ce sujet, il est sûr
qu'il a été Professeur à *Pise* avec
mille écus d'or d'appointemens, vers
l'an 1520.

La Préface de ses *Dilucidationes
Metaphysicæ*, Ouvrage qu'il commença à *Salerne* vers l'an 1507. nous
apprend outre cela, que pendant que
les malheurs publics le réduisoient à
philosopher à *Sessa*, il avoit été attiré
à *Salerne* par *Robert Sanseverino*, qui
vouloit y faire fleurir les sciences. Il
y accepta une Chaire de Philosophie,
& pendant qu'il la remplissoit, il
reçut ordre de ce Prince d'éclaircir
toutes les Oeuvres d'*Aristote*.

(*a*) *Dilucidat. Metaphys.*

On dit encore qu'il fut appellé à
*Rome* par *Leon X.* pour enfeigner la
Philofophie dans le College de la
Sapience ; fi cela eft , la chofe ne doit
pas furprendre ; car ce Pape le confi-
deroit beaucoup , comme il paroît
par les Privileges qu'il lui accorda ,
en le créant Comte Palatin , en lui
permettant de joindre à fes Armes
celles de la Maifon de *Medicis*, & en
lui donnant le pouvoir de créer des
Maîtres-ès-Arts , des Bacheliers , des
Licentiez , & des Docteurs en Theologie , & en Droit Civil & Canon ,
de légitimer des batards , & d'enno-
blir trois perfonnes ; les Lettres pa-
tentes de ces conceffions font du 15.
Juin 1521. On n'y voit point que le
Pape y permette à *Niphus* de porter le
nom de *Medicis*. Il eft cependant certain qu'il lui accorda cette grace , &
que *Niphus* s'en fervit publiquement.

Aucun Auteur ne nous inftruit du
temps précis de fa mort. *Paul Jove*
dit dans fes Eloges , que ce fut la
même nuit qu'on affaffina *Alexandre
de Medicis* , Grand Duc de *Florence* ,
c'eft-à-dire le 6. Janvier 1537. Mais

A. NI-il se trompe sûrement ; car *Niphus* vivoit encore en 1545. puisqu'il dédia cette année au Pape *Paul III.* son Commentaire sur les Livres d'*Aristote*, *de Animalibus*. Il ne doit pas cependant avoir passé de beaucoup cette année, puisque *Leandre Alberti*, dans sa Description de l'Italie, imprimée pour la premiere fois en 1550. témoigne qu'il étoit mort depuis quelques années. Cet Auteur ajoûte que ce fut à *Salerne* ; ce qui n'est pas conforme au recit de *Paul Jove*, qui est assez confus ; mais qui peut signifier que *Niphus* ayant demeuré un jour trop tard dans *Sessa*, retourna pendant la nuit à sa Maison de Campagne, qui n'en étoit pas éloignée, & qui étoit apparemment celle qu'il appelloit *Niphanum* ; & qu'il y mourut d'un mal de gorge, que le froid de la nuit lui avoit causé. Il étoit alors âgé de plus de 70. ans.

Il fut enterré à *Sessa*, dans l'Eglise des Dominicains, où *Galeazzo Florimonte* son disciple, lui fit mettre cette Epitaphe.

*Dum lapidi titulum mœrens Galeacius addit,*

*Et triſti curat funera cum gemitu :*    A. NI=
*Si quis honor tumuli ; non hoc tibi,* PHUS.
    *Niphe, ſupremum,*
    *Sed Patriæ & miſero ſtat mihi munus,*
    *ait.*
*Næ vivis meliore tui tu parte ; leva-*
    *men*
    *Nos luctûs mediis quærimus in La=*
    *crymis.* *

    Je ne ſçai où *Patin* avoit pris ce
qu'on lit dans le *Patiniana,* p. 83.
qu'il fut marié deux fois, & qu'il
danſa tant à ſes ſecondes Nôces, qu'il
y prit la maladie dont il mourut.
*Paul Jove* dit bien, que la paſſion qu'il
avoit pour les filles le rendoit ſi ridicule, qu'il n'avoit pas honte de
danſer publiquement avec elles, malgré ſon grand âge, & la goute qui le
tourmentoit, & que cela abbregea
ſes jours ; mais il ne parle point de
ſes ſecondes Nôces ; il fait au contraire entendre qu'il avoit encore ſa premiere femme, lorſqu'il donnoit dans
ces folies.

    Elle s'appelloit *Angelella,* & il en
parle quelque fois avec éloge dans ſes
Ouvrages. Il raporte même un exem-

ple bien singulier de l'amitié qu'elle
avoit pour lui : C'est dans le Chapitre
102. de son Traité *De Amore* ; où il
marque, que pendant la composition
d'un Ouvrage, intitulé : *Thesserolo-*
*gium Astronomicum*, qui n'a pas été
imprimé, il se tint l'espace de trois
mois si enfermé parmi les Livres,
qu'il ne voyoit plus personne. Sa
femme s'imaginant qu'il étoit atteint
de quelque accès de mélancolie, se
servit inutilement de divers moyens
pour l'en guerir. Comme elle connoissoit son foible, elle eut enfin recours au dernier reméde, quelle crut
très-efficace. Elle fit entrer seule dans
le Cabinet de son mari une belle fille
du voisinage, dont elle étoit jalouse,
& que pour cette raison elle haissoit
mortellement ; *rogans*, dit-il, *quoad*
*fieri potest, omnem rem concedat, etiam*
*si oportet, amoris fructum.* Mais cette
ressource lui manqua ; la passion que
*Niphus* avoit pour l'étude l'emporta
en lui dans ces momens sur celle de
l'amour ; elle se vit ainsi réduite aux
vœux & aux larmes jusqu'à ce qu'il
eut achevé son Livre. Car il reprit
alors sa gayeté ordinaire, & recom-

A. NI=
PHUS.

mença à voir du monde comme auparavant, ce qui rendit à ſa femme
toute ſa belle humeur.

*Niphus* eut de cette femme un fils,
nommé *Jacques* à qui il dédia ſon
traité *De Divitiis*, & qui eſt le ſeul
dont il ſoit fait mention dans l'Hiſtoire, non pas tant pour lui-même,
qu'à cauſe de ſon fils *Fabius*, qui s'eſt
fait connoître dans la République
des Lettres.

Au reſte *Niphus* n'étoit gueres
ſcrupuleux ſur la fidélité conjugale :
juſqu'à la fin de ſa vie il eut des maî-
treſſes, & il parle de quelques-unes
dans ſes Ecrits. La derniere fut *Phœbe
Rhea*, Demoiſelle d'Honneur de la
Princeſſe de *Salerne*, qu'il appelle
dans ſon Livre *de Re Aulica* qu'il lui
a dédié, *Phauſina Rhea* ; mais ſes
amours avec elle, qui furent de ſon
côté une paſſion violente, ne furent
du côté de la Demoiſelle qu'un pur
badinage, dont elle ſe ſervit pour ſe
divertir auſſi-bien que le Prince & la
Princeſſe de *Salerne*, qui ne ſouf-
froient les galanteries du vieux *Niphus*, que pour rire de ſes extrava-
gances.

*Niphus* avoit l'air fort grossier &
assez mauvaise mine ; il parloit cependant de bonne grace , surtout
quand il se mettoit à plaisanter ; le
talent qu'il avoit d'amuser par ses
contes & ses bons mots , lui avoit
procuré de l'accès auprès des grands
Seigneurs & des Dames de considération , qui se faisoient un plaisir de
l'entendre.

Je ne sçai s'il faut ajoûter foy à
deux traits singuliers qui sont rapportez de lui , l'un dans le *Patiniana* ,
& l'autre dans *Morery*. En tout cas
les voici : *Charles-Quint* l'ayant voulu voir alla chez lui ; *Niphus* le fit
entrer dans sa Chambre , où il n'y
avoit qu'une chaise sur laquelle il
s'assit , disant à l'Empereur qu'il
étoit assez grand Seigneur , pour en
faire apporter une autre pour lui.
*Je suis* , ajoûta-t-il , *Empereur des
Lettres , comme vous êtes l'Empereur
des Soldats.* Le même Prince lui ayant
demandé comment les Princes pour-
roient bien gouverner leurs Etats ;
*Ce sera* , lui répondit hardiment *Niphus , en se servant de mes semblables.*
Ces deux traits , s'ils étoient vrais ,

donneroient une très-petite idée de sa
politeffe, & une fort grande de fa préfomption. 

Le Pape *Leon X.* dans les Privileges qu'il lui accorda, & dont j'ai
parlé plus haut, lui donne le titre de
Docteur en Medecine ; mais ce n'a
été à fon égard qu'un titre honoraire,
dont il n'a jamais fait les fonctions ;
il a même écrit peu de chofe fur les
matieres Medicinales.

Catalogue de fes Ouvrages.

1. *Tranflatio & expofitio Librorum
Ariftotelis de Interpretatione. Venetiis
Oct. Scot.* 1537. *in-fol. It. Parif. Joan.
de Roigny.* 1551. *in-fol.*

2. *Commentaria in Libros priorum
Analyticorum Ariftotelis. Neapoli* 1526.
*in-fol. It. Venetiis. Hier. Scotus* 1549.
*in-fol. It. Venetiis apud Juntas* 1553.
*in-fol.*

3. *Commentaria in Libros pofteriorum
Analyticorum Ariftotelis. Parif. Jaco-
bus Kerver* 1540. *in-fol. It. Venetiis.
Oct. Scot.* 1553. & 1563. *in-fol.*

4. *Commentaria in Octo Libros Topi-
corum Ariftotelis. Venetiis Oct. Scot.*
1533. & 1555. *in-fol. It. Parif. Joan.
Roigny* 1540. *in-fol. It. Parif. Jac. Ker-*

'A. Ni-*ver*, 1542. *in-fol.* Avec le texte Grec
PHUS. & Latin.

5. *Expositio in Libros Aristotelis de Sophisticis Elenchis. Venetiis. Oct. Scot.* 1534. *in-fol.* It. *Paris. Joan. Roigny.* 1540. *in-fol.*

6. *Expositio atque Interpretatio in tres Libros Aristotelis de Rhetorica. Venetiis* 1537. *in-fol.*

7. *Conversio in Latinum Sermonem, & Expositio Librorum Aristotelis, de Physico auditu, recognita cum Scholiis in Margine. Venetiis* 1519. *in-8°.* It. *Ibid. Oct. Scot.* 1543. & 1559. *in-fol.* It. *Ibid. Apud Juntas.* 1552. *in-fol.*

8. *Traductio Librorum 4. Aristotelis de Cœlo & Mundo, cum eorumdem expositione. Venetiis* 1525. *in-fol.* It. *Ibid. Scot.* 1540. & 1554. *in-fol.* It. *Ibid. Juntæ* 1553. *in-fol.*

9. *Interpretationes & Commentaria, itemque Paralipomena & dilucidationes in duos Libros Aristotelis de Generatione & corruptione. Venetiis* 1526. *in-fol.* It. *Ibid. Oct. Stot.* 1543. & 1550. *in-fol.*

10. *In quatuor Aristotelis Libros Meteorologicos Commentaria. Venetiis* 1531. *in-fol.* It. *Ibid. Scot.* 1540. 1547. 1560. *in-fol.*

11. Col-

A. Ni-phus.

11. *Collectanea & Commentaria in tres Libros Aristotelis de Anima. Venetiis. Oct. Scot.* 1522. 1549. 1559. *in-fol. It. Ibid. Juntæ* 1544. *in-fol.*

12. *Commentarii in Libros Aristotelis de Physiognomia, & de animalium motu, juventute & senectute, vita & morte, &c. Venetiis Oct. Scot.* 1523. *in-fol. It. Ibid. Hier. Scot.* 1550. 1559. *in-fol.*

13. *In duodecim Libros Aristotelis de prima Philosophia expositio. Venetiis. Hier. Scot.* 1547. 1558. *in-fol.*

14. *In eosdem Libros Metaphysicarum disputationum dilucidarium. Venetiis* 1521. *in-fol.*

15. *In duodecimum Metaphysices Aristotelis volumen Commentarii. Venetiis. Oct. Scot.* 1518. *in-fol.*

16. *Expositiones in omnes Aristotelis Libros de Historia, partibus, & generatione Animalium. Venetiis. Hier. Scot.* 1546. *in-fol.*

17. *Commentationes in Librum Averrois de substantia orbis. Venetiis. Oct. Scot.* 1508. 1519. 1546. 1559. *in-fol.*

18. *In duos libellos Averrois de Anima Beatitudine. Commentatio. Venetiis*

*Tome XVIII.* E

1492. *in-fol.* It. *Ibid. Oct. Scot.* 1508.
1524. *in-fol.*

19. *Commentationes in Averrois de-
struttiones destructionum, contra Alga-
zelem. Venetiis. Oct. Scot.* 1517. *in-fol.*
It. *Lugduni.* Dans le Recüeil des
Oeuvres d'*Averroes*, *in-8°.* Ce font
là tous les Commentaires de *Niphus*
fur *Ariftote* & fur *Averroes.* Ils font
écrits d'un ftile fort diffus, & d'une
Latinité barbare, fuivant *Paul Jove*,
qui ajoûte que ce dernier Ouvrage
paffe pour le meilleur qu'il ait fait
en ce genre, quoique *Niphus* en ait
jugé lui-même autrement, & qu'il
ait donné la préference à fes Commentaires *In Analytica genera*, & *In
Libros de Anima.* Au refte tous ces
vaftes Commentaires, qui étoient
lûs autrefois, ne le font plus maintenant, & leur deftinée eft d'être rele-
guez dans le fond des grandes Bibliotheques, d'où perfonne ne s'avife de
les aller tirer.

20. *Quæftio de fubjecto Librorum
Ariftotelis de Generatione & Corruptione. Sueffæ* 1504. Cet Ouvrage rapporté dans le Catalogue de la Biblio-

theque d'*Oxford*, ne paroît pas dans la Liſte des Ouvrages de *Niphus*, que *Naudé* nous a donnée.

21. *De Intellectu Libri ſex, & de Dæmonibus Libri tres. Venetiis* 1503. & 1527. *in-fol.* Cet Ouvrage fut imprimé pour la premiere fois en 1492. comme je l'ai dit ci-deſſus.

22. *De Immortalitate Animâ, adverſus Petrum Pomponatium. Venetiis* 1518. 1524. *in-fol. Niphus* entreprit cet Ouvrage par ordre du Pape *Leon X.* Il s'y propoſe de prouver que l'ame eſt immortelle ſuivant les principes d'*Ariſtote.*

23. *Averrois de Mixtione Defenſio. Venetiis* 1505. *in-fol.*

24. *De Infinitate primi Motoris Quæſtio. Venetiis* 1504. *in-fol.* It. à la ſuite du Commentaire marqué au *N°.* 9.

25. *Codicillus de ſenſu Agente. Lugduni* 1542. *in-8°.* It. à la ſuite de l'Ouvrage marqué au *N°.* 19.

26. *De artificioſâ Interpretatione ſomniorum & de Prophetia libelli duo.* A la ſuite du Livre marqué au *N°.* 12.

27. *De Diebus Criticis ſeu Decretoriis. Venetiis* 1500. 1504. 1519. *in-fol.*

**A. NI-It.** *Argentorati* 1528. *in-8°.* It. *Mar-*
**PHUS.**    *purgi* 1614. *in-4°.*

28. *De nostrarum Calamitatum cau-*
*sis Liber. Venetiis* 1505. *in-fol.*

29. *Eruditiones ad Apotelesmata Pto-*
*lemæi. Neapoli* 1513. *in-fol.*

30. *De Figuris Stellarum Helionori-*
*cis. Neapoli* 1520. *in-fol.*

31. *De Verissimis temporum Signis*
*Commentarius. Venetiis* 1540. *in-8°.*

32. *De falsa diluvii Prognosticatione,*
*quæ ex conventu omnium Planetarum,*
*qui in Piscibus continget anno* 1524.
*divulgata est Libri tres. Neapoli* 1519.
*in-4°.* It. *Bononiæ* 1520. *in-8°.* *Jean*
*Stofler*, fameux Mathemathicien Allemand, ayant dénoncé un grand
Déluge pour l'année 1524. & ayant
jetté par-là la terreur dans toute l'Europe ; *Niphus* fut le premier qui travailla à rassurer les esprits, en publiant cet Ouvrage.

33. *De Ratione Medendi Libri qua-*
*tuor. Neapoli* 1551. *in-8°.*

34. *Dialectica Ludicra. Venetiis*
1521. *in-8°.*

35. *Epitomata Rhetorica Ludicra.*
*Venetiis* 1521. *in-8°.*

36. *De Auguriis Libri duo. Bononiæ*

1531. *in-*4°. It. *Basileæ* 1534. *in-*8°. It. *Marpurgi* 1614. *in-*4°. *Rudolphe Glocenius*, qui a eu soin de cette Edition, y a joint le traité *De Diebus Criticis*, de *Niphus*, & un Ouvrage intitulé : *Uraniæ divinatricis, quoad Astrologiæ generalia, Libri duo.* It. dans le cinquiéme Tome des Antiquitez Romaines de *Grævius.* It. traduit en François. *Le Livre d'Augustin Niphus des Divinations & Augures, trad. par Antoine du Moulin, Maconnois. Lyon, de Tournes* 1546. *in-*8°. It. *Paris. Hier. de Marnef* 1566. *in-*16. Cet Ouvrage est peu de chose.

37. *Prima pars Opusculorum in quinque Libros divisa. Venetiis* 1535. *in-*4°. Les cinq Opuscules contenus dans ce Volume sont les suivans : *De Vera vivendi libertate Libri duo. De divitiis Liber unus. De his qui in solitudine apte vivere posunt Liber unus. De Sanctitate & Prophanitate Libri duo. De Misericordia Liber unus.*

38. *De Regnandi peritia Libri quinque. Neapoli* 1523. *in-*4°.

39. *De his quæ ab optimis Principibus agenda sunt libellus. Florentiæ* 1521. *in-*4°.

40. *De Rege & Tyranno libellus.*
*Neapoli* 1526. & 1534. *in-4°.*

41. *De Pulchro & Amore Libri duo.*
*Romæ* 1531. *in-4°.* It. *Lugduni. Batav.*
1541. *in-8°.* It. *Lugduni* 1549. *in-8°.*

42. *De Re Aulica ad Phaufinam*
*Libri duo. Neapoli* 1534. *in-4°.*

43. *Opuscula Moralia & Politica,*
*cum Gabrielis Naudæi Judicio. Parif.*
1645. *in-4°.* Ce Recüeil contient
tous les Ouvrages marquez aux six
*N°.* précedens.

44. *De Armorum, Litterarumque*
*comparatione Commentariolus ad An-*
*dream Carafam Sanseverinensium Prin-*
*cipem. De Inimicitiarum lucro ad An-*
*tonium Isceram. Apologia Socratis &*
*Aristotelis, ad Ludovicum Canofam*
*Veronensem Episcopum. Neapoli.* 1526.
*in-4°.* *Naudé* n'a point connu ces Ouvrages, qui sont rapportez par *Nico-*
*las Toppi.*

On a mal à propos attribué à *Ni-*
*phus* un Traité *De Morbo Gallico,*
imprimé à *Naples* en 1534. *in-8°.* &
qui est de *Jean de Sessa,* d'une famille
differente de la sienne.

Il n'est pas inutile d'observer ici
que *Niphus* a pris dans ses Ouvrages

les noms d'*Eutychus*, de *Philotheus*, A. Ni-
de *Medices*, de *Magnus*, & de *Philo-* phus.
*ſophus*, ſuivant qu'il l'a jugé à-propos.

V. *Jovii Elogia* N°. 92. *Toppi &*
*Nicodemo Bibliotheca Napoletana. Son*
*Eloge par Naudé à la tête du Recüeil de*
*ſes Oeuvres Morales* ; c'eſt ce qu'on a
de plus ſuivi & de plus exact ſur
*Niphus. Bayle, Dictionnaire.* Il a copié *Naudé.*

---

# ANTOINE GODEAU.

**A**NTOINE *Godeau* naquit à A. Go-
*Dreux* Ville du Diocèſe de deau.
*Chartres*, où ſon pere étoit Elû, &
d'une des meilleures familles du lieu,
vers l'an 1605.

Il s'adonna de bonne heure à la
Poëſie Françoiſe, & ſe fit connoître
avantageuſement de ce côté-là. Il
étoit un peu parent de M. *Conrart*,
& logeoit chez lui, lorſqu'il venoit
à *Paris*. Les Poëſies, qu'il y appor-
toit de *Dreux*, donnerent lieu à M.
*Conrart* d'aſſembler dans ſa Maiſon
quelques gens de Lettres, pour en
entendre la lecture, & ces Aſſem-

A. Go-blées furent proprement l'origine de
l'établiſſement de l'Academie Françoiſe, dans laquelle M. *Godeau* eut
entrée des premiers.

Ses vûës tendirent d'abord vers le
Mariage, & il rechercha la fille du
Lieutenant Général de *Dreux*; mais
ſe voyant rejetté, parce qu'il étoit
petit & laid, il quitta ſa Patrie, &
vint s'établir à *Paris*.

M. *Conrart* l'ayant fait connoître
à M. *Chapelain*, celui-ci le produiſit à l'Hôtel de *Rambouillet*, qui étoit
alors le Tribunal, où il falloit faire
preuve d'eſprit & de merite, pour
être admis au rang des Illuſtres. Il y
fut goûté, & c'étoit de lui que Mademoiſelle de *Rambouillet* ( *Julie
d'Angennes* ) diſoit dans une de ſes
Lettres à *Voiture* : *Il y a ici un homme
plus petit que vous d'une coudée, &
je vous jure, mille fois plus galand.* Sa
taille, & l'affection que cette Demoiſelle lui témoignoit, lui firent
alors donner le nom de *Nain de
Julie*.

On voit par-là que ſi M. *Godeau*
n'avoit du côté du corps rien qui
meritât de l'attention, les qualitez
de

de ſon eſprit & ſon merite, ſup-
pleoient à ce défaut.

Quelque temps après qu'il ſe fut
fixé à *Paris*, il embraſſa l'état Eccleſiaſtique ; & l'eſprit de pieté qui lui
avoit inſpiré ce deſſein, lui inſpira
auſſi celui de ne plus exercer le talent
& l'inclination qu'il avoit pour la
Poëſie, que ſur des ſujets chrétiens.

Il fit en 1636. une Paraphraſe du
Cantique : *Benedicite omnia opera Domini Domino*, qui étant bien verſifiée,
& écrite d'un ſtile noble & riche ; lui
attira un applaudiſſement genéral.
Elle plut ſi fort au Cardinal de *Riche-
lieu*, à qui il l'avoit préſentée, qu'a-
près l'avoir lûë & relûë en ſa preſence, il lui dit : *Vous me donnez le*
Benedicite, *& moi je vous donne* Graſſe.
Jeu de mots, que l'occaſion fit naître ;
car l'Evêché de *Graſſe* vaquoit alors,
& le Cardinal, qui connoiſſoit d'ailleurs ſon merite, & ſçavoit le bruit,
que faiſoient ſes prédications, fut
par-là déterminé à le placer ſur le
champ.

Il fut nommé à cet Evêché l'an
1636. & fut Sacré à S. *Magloire* au
mois de Decembre de la même année

*Tome XVIII.* G

A. Go-
DEAU.

par *Eleonor d'Etampes* , Evêque de
*Chartres* , & depuis Archevêque de
*Reims* , affifté d'*Etienne Pouget* , Evê-
que de *Dardanie* , & depuis de *Mar-*
*feille* , & de *Bertrand Defpruetz* ,
Evêque de *Saint-Papoul*.

Auffi-tôt après fon Sacre , il fe
retira dans fon Diocèfe , pour s'appliquer tout entier aux fonctions de
l'Epifcopat. Il y annonça avec zele
la parole de Dieu , y tint plufieurs
Synodes , compofa quantité d'Inf-
tructions Paftorales pour fon Clergé ,
& y rétablit la difcipline Ecclefiaftique.

Il réünit à l'Evêché de *Graffe* , par
droit de Patronage , l'Eglife d'*Anti-*
*bes* , qui depuis que le Siége Epifco-
pal en avoit été transferé à *Graffe* ,
n'avoit été d'aucun Diocèfe , & par
ce moyen il y fit revivre la difcipline
Ecclefiaftique , dont il ne reftoit
prefque plus aucun veftige.

Il obtint du Pape *Innocent X.* des
Bulles d'Union de l'Evêché de *Vence* ,
avec celui de *Graffe* , comme fon pré-
deceffeur , *Guillaume le Blanc* en
avoit obtenu de *Clement VIII.* Cette
union n'étoit pas contraire aux Ca-

nons , & paroiſſoit bien fondée , parce que ces deux Evêchez enſemble
n'étoient que de dix mille livres de
revenu ; qu'ils n'avoient auſſi enſemble que trente Paroiſſes , & que les
Villes de *Vence* & de *Graſſe* n'é-
toient éloignées, l'une de l'autre, que
de trois lieües. Cependant voyant
que le Peuple & le Clergé de *Vence*
s'oppoſoient à cette Union , il aima
mieux céder ſon droit , que de n'être
pas agréable à quelques-uns de ſes
Diocèſains , & d'avoir à pourſuivre
un Procès , & ſe contenta de l'Egliſe
de *Vence.*

Il aſſiſta aux Aſſemblées genérales
du Clergé , tenuës en 1645. & 1656.
Dans la premiere il compoſa & recita
par ordre du Clergé l'Eloge de *Petrus
Aurelius* , qui avoit ſoûtenu vivement les droits des Evêques contre
quelques Réguliers. Dans la ſeconde
il fut un des Prélats , qui témoigne-
rent le plus de zele & d'indignation
contre les propoſitions de Morale
relâchée , qui avoient été dénoncées
à cette Aſſemblée, & ce fut par ſon
avis, qu'elle fit imprimer les Inſtruc-
tions de S. *Charles Borromée* , dont il

G ij

A. Go-
DEAU.

avoit inseré une partie dans ses Statuts Synodaux.

Il passa le reste de sa vie dans son Diocèse continuellement occupé, soit à faire ses visites, soit à prêcher, soit à lire ou à composer, soit à vaquer aux affaires Ecclesiastiques ou temporelles de son Diocèse.

J'ai trouvé dans un Livre peu connu, intitulé : *Le Confiteor de l'infidéle Voyageur, par feu George Martin, Renegat ; extrait de ses Voyages. Lyon* 1680. *in*-8°. à la page 244. qu'en passant à *Vence*, il vit M. *Godeau*, qui en étoit Evêque, & que Dieu l'avoit éprouvé par la perte de la vûë, qu'il enduroit avec beaucoup de tranquillité d'esprit ; particularité dont je n'ai vû faire mention en aucun autre endroit.

Il eut une attaque d'Apoplexie le 17. Avril 1672. qui étoit le jour de Pâques, & il en mourut à *Vence* le 21. du même mois, âgé de 67. ans.

Les occupations de son Ministere ne l'ont point empêché de composer un grand nombre d'Ouvrages considerables, tant en Prose qu'en Vers. Aussi avoit-il une facilité & une fe-

condité prodigieuse. Il difoit ordi-        A. Go-
nairement que *le Paradis d'un Auteur* DEAU.
*eft de compofer*, *que fon Purgatoire eft*
*de relire & de retoucher fes Compofitions;*
*mais que fon Enfer eft de corriger les*
*Epreuves de l'Imprimeur.*

M. *Boileau Defpreaux* n'a pas jugé
trop favorablement de fa Poëfie;
voici comme il en parle dans fa
Lettre neuviéme à M. *de Maucroix:*
» Je fuis perfuadé, auffi - bien que
» vous, que M. *Godeau* eft un Poëte
» fort eftimable. Il me femble pour-
» tant qu'on peut dire de lui, ce que
» *Longin* dit d'*Hyperide*, qu'il eft
» toûjours à jeun, & qu'il n'a rien
» qui remuë, ni qui échauffe; en un
» mot qu'il n'a point cette force de
» ftile, & cette vivacité d'expreffion,
» qu'on cherche dans les Ouvrages,
» & qui les font durer. Je ne fçai
» point s'il paffera à la pofterité;
» mais il faudra pour cela qu'il réfuf-
» cite; puifqu'on peut dire qu'il eft
» déja mort, n'étant prefque plus
» maintenant lû de perfonne.

M. *de Maucroix* dans fa réponfe à
cette Lettre de *Defpreaux*, s'exprime
ainfi fur fon fujet: » Je tombe d'ac-

G iij

» cord que M. *Godeau* écrivoit avec
» beaucoup de facilité, difons, avec
» trop de facilité. Il faifoit deux ou
» trois cens Vers, comme dit *Horace*,
» *ftans pede in uno*. Ce n'eft pas ainfi
» que fe font les bons Vers, je m'en
» rapporte volontiers à votre propre
» experience. Néanmoins parmi les
» Vers négligez de M. *Godeau*, il y
» en a de beaux qui lui échappent....
» Dès nôtre jeuneffe nous nous fom-
» mes apperçus qu'il ne varie pas
» affez. La plûpart de fes Ouvrages
» font comme des Logogriphes ; car
» il commence toûjours par exprimer
» les circonftances d'une chofe, &
» puis il y joint le mot. On ne voit
» point d'autre figure dans fon *Bene-*
» *dicite*, dans fon *Laudate*, & dans
» fes Cantiques.

Le P. *Vavaffeur*, Jefuite, a porté
un jugement encore plus defavanta-
geux de la Poëfie de M. *Godeau*,
dans l'Ouvrage qu'il a publié contre
lui, fous le nom de *Candidus Hefy-*
*chius*, & fous ce titre : *Antonius Go-*
*dellus Epifcopus Graffenfis, an Elogii*
*Aureliani fcriptor idoneus, idemque*
*uirum Poeta ? Conftantia* ( ou plûtôt

*Paris )* 1650. *in-*8°. Mais cet Auteur A. Go-
y outre les chofes , & fait voir par ce DEAU.
qu'il dit contre la perfonne même de
M. *Godeau ,* que la paffion avoit la
principale part à fa Critique.

 Catalogue de fes Ouvrages.

 1. *Difcours fur les Oeuvres de Malherbe. Paris* 1629. *in* 4°.

 2. *Préface du Dialogue des caufes de
la corruption de l'Eloquence , traduit
par Giry. Paris* 1630. *in -* 4°. Cette
Préface eft adreffée à *Philandre ,* c'eft-
à-dire à M. *Conrart.*

 3. *Oeuvres Chrétiennes. Paris* 1633.
*in-*8°. 2. Vol. It. *Paris* 1634. *in-*4°.

 4. *Paraphrafe fur les Epîtres de S.
Paul au Corinthiens , aux Galates , &
aux Ephefiens. Paris* 1632. *in -* 4°.
L'Auteur , dit M. *du Pin ,* en ajoûtant dans fes Paraphrafes quelque
chofe au texte de l'Ecriture , pour
fervir de liaifon & de tranfition , le
rend intelligible & en développe le
fens , fait connoître le deffein de
l'Ecrivain Sacré , & découvre la fuite
de fes raifonnemens.

 5. *Paraphrafe fur l'Epître de S. Paul
aux Romains. Paris* 1635. *in-*4°.

6. *Paraphrase sur l'Epître de S. Paul aux Hebreux. Paris* 1637. *in*-12.

7. *Paraphrase sur les Epîtres Canoniques. Paris* 1640. *in*-12.

8. *Paraphrase sur les Epîtres de S. Paul aux Thessaloniciens, à Timothée, à Tite, & à Philemon. Paris* 1641. *in*-12.

9. *Oraison funèbre de Louis le Juste. Paris* 1643. *in*-4°.

10. *Instructions & Ordonnances Synodales pour la Confrairie du S. Sacrement. Paris* 1644. *in* 12.

11. *Avis à Messieurs de Paris, pour le Culte du S. Sacrement dans les Paroisses, & la façon de le porter aux Malades. Paris* 1644. *in*-8°.

12. *L'Institution du Prince chrétien.* ( en Vers ) *Paris* 1644. *in*-4°.

13. *Ordonnances & Instructions Synodales. Paris* 1644. *in*-8°.

14. *L'Idée d'un bon Magistrat en la vie & en la mort de M. de Cordes, Conseiller au Châtelet de Paris; par A. G. E. D. V.* ( c'est-à-dire, *Antoine Godeau, Evêque de Vence.* ) *Paris* 1645. *in*-12.

15. *Elogium Petri Aurelii. Paris.* 1646. *in*-4°.

16. *Oraifon funébre de M. Henri de* **A. Go-** *Loftolfe, Evêque de Bazas. Paris 1646.* **DEAU.** *in - 4°.*

17. *Vie de S. Paul, Apôtre. Paris* **1647.** *in-4°.*

18. *Paraphrafe des. Pfeaumes en Vers. Paris 1648. in-4°.* Cette Paraphrafe eft de tous les Ouvrages de M. *Godeau* celui qui a eu le plus de cours, fuivant M. *du Pin*, qui ajoûte, que les Proteftans n'ont pas fait difficulté de fen fervir à la place de la traduction de *Marot*, qui paroiffoit confacrée parmi eux.

19. *Defcription en Vers de la grande Chartreufe. Paris 1650. in-4°.*

20. *Difcours aux Pénitens de la Ville de Graffe, avec leurs nouveaux Statuts. Paris 1651. in-12.*

21. *Remontrance du Clergé de France, faite au Roy. Paris 1651. in-4°.*

22. *Difcours de la Tonfure Cléricale, & des difpofitions avec lefquelles il faut la recevoir. Paris 1651. in-12.*

23. *Exhortations aux Parifiens, touchant l'aumône & la charité envers les Pauvres, où il eft prouvé que l'aumône en ce temps eft de précepte, & non pas de confeil. Paris 1652. in-4°.* Cet Ouvra-

A. Go- ge fut fait pendant les Guerres de
DEAU.    *Paris.*

24. *Avis aux Parisiens sur la des-*
*cente de la Chasse de Sainte Genevieve.*
*Paris* 1652. *in-8°.* Cet Avis est écrit
sous le nom d'un Curé de *Paris.*

25. *La Vie de S. Augustin. Paris*
1652. *in-4°.* It. *Lyon* 1685. *in-8o.*

26. *Discours de la Vocation à l'état*
*Ecclesiastique. Paris* 1652. *in-12.*

27. *Elevation à Jesus-Christ, en*
*forme de Meditations & de nouvelle*
*Paraphrase sur l'Epître aux Hébreux.*
*Paris* 1652. *in-12.*

28. *Discours sur les Ordres Sacrez.*
*Paris* 1653. *in-12.*

29. *Du Jubilé & des dispositions avec*
*lesquelles il le faut gagner. Paris* 1653.
*in - 12.*

30. *Oraison funebre de Jean-Pierre*
*Camus, Evêque de Belley. Paris* 1653.
*in - 4°.*

31. *Panegyrique de S. Augustin.*
*Paris* 1653. *in-12.*

32. *Histoire de l'Eglise. Paris in-fol.*
Tome I. & II. 1653. It. 1657. avec
quelque changemens & quelques
augmentations, Tome III. & IV.
1663. Tome V. 1678. Cette Histoire

qui contient les huit premiers Siécles
a été réimprimée en Hollande & à
*Lyon* en pluſieurs Volumes *in-*8°. Elle
étoit autrefois très-eſtimée ; mais
celle de M. *Fleury* l'a fait preſque entierement oublier. On peut voir dans
l'article du P. *le Cointe* , Tome 4. *de
ces Memoires* , p. 277. un trait qui fait
connoître la modeſtie de M. *Godeau* ,
& ſa docilité à profiter des avis que
ce Pere lui donna ſur ſon Hiſtoire.

-33. *S. Paul, Poëme chrétien. Paris*
1654. *in-*12. On lit dans les *Melanges
Critiques d'Ancillon* une particularité
ſur ce Poëme , qu'il eſt bon de rapporter ici. » Dès que cette Vie de S.
» *Paul* en Vers, fut imprimée, dit
» *Ancillon* , M. *Godeau* la porta à M.
» *Daillé* , qui étoit ſon intime ami ,
» à qui il portoit tout ce qu'il compo-
» ſoit. Cette Vie étant contenue dans
» un Poëme aſſez court , M. *Daillé* le
» lut ſur le champ & en ſa preſence.
» Lorſqu'il vint à l'endroit, dont il
» eſt parlé au Chap. 23. des Actes des
» Apôtres, il ſe mit à ſourire, en
» voyant la maniere avec laquelle M.
» *Godeau* deſcrivoit S. *Paul* attendant
» dans l'Antichambre du Souverain

A. Go-
DEAU.

A. GO-
DEAU.

» Sacrificateur , & s'amusant à regar-
» der les Tableaux, qui y étoient. M.
» *Godeau* s'étant apperçu que M. *Dail-*
» *lé* sourioit , lui en demanda la rai-
» son. M. *Daillé* lui répondit : *Vous*
» *M. qui avez si bien fait l'Histoire de*
» *l'Eglise , & qui la possedez si bien , y*
» *avez vous vû que les Juifs , depuis le*
» *retour de la captivité , ayent eu des*
» *Tableaux chez eux.* M. *Godeau* re-
» connut sa faute , & la corrigea dans
» une seconde Edition.

34. *Les Tableaux de la Penitence.*
*Paris* 1 6 5 4. *in*-4°. It. *Paris* 1 6 8 4.
*in* - 12.

35. *Oraison funébre de Matthieu*
*Molé , Garde des Sceaux. Paris* 1656.
*in*- 4°.

36. *Relation des Déliberations du*
*Clergé de France , sur la Constitution*
*& le Bref du Pape Innocent X. par la-*
*quelle sont déclarées & définies cinq*
*Propositions en matiere de Foy. Paris*
1656. *in*-4°. Cet Ouvrage , cité par
le P. *le Long* dans sa *Bibliotheque de*
*la France* , a été omis par M. l'Abbé
*d'Olivet.*

37. *Oraison funébre de Jean IV. Roy*
*de Portugal. Paris* 1657. *in*-4°.

38. *Oraison funébre de Pompone de Belieure, Premier Président du Parlement de Paris. Paris* 1657. *in-*4°.

A. GODEAU,

39. *De l'utilité des Missions dans les Païs des Infideles, & l'obligation qu'ont les Chrétiens d'y contribuer. Paris* 1657. *in-*12.

40. *Cênsure de l'Apologie des Casuistes. Paris* 1659. *in-*4°.

41. *La Vie de S. Charles Borromée. Paris* 1657. *in-*8°. It. *Paris* 1663. *in-*12.

42. *Harangue faite au Roy dans la Ville de Lyon, par Antoine Godeau, Evêque de Vence, Deputé vers Sa Majesté avec Messieurs les Procureurs du Païs. Aix* 1658. *in-*4°.

43. *Discours fait au Cardinal Mazarin dans la Ville de Lyon. Aix* 1658. *in-*4°. Le précis de ces deux Discours, qui contiennent bien des faits Historiques, se trouve dans *Bouche*, pp. 1011. & 1012. de son *Histoire de Provence.*

44. *Oeuvres Chrétiennes & Morales, en Prose. Paris* 1658. *in-*8°. Ce sont des Discours faits en differentes occasions, & dont quelques-uns avoient déja été imprimez.

A. Go-    45. *Traité des Seminaires. Aix* 1660.
DEAU    *in-* 12.

46. *De l'Usage que les Chrétiens doivent faire de la paix. Paris* 1660. *in-*12. It. *seconde Edition. Paris* 1697. *in-* 12.

47. *Poësies Chrétiennes & Morales. Paris in-*12. trois Tomes. Le premier en 1660. le second & le troisiéme en 1663. La plûpart des Poësies contenuës dans ce Recuëil avoient déja été auparavant imprimées separément.

48. *Eloge de S. François de Sales. Paris* 1663. *in-*12.

49. *Meditations sur le Saint Sacrement de l'Autel. Paris* 1664. *in-*12.

50. *Eloges des Evêques, qui dans tous les siécles de l'Eglise ont fleuri en Doctrine & en Pieté. Paris* 1665. *in-*4°.

51. *Eloges Historiques des Empereurs, des Rois, des Princes, des Imperatrices, des Reines, & des Princesses, qui dans tous les siécles ont excellé en Pieté. Paris* 1667. *in-*4°.

52. *Version expliquée du nouveau Testament. Paris* 1668. *in-*8°. deux Tomes. It. *nouvelle Edition revûë. Paris* 1672. *in-*12. deux Tom. Cette Version est à peu près de la même

nature que les Paraphraſes du même   A. Go-
Auteur, excepté cependant qu'elle DEAU.
eſt beaucoup plus conciſe. M. *Godeau*
y a traduit à la Lettre les paroles du
texte, & a ſeulement inferé de temps
en temps, quelque mots imprimez
en Italique, qui l'expliquent & l'é-
clairciſſent. M. *Simon* prétend que
ſa traduction n'eſt point exacte en
pluſieurs endroits, & qu'il n'avoit
pas les talens néceſſaires pour en
faire une bonne, ne ſçachant ni
Grec, ni Hebreu.

53. *Les Faſtes de l'Egliſe pour les*
*douze mois de l'année* (en Vers) *Paris*
1674. *in*-12.

54. *Homelies ſur les Dimanches &*
*Fêtes de l'année, pour ſervir aux Curez*
*de Formulaire d'Inſtruction, qu'ils*
*doivent faire à leur Prône. Paris* 1682.
*in*-4°. Voici le jugement que le
*Journal des Sçavans* porte de cet
Ouvrage. » L'Auteur y explique
» ordinairement l'Evangile ſelon les
» ſens Litteral & Moral. Comme il
» n'avoit d'autre but que l'inſtruc-
» tion des Peuples, il écrit d'un
» ſtile aiſé & familier. Mais quoiqu'il
» affecte de ne pas paroître éloquent,

**A. Go-**
**DEAU.**

» il n'a pû entierement se défaire des
» graces qui lui étoient naturelles.
» On y voit surtout régner un air de
» charité & de pieté, qui faisoit le
» caractere particulier de ce Grand
» Evêque, qu'on peut appeller avec
» justice une des lumieres de l'Egli-
» se, & un des plus beaux ornemens
» de la France.

55. *Abregé des Maximes de la vie*
*spirituelle, recüeilli des sentimens des*
*Peres, & traduit du Latin de D. Bar-*
*thelemy des Martyrs. Paris* 1699. *in*-12.
On a mis à la tête de cet Abregé,
Tome I. ce qui marque qu'il devoit
y en avoir d'autres : cependant il
n'en a paru que celui-ci. Les Maximes, qui y sont contenuës, sont
tirées pour la plûpart de S. *Bernard,*
de S. *Bonaventure,* & de *Gerson.*

56. *Morale Chrétienne pour l'ins-*
*truction des Curez & des Prêtres du*
*Diocèse de Vence. Paris* 1709. *in*-12.
trois Vol. Ce corps de Morale est
écrit avec beaucoup de netteté, de
précision, & de methode ; & l'on
n'hasarde rien à dire que c'est le
meilleur Ouvrage de M. *Godeau.* Il
n'est

n'eſt pas auſſi connu & auſſi recher-
ché qu'il devroit l'être.

57. *Lettres ſur divers ſujets. Paris*
1713. *in-*12. La plûpart de ces Lettres roulent ſur des ſujets pieux , &
ſont travaillées & compoſées avec
ſoin.

58. *Lettres au Pape Innocent X. ſur*
*le Janſeniſme ,* écrite en 1651. & inſerée dans le *Journal de Saint-Amour ,*
& dans l'*Hiſtoire du Janſeniſme* du P.
*Gerberon ,* Tome 1. p. 449.

59. *Lettre au Pape Alexandre VII·*
*& au Roy ſur le Formulaire.* Ces Lettres ſont de l'an 1658.

V. *les Hommes Illuſtres de M. Per-*
*rault ,* Tome 1. *Bibliotheque des Au-*
*teurs Eccleſiaſtiques , par M. du Pin.*
*Mélanges de Vigneul-Marville ,* Tom.
2. p. 304. *Bibliotheque Chartraine du*
P. *Liron. L'Hiſtoire de l'Academie*
*Françoiſe de M. Pelliſſon & les Addi-*
*tions de M. l'Abbé d'Olivet.*

# PIERRE DE CASENEUVE.

P. DE CA-
SENEUVE.

PIERRE de *Caseneuve* naquit à *Toulouse* le 31. Octobre 1591. d'une honnête famille.

Après avoir fait ses Humanitez avec beaucoup de succès, il passa à l'étude de la Philosophie, à laquelle il fit succéder celle de la Theologie & de la Jurisprudence. Toutes ces sciences néanmoins ne l'occuperent pas tellement, qu'il ne se réservât du temps pour s'appliquer aux Langues vivantes ; ainsi il apprit l'Allemand, l'Anglois, l'Espagnol, l'Italien, & l'ancien Provençal.

Son amour pour l'étude, & son peu d'ambition lui avoient fait former le dessein de se contenter de l'état de médiocrité où il se trouvoit, & de vivre uniquement pour lui-même dans la tranquillité de son Cabinet, & au milieu de ses Livres. Mais les choses tournerent autrement : le Marquis de *Fimarcon* lui fit tant d'instances pour l'engager à se charger de l'instruction de ses en-

fans en qualité de Précepteur, qu'il P. DE CA-
ne put le lui refufer. Il fit d'abord SENEUVE.
le voyage de *Paris* avec fes Difciples, mais il retourna bien-tôt après
à *Touloufe*, où il fit depuis fouvent
fon féjour.

Ce Marquis étant mort, *de Cafe-
neuve* quitta fes Difciples, qui n'a-
voient plus befoin de lui, & rentra
dans fa maifon paternelle, pour
avoir foin de fa mere, qui étoit veuve depuis quelques années.

Quelque temps après il reçut
l'Ordre de Prêtrife, dans lequel il fe
diftingua autant par fa pieté, qu'il
avoit fait jufques-là par fon érudition. Il affifta depuis tous les jours
aux Offices de l'Eglife, difant que la
dévotion étoit également un moyen
pour gagner le Ciel & pour acquerir
la fcience.

M. de *Montchal* ayant été fait Archevêque de *Touloufe*, conçut beaucoup d'eftime pour lui, & lui en
donna des marques dans toutes les
occafions, qui fe prefenterent. Ce fut
à la follicitation de ce Prélat, que les
Etats de Languedoc le chargerent
d'écrire fur le Franc-Alleu; Ouvrage

P. DE CA-
SENEUVE.

qui fut si bien reçu, que les mêmes
Etats le firent solliciter de nouveau
d'achever l'Histoire du Languedoc,
& des Comtes de *Toulouse*, qu'il
avoit commencée, & lui offrirent
pour cela une pension. *De Caseneuve*
s'engagea avec plaisir à continuer son
Histoire ; mais il refusa la pension ;
ne voulant pas travailler à cet Ouvrage par des vûës mercenaires, mais
feulement par amour pour son Païs.
Sa mort arrivée quelques années après
& d'autres occupations ne lui permirent pas cependant de faire ce
qu'on souhaitoit de lui & ce qu'il
souhaitoit lui-même.

Il mourut à *Toulouse* le 31. Octobre 1652. âgé de 61. ans, & fut enterré dans l'Eglise Cathedrale, dont
il étoit Prébendier. Il ne voulut jamais dire à la mort à qui il souhaitoit qu'on donnât ce Bénéfice, pour
ne point répondre, dit-il, de l'usage
qu'on feroit des revenus qui y étoient
attachez. Il ne voulut jamais non plus
souffrir qu'on tirât son portrait, quoique plusieurs de ses amis le souhai-
tassent ardemment.

1. *La Caritée , ou Cyprienne amou-reuſe. Toulouſe , in-8°.* De Caſeneuve entreprit ce Roman , qui eſt écrit d'une maniere fort ſage , pendant les intervalles d'une fiévre tierce qui le tourmentoit , & l'empêchoit de s'ap-pliquer à un travail plus ſerieux , & il le dédia au Marquis de *Fimarcon* , chez lequel il demeuroit alors , & qui aimoit ces ſortes d'Ouvrages. Le Continuateur de l'*Argenis* n'a pas eu honte de le copier preſque mot pour mot en pluſieurs endroits de ſon Roman.

2. *L'Inſtitution de la Nobleſſe. Tou-louſe. 1618. in-12.*

3. *Le Petit Jeſus. Toulouſe , in-12.*

4. *Vie & Miracles de S. Edmond , Roy d'Eſtangle , ou Angleterre Orien-tale. Toulouſe 1644. in-8°.* Ce Saint eſt fort réveré à *Toulouſe.*

5. *Inſtruction pour le Franc-Alleu de la Province de Languedoc. Toulouſe 1641. in-4°.* It. ſous ce titre : *Le Franc-Alleu de la Province de Langue-doc établi & défendu , ſeconde Edition revûë , & augmentée d'un ſecond Livre & d'un grand nombre de Remarques ; à*

P. DE CA-
SENEUVE.

laquelle a été de plus ajoûté un *Traité de*
*l'Origine, de l'Antiquité & des Privi-*
*leges des Etats Généraux de cette Pro-*
*vince : Ensemble un Recüeil de ses prin-*
*cipaux Privileges, Libertez & Franchi-*
*se.* Toulouse 1645. *in-fol.* Cet Ouvrage
est estimé.

6. *La Catalogne Françoise, où il est*
*traité des Droits du Roy sur les Comtez*
*de Barcelone & de Roussillon & sur*
*les autres terres de la Principauté de*
*Catalogne.* Toulouse 1644. *in-4°.*

7. *Lettre à Messieurs des Etats, en*
*date du* 28. *May* 1649. *Toulouse, in-4°.*

8. *L'Origine des Jeux Fleureaux de*
*Toulouse, par feu M. de Caseneuve,*
*avec la Vie de l'Auteur, par M. Me-*
*don.* Toulouse 1659. *in-4°.* pp. 112.
*François Tornier,* qui a publié cet
Ouvrage posthume, a mis à la tête
la Vie de l'Auteur composée en Latin par *Bernard Medon* à la priere de
*Daniel Heinsius.* Le P. *le Long* s'est
trompé, lorsqu'il a dit dans sa *Biblio-*
*theque de France*, N°. 4603. que
*Medon* avoit traduit cette Vie en
François, & que cette traduction
étoit imprimée avec l'Origine des
Jeux Fleureaux ; puisque la vie, qui

eſt à la tête de cet Ouvrage, eſt en P. DE CA-
Latin. Le Traité *de Caſeneuve*, qui SENEUVE
eſt diviſé en déux Livres, eſt rempli
de Recherches curieuſes. Il n'y fait
aucune mention de *Clemence Iſaure*,
que quelques-uns regardent comme
la fondatrice dès Jeux Floraux ; c'eſt
pour cette raiſon que l'Editeur a mis
à la ſuite un Extrait dès Memoires de
l'*Hiſtoire de Languedoc de M. de Catel*,
où il fait voir que cette *Clemence*
*Iſaure* n'a jamais exiſté.

9. *Origines Françoiſes*, à la ſuite du
*Dictionnaire Etymologique*, ou *Origines*
*de la Langue Françoiſe*, par *M. Me-*
*nage*, *nouvelle Edition*. *Paris* 1694.
*in-fol.* Le manuſcrit de cet Ouvrage
ayant été acheté de M. *Tornier*, Avocat de *Touloule*, par M. *Foucault*, alors
Intendant à *Montauban* ; celui-ci le
communiqua à M. *Menage*, qui crut
devoir le faire imprimer à la ſuite du
ſien. Il eſt exact dans la Partie que
l'Auteur a miſe au net ; quant au reſte,
il eſt demeuré dans une grande confuſion.

10. *Germain de la Faille*, à la fin
de la Lettre qu'il a miſe à la tête des
*Oeuvres de Goudelin*, rapporte un

P. DE CA-Fragment de M. de *Caseneuve* sur la
SENEUVE. Langue Provençale.

V. son Eloge en Latin par *Medon*
à la tête de l'*Origine de Jeux Fleu-*
*reaux.*

---

# FRANÇOIS-MICHEL
## JANIÇON.

F. M. JA-**F**RANÇOIS - MICHEL *Janiçon*
NIÇON. naquit à *Paris* le 24. Decembre
1674. de *François Janiçon*, Avocat
au Conseil, qui professoit la Religion P. Réformée, & de *Marie Bru-*
*nier.*

Il fut envoyé en Hollande par ses
parens à l'âge de neuf ans, & y étudia dans l'Ecole de *Maestricht*, où
M. *du Rondel* enseignoit alors avec
un succès égal à sa réputation. Ce fut
sous les yeux de ce sçavant Homme,
que le jeune *Janiçon* s'appliqua aux
Belles-Lettres & à la Philosophie.

Son oncle paternel *Michel Janiçon,*
depuis long-temps Ministre à *Utrecht,*
l'appella ensuite auprès de lui, &
joignit pendant quatre ans ses instructions aux leçons qu'il alloit prendre

dre fous Meffieurs *Grævius*, *de Vries*, F. M. JA=
*Luyts*, & *Baudry*.                          NIÇON.

Le jeune *Janiçon* quitta après cela
les études, pour faire quelques Cam-
pagnes. Il entra en qualité de Cadet
dans le Regiment de *la Melonniere*,
où il fut depuis Enfeigne, & enfuite
Aide-Major. Après la paix de *Ryf-*
*wick*, fon Regiment fut envoyé en
Irlande avec quelques autres. Enfin la
Paix generale le rendit à lui-même,
& lui donna occafion de reprendre
fes études.

Il fe fit alors immatriculer dans
l'Univerfité de *Dublin*, dans le deffein de s'y faire recevoir Bachelier-ès-
Arts au bout d'une année. Mais fe
trouvant privé des fecours néceffaires
pour cela, il fut obligé de renoncer à
ce deffein, & d'accepter une place de
Précepteur, chez un Seigneur Irlan-
dois.

La mort de fon oncle arrivée en
1705. & fuivie quelque temps après
de celle de fon pere, l'obligea de retourner en Hollande pour recuëillir
fa fucceffion. Une famille Illuftre de
Gueldre acheva de le fixer en ce Païs.
L'attachement qu'il eut pour elle fut

*Tome XVIII.*                    I

F.M. JA-
NIÇON.

cause qu'il acheta dans cette Province
la terre d'*Overhagen*.

L'année suivante il épousa *Mar-
guerite-Anne-Marie de Ville*, Demoiselle Réfugiée, dont il a laissé deux
filles. Après son Mariage, il demeura encore huit ans à la Campagne, &
passa ensuite quelque temps à *Amsterdam*, où il travailla avec M. *du
Breuil*, le pere, à la Gazette qui s'imprime en cette Ville.

L'Auteur de celle de *Roterdam*
ayant cessé de la faire, *Janiçon* alla
la continuer. Il fut ensuite appellé
par les Magistrats d'*Utrecht* pour en
faire une nouvelle dans cette Ville ;
ce qui l'engagea à s'y établir avec
toute sa famille. Il réünissoit beaucoup de talens nécessaires pour une
telle entreprise. Il avoit appris le
Hollandois dès l'enfance. Son séjour
en Angleterre lui avoit donné occasion d'étudier l'Anglois. Le Latin lui
avoit rendu l'Italien & l'Espagnol
fort aisez. Ces Langues jointes à sa
maternelle, le mettoient à portée de
traduire les nouvelles de differens
Païs, & il se pouvoit passer de ces
Interprétes, qui faute d'être au fait

des affaires politiques, eſtropient
tout ce qui paſſe par leurs mains. Un
ſtile ſimple & Hiſtorique; une attention ſinguliere à ſuivre les interêts
des Souverains & le fil des événe-
mens; un diſcernement exact à choiſir les faits qui meritent d'occuper les
Lecteurs, & pluſieurs autres qualitez,
ſembloient lui promettre un ſuccès
durable.

Mais par malheur pour lui un
Etranger abuſant de ſa bonté fit
ſervir ſon Imprimerie domeſtique à
publier un Ecrit qui déplut aux Ma-
giſtrats. Les deſagremens que cette
affaire lui cauſa, & les bontez que
lui témoignoit le Prince *Guillaume de
Heſſe*, l'attirerent à *la Haye*, où bien-
tôt après il fut revêtu de la Charge
d'Agent du Landgrave *de Heſſe*.

Quoique cette Charge occupât une
partie conſiderable de ſon temps, il
ne laiſſa pas à ſes momens de loiſir de
compoſer quelques Ouvrages.

Il eut le 18. Août 1730. une attaque d'apoplexie, dont il mourut le
lendemain dans ſa 56. année.

Outre les Gazettes auſquelles il a
I ij

F. M. JA-travaillé, il a fait les Ouvrages sui-
NIÇON. vans.

1. *Bibliotheque des Dames, contenant des régles genérales pour leur conduite, dans toutes les circonstances de la
vie, écrite par une Dame, & publiée
par M. le Chevalier Richard Steele,
traduite de l'Anglois, par M. Janiçon.
Amsterdam, in-12.* 2. Tomes. Le premier en 1717. & le second en 1719.
Il y a dans l'Original Anglois un troisiéme Volume ; mais *Janiçon* ne l'a
point traduit. Au reste l'Ouvrage est
écrit d'une maniere fort solide, &
l'on y trouve par tout de bonnes instructions.

2. *Le Passe-par-tout de l'Eglise Romaine, ou Histoire des Tromperies des
Prêtres & des Moines, en Espagne,
par Antoine Gavin, ci-devant Prêtre
seculier de l'Eglise Romaine à Saragosse,
& depuis 1715. Ministre de l'Eglise
Anglicane, traduit de l'Anglois par
M. Janiçon. Londres 1724. in-12.* 4.
Vol. Quoique le titre porte *Londres,*
il est sûr que cette traduction a été
imprimée à *Amsterdam.* Il est facile
de reconnoître à la premiere lecture

de l'Ouvrage que l'Auteur a voulu, à quelque prix que ce foit, flatter le parti qu'il avoit embraffé, en déchirant celui qu'il avoit abandonné. Il y met fur le compte des Prêtres & des Moines d'Efpagne, toutes les Hiftoriettes les plus amufantes qu'il a pu trouver dans fes lectures; ainfi il raconte comme un fait nouvellement arrivé dans ce Royaume, une chofe que *la Fontaine* a mife en Vers, il y a déja long-temps, & qu'il a donnée fous le titre de *La Confidente fans le fçavoir.*

3. *Etat prefent de la République des Provinces-Unies, & des Païs qui en dépendent. La Haye, in-*12. 2. Tom. Le premier en 1729. & le fecond en 1730. (Se vend à *Paris* chez *Briaffon.*) L'Auteur a travaillé cet Ouvrage avec beaucoup de foin, & c'eft ce qu'on a fait jufqu'ici de plus exact fur cette matiere. On ne peut nier qu'il n'y ait des fautes; & comment pourroit-il ne s'en point trouver dans un Ouvrage d'une étenduë auffi variée & auffi particularifée qu'eft celui-ci? Mais il ne meritoit pas les Critiques violentes que quelques perfonnes en ont

**F. M. JA-**
**NIÇON.**

faites en Hollande. Ainſi on vit paroître d'abord une *Lettre Critique ſur*
*le premier Volume de l'Etat preſent de*
*la République des Provinces - Unies.*
*Traduite du Hollandois avec quelques*
*Notes du Traducteur. Liege* 1729. *in-*12,
pp. 23. Cette Brochure, qui eſt de
*Jean Rouſſet*, a été réfutée dans la ſeconde & la troiſiéme Lettre du premier Volume des *Lettres Serieuſes &*
*Badines*, avec beaucoup de vivacité
& de feu. Au reſte ce ſont des interêts de Libraires qui ont produit ces
diſputes, & non point l'amour de la
verité, qui eſt incompatible avec la
paſſion. On trouve des obſervations
plus moderées & plus juſtes ſur le
Livre de M. *Janiçon*, dans le ſecond
Volume des *Lettres Serieuſes & Badi-*
*nes*, p. 40.

V. *ſon Eloge dans le quatriéme Volu-*
*me de ces Lettres*, p. 267.

# JEAN BROEKHUIZEN.

JEAN *Broekhuizen* (en Latin *Janus* J. BROE-
*Broukhufius*) naquit le 20. Novem- KHUIZEN.
bre 1649. à *Amfterdam*, où fon pere,
d'abord Chapelier à *Utrecht*, étoit
alors Clerc de l'Amirauté.

Il apprit la Langue Latine fous
*Adrien Junius*, qui l'enfeignoit en
cette Ville, & il y fit en peu de temps
des progrès confiderables. Il avoit
une memoire fi prodigieufe, qu'il
n'avoit pas befoin d'apprendre fes
leçons avant que d'aller en Claffe ; il
fuffifoit qu'il les entendît reciter à
quelqu'un de fes Camarades, pour
les repeter auffi-tôt exactement. Avec
ce talent, & l'inclination qu'il avoit
pour les Lettres, il ne pouvoit qu'a-
vancer avec beaucoup de rapidité
dans les fciences. Auffi devint-il dès
fa premiere jeuneffe bon Poëte & bon
Critique ; & quoique la plus grande
partie de fa vie fe foit paffée dans
des occupations bien differentes de
celles des Mufes, il n'a pas laiffé de
leur confacrer tous les momens que

I iiij

J. BROE-
KHUIZEN.
ces occupations lui laiſſoient libres.
L'étude étoit ſa paſſion favorite, & il trouvoit toûjours du temps pour la ſatisfaire.

Son pere étant mort, lorſqu'il étoit encore fort jeûne, un de ſes oncles devenu ſon Tuteur, le mit chez *Hermant Angelkot*, Apothicaire d'*Amſterdam*, où il demeura quelques années; mais s'étant dégoûté de cette profeſſion, & ayant plus de goût pour le métier de la Guerre, il prit parti dans les Troupes.

Il s'y conduiſit ſi bien, qu'en peu de temps il devint Enſeigne, & enfin Capitaine-Lieutenant de la Compagnie du Colonel *Van Wede*.

En 1674. il fut envoyé avec ſon Regiment en Amerique ſur la Flotte du fameux *Ruiter*, & en revint la même année en Hollande. Pluſieurs de ſes Poëſies Latines ont été compoſées dans le cours de ce voyage.

Après la concluſion de la Paix de *Nimegue* en 1678. il fut envoyé en Garniſon à *Utrecht*, & il y fit connoiſſance avec le fameux Profeſſeur *Jean-George Gravius*.

Quoiqu'il fût d'un naturel doux &

tranquille, il eut l'année fuivante le J. Broe-
malheur de fe trouver engagé contre  KHUIZEN.
fon inclination, à fervir de fecond à
un de fes amis, dans un duel. Leurs
deux adverfaires y furent tuez fur la
place ; fon ami fut bleffé dangereufe-
ment ; lui-même fut fi maltraité qu'il
eut bien de la peine à fe fauver.

Le duel eft puni de mort en Hollande, & il n'y a que le Stathouder
qui puiffe accorder la grace aux cou-
pables. *Grævius* écrivit auffi-tôt à
*Nicolas Heinfius*, pour l'engager à
folliciter le Prince d'Orange en fa
faveur. Il le fit, & *Broekuizen* obtint
des Lettres de Remiffion.

Quelque temps après il fut, par le
crédit de *Jean Hudde*, Bourguemeftre
d'*Amfterdam*, qui avoit beaucoup
d'eftime pour lui, nommé Capitaine
d'une des Compagnies, qui étoient
dans cette Ville. Se trouvant alors
dans un état de tranquillité, il s'appliqua à donner au Public les Ouvrages dont je parlerai plus bas.

Sa Compagnie ayant été licentiée
après la paix de *Ryswyk*, faite en
1697. on lui donna une penfion. Il
alla alors demeurer dans un Jardin à

J. BROE-<br>
XHUIZEN. quelques centaines de pas d'une des Portes de la Ville d'*Amsterdam*, où il voyoit affez peu de monde, & où il paffoit fon temps à étudier. Il y mourut le 15. Decembre 1707. âgé de 58. ans.

Catalogue de fes Ouvrages.

1. *Carmina. Ultrajecti* 1684. *in*-12. Cette Edition eft peu de chofe en comparaifon de celle que *David Van Hoogftraten* a donnée depuis, fous ce titre : *Jani Broukhufii Poematum Libri fedecim. Amftelodami* 1711. *in*-4°. Cette feconde eft magnifique en toutes manieres. *Broekhuizen* a toûjours paffé pour un des principaux Poëtes Latins de la Hollande. Les Journaliftes de *Trevoux* ne font pas cependant grand cas de fes Poëfies. » Les » Vers, difent-ils, en font affez La- » tins ; mais froids : on y reconnoît » des Lambeaux de *Tibulle* & de *Pro-* » *perce* ; mais on n'y reconnoît point » leur genie. L'Auteur étoit Poëte » par art & non par naturel. J'ajoûte avec *Baillet*, qu'il y a pris trop de libertez.

Les Poëfies de *Broekhuizen* font partagées en quatre Livres d'Elegies, deux d'Odes, un d'Hendecafyllabes, un d'Eglogues, quatre d'Epigram- mes, deux de ces Poëfies moins tra- vaillées qu'on appelle *Silva*, à l'exem- ple de *Stace*, un de Pieces fur la Maifon de *Brandebourg*, & un autre des Poëfies de la jeuneffe de l'Auteur.

J. BROE-
KHUIZEN.

2. *Actii Sinceri Sannazari Neapoli- tani, viri Patricii, Opera Latina omnia & integra. Accedunt Notæ ad Eclogas, Elegias, & Epigrammata. Item Trium Fratrum Amaltheorum, Hieronymi, Johannis-Baptiftæ, Cornelii, Carmina.* Amftelodami 1689. *in-12.* Broekhuizen n'a pas mis fon nom à cette Edition, mais il a paru dans la fuivante : *Ex fecundis Curis Jani Broukhufii. Acce- dunt Gabrielis Altilii, Danielis Cereti, & Fratrum Amaltheorum Carmina, Vitæ Sannazarianæ & Notæ Petri Ula- mingii.* Amftelod. 1727. *in-8°.* Se vend à *Paris* chez *Briaffon*.

3. *Aonii Palearii Verulani Opera, ad illam Editionem, quam ipfe Autor recenfuerat & auxerat excufa, nunc no- vis acceffionibus locupletata.* Amftelo- dami 1696. *in-8°.* Broekhuizen n'a pas mis fon nom à cette Edition ; ce qui a été caufe que quelques-uns l'ont

J. BROE-  attribuée, quoique mal à propos, auſſi
XHUIZEN.  bien que la premiere de l'Ouvrage
précedent, à *Jean-George Grævius*,
ſon ami.

4. *S. Aurelii Propertii Elegiarum
Libri IV. ad fidem veterum Membranarum ſedulo Caſtigati : Accedunt Notæ
& terni Indices. Amſtelodami* 1702.
*in-4°.* L'Editeur n'y a point mis ſon
nom, qui a été ajoûté dans une ſeconde Edition, procurée par *Pierre
Vlaming*, qui y a joint quelques nouvelles Remarques de *Broekhuizen.*
Celle-ci a paru à *Amſterdam* 1727.
*in-4°.* Ces Editions de *Properce* ſont
bonnes, ſurtout la derniere ; les
Notes y ſont abondantes, & pleines
d'érudition & de bonne critique.

5. *Albii Tibulli, Equitis Romani,
quæ extant, ad fidem Veterum Membranarum ſedulo Caſtigata. Accedunt Notæ,
cum variarum lectionum libello, & ter-
ni Indices, quorum primus omnes voces
Tibullianas complectitur. Amſterdam*
1708. *in-4°.* Cette Edition eſt auſſi
fort belle. L'Auteur poſſedoit parfaitement *Tibulle* & *Properce.* Comme
il s'étoit propoſé pluſieurs années
avant ſa mort de donner ces deux

Poëtes au Public, il avoit tourné presque toutes ses études de ce côté-là, & y avoit rapporté toutes ses lectures. M. *le Clerc* trouve à redire qu'il ne se soit pas appliqué davantage à la lecture des Poëtes Grecs, dont les Latins n'ont été que les imitateurs, & prétend que sa Poësie Latine auroit été meilleure avec ce secours, & qu'on y trouveroit plus de genie & de feu. Sa methode dans ses deux Commentaires est de comparer les endroits des Poëtes Italiens, François, Flamands, où même des Latins des derniers temps, avec ceux de ses Auteurs dont ils paroissent imitez; mais on y auroit vû plus volontiers les passages des Poëtes Grecs, que *Tibulle* & *Properce* avoient eux-mêmes suivis.

6. *Poësies Hollandoises de Jean Broekhuizen, avec sa Vie à la tête. Amsterdam* 1712. *in-*8°. Ces Poësies ont été publiées par les soins de *David van Hoogstraten*, qui y a joint sa Vie, qu'il a tirée de son Oraison funébre prononcée par *Pierre Burman*.

*Cet article est tiré du Dictionnaire Historique Flamand de Luiscius.*

J. BROEKHUIZEN.

# GAUTIER CHARLTON.

GAUTIER *Charlton* ( & non pas *Charleton*, comme on l'écrit communément ) naquit à *Shepton-Mallet*, dans le Comté de *Sommerset*, en Angleterre le 2. Fevrier 1619. de *Gautier Charlton*, Recteur de l'Eglise de ce lieu.

Il fut reçu au College de la Madeleine à *Oxford* l'an 1635. & il y fit de grands progrès dans la Philosophie, sous la direction de *Jean Wilkins*, qui fut depuis Evêque de *Chester*.

Son cours fini, il se tourna du côté de la Medecine, & fut reçu Docteur en cette Faculté, au mois de Fevrier 1642. Peu de temps après le Roy *Charles I.* qui le connoissoit, le mit au nombre de ses Medecins ordinaires.

Lorsque le Parti de ce Prince commença à avoir du dessous, il se retira à *Londres*, où il pratiqua la Medecine, & fut aggregé au College des Medecins.

Après le rétablissement du Roy

Charles II. il fut fait membre de la GAUTIER
Societé Royale de *Londres* , & on CHARL-
l'élut le 30. Septembre 1689. Presi- TON.
dent du College des Medecins ; dignité qu'il remplit jufqu'à l'année
1691.

Il fe retira enfuite dans l'Ifle de
*Jerfey* , où il étoit en 1695. & il y a
apparence qu'il mourut peu de temps
après , puifqu'on n'a plus depuis entendu parler de lui.

Il a compofé plufieurs Ouvrages ;
mais le Bibliothecaire d'*Oxford* prétend qu'ils ne lui ont pas coûté beaucoup , puifqu'il les a tirez pour la
plûpart de differens Auteurs.

Catalogue de fes Ouvrages.

1. *Spiritus Gorgonicus vi fua faxipa-*
*ra exutus , five de Caufis , fignis & fa-*
*natione Lithiafeos , Diatriba. Lugd. Bat.*
*1650. in-8°.*

2. *Les Tenebres de l'Atheifme diffipés*
*par les lumieres de la Nature. Traité*
*Phyfico - Theologique.* ( en Anglois )
*Londres 1651. in-4°.*

3. *Les Femmes Ephefiennes & Cim-*
*meriennes , ou deux exemples remarqua-*
*bles de la puiffance de l'Amour & de la*

GAUTIER *force de l'Esprit.* ( en Anglois ) *Lon-*
CHARL- *dres* 1653. & 1658. *in-8°.*
TON.

4. *Physiologia Epicuro - Gassendo-*
*Charltoniana. Ou l'Edifice de la science*
*naturelle , fondé sur les plus anciennes*
*hypotheses des Atomes.* ( en Anglois )
*Londres* 1654. *in-fol.*

5. *L'Immortalité de l'Ame démontrée*
*par des raisons naturelles.* (en Anglois)
*Londres* 1657. *in-4°.*

6. *Oeconomia animalis , novis Ana-*
*tomicorum inventis , indeque desumptis*
*Modernorum Medicorum Hypotesibus*
*Physicis superstructa , & Mechanice*
*explicata. Londini* 1658. *in* - 12. It.
*Amstelodami* 1659. *in-*12. It. *Lugd.*
*Bat.* 1678. *in* - 12. It. *Hagæ Comit.*
1681. *in-*12. On a joint à cette derniere Edition *Guilielmi Cole de Secre-*
*tione animali cogitata.*

7. *L'Histoire naturelle de la nutri-*
*tion , de la vie , & du mouvement vo-*
*lontaire , contenant toutes les nouvelles*
*découvertes des Anatomistes.* ( en Anglois ) *Londres* 1658. *in-*4°.

8. *Exercitationes Pathologicæ in qui-*
*bus Morborum pene omnium natura ,*
*generatio & causa ex novis Anatomico-*
*rum*

*rum inventis ſedulo inquiruntur.* Londi-GAUTIER
*ni* 1660. 1661. *in*-4°.    CHARL-

9. *Le Caractere de Charles II. R.* TON.
*d'Angleterre.* (en Anglois) *Londres*
1660. *in*-4°. Il ne tient qu'une feuille.

10. *Diſquiſitiones duæ Anatomico-*
*Phyſicæ ; altera Anatome pueri de cœlo*
*tacti , altera de Proprietatibus Cercbri*
*humani. Londini* 1664. *in*-8°.

11. *Chorea Gigantum , ou les plus*
*fameuſes Antiquitez de la Grande-Bre-*
*tagne , vulgairement appellées* Stone-
heng *, qui ſe trouvent dans la plaine de*
*Saliſbury , renduës aux Danois. Lon-*
*dres* 1663. *in*-4°. Les Antiquitez ,
dont il s'agit dans cet Ouvrage , ſont
un amas de grandes pierres rudes &
non taillées , dont quelques - unes
ſont hautes de vingt-huit pieds , &
larges de ſept. Elles ſont dreſſées en
rond , & ſur ces pierres il y en a d'autres appuyées en travers , & qui pa-
roiſſent comme ſuſpenduës en l'air ,
ce qui fait que les Anglois les appel-
lent *Stone-heng* , de même que les
anciens Hiſtoriens les nommoient *la*
*Danſe des Geants* , à cauſe de leur
énorme & prodigieuſe maſſe. On ne
comprend pas comment ces pierres

*Tome XVIII.*    K

GAUTIER ont été apportées en ce lieu-là, puis-
CHARL- que dans tout le Païs voisin on a
TON. beaucoup de peine à trouver des
pierres à bâtir. *Inigo Jones*, fameux
Architecte de *Londres* mort en 1652.
après avoir examiné ces pierres, composa un Ouvrage, où il prétendoit
que c'étoient les restes d'un Temple
bâti par les Romains, pendant qu'ils
étoient maîtres de la grande Bretagne, & dédié à *Cælus*. Mais comme
il mourut avant que de l'avoir achevé,
un de ses parens, nommé *Jean Webb*,
y mit la derniere main, & le publia
sous ce titre : *Les plus notables Antiquitez de la Grande-Bretagne, vulgairement appellées* Stone-heng, *rétablies.*
( en Anglois ) *Londres* 1655. *in-fol.*
*Charlton* peu content de ce Livre,
l'envoya à *Olaus Wormius*, fameux
Antiquaire Danois, pour sçavoir ce
qu'il en pensoit : ce Sçavant lui écrivit plusieurs Lettres sur cette matiere,
où il prétendoit prouver que ces Antiquitez étoient l'Ouvrage des Danois ; & ce sont ces Lettres qui ont
servi de fond à *Charlton* pour composer son Traité sur ce sujet.

12. *Onomasticon Zoicon, plerorum-*

*que Animalium differentias & nomina* GAUTIER *propria pluribus linguis exponens. Cui* CHARL-
*Accedunt Mantiſſa Anatomice , &* TON.
*quædam de Variis Foſſilium generibus.*
*Londini* 1668. & 1671. *in-*4⁶. *It.* Oxo-
*nii* 1677. *in-fol.*

13. *Deux Difcours Philofophiques :*
1º. *touchant les differens efprits des*
*Hommes ;* 2º. *Le Myſtere des Cabaret-*
*tiers , ou Difcours fur les differents de-*
*fauts du Vin , & fur les manieres d'y*
*remédier ; qui font à prefent en ufage.*
(*en Anglois*) *Londres* 1668. 1675.
1692. *in-*8º.

14. *De Scorbuto Liber ſingularis.*
*Cui acceſſit Epiphonema in Medicaſ-*
*tros. Londini* 1671. *in-*8º. *It. Lugd.*
*Bat.* 1672. *in-*12. *Cet Ouvrage ren-*
*ferme des chofes ſingulieres.*

15. *L'Hiſtoire naturelle des Paſſions.*
(*en Anglois*) *Londres* 1674. *in-*8º.

16. *Recherches fur la Nature humai-*
*ne , contenuës en fix leçons Anatomi-*
*ques , faites dans le nouveau Theâtre du*
*College Royal des Medecins de Londres.*
(*en Anglois*) *Londres* 1680. *in-*4º.

17. *Oratio Anniverſaria , habita in*
*Theatro inclyti Collegii Medicorum*
*Londinenfis* 5. *Auguſti* 1680. *en com-*

K ij

*memorationem Beneficiorum à Doctore Harvey aliisque præstitorum.* Londini 1680. *in*-4°.

18. *Harmonie de la Loy naturelle, & de la Loy divine positive.* ( en Anglois ) *Londres* 1682. *in*-8°.

19. *Trois Leçons Anatomiques;* 1°. *le mouvement du sang dans les veines & dans les arteres;* 2°. *la structure organique du cœur;* 3°. *la cause efficiente du mouvement du cœur,* faites le 19. 20. & 21. *Mars* 1682. *dans le Théâtre Anatomique du College Royal des Medecins de Londres.* ( en Anglois ) *Londres* 1683. *in*-4°.

20. *Inquisitio Physica de Causis Catameniorum, & Uteri Rheumatismo, in quâ probatur sanguinem in animali fermentescere numquam.* Londini 1685. *in*-8°.

21. *Guilielmi Ducis Novicastrensis vita.* Londini 1668. *in-fol.* C'est une traduction faite sur l'Original Anglois composé par *Marguerite,* seconde femme de ce Duc.

22. *Trois Paradoxes;* 1°. *sur la Cure magnetique des Blessures;* 2°. *sur la production du Tartre dans le Vin;* 3°. *sur l'Image de Dieu dans l'Homme.* ( en

Anglois ) *Londres* 1650. *in*-4°. Cet GAUTIER
Ouvrage eſt traduit de l'Original de CHARL-
*Jean-Baptiſte Van Helmont.* - TON.

23. *Les Erreurs des Medecins tou-*
*chant les Fluxions, appellées Delira-*
*menta Catarrhi.* ( en Anglois ) *Londres*
1656. *in*-4°. Autre traduction de *Van-*
*Helmont*, qui eſt jointe à la prece-
dente.

24. *La Morale d'Epicure.* ( en Anglois ) *Londres* 1655. *in*-4°. Cette
Morale n'eſt point traduite *d'Epicure*,
comme le dit *Wood*, puiſque ce fameux Philoſophe n'a point laiſſé
d'Ouvrage. Mais elle doit être tirée
de *Diogene Laerce*, & d'autres Auteurs ſemblables ; comme l'eſt le
Livre du Baron *des Coutures*, qui a
paru pluſieurs années après en François ſous le même titre.

25. *La Vie de Marcellus.* ( en Anglois ) *Londres* 1684. *in*-8°. Traduction faite ſur *Plutarque*, qui ſe trouve
parmi les Vies de cet Auteur, en Anglois.

V. *Antoine Wood*, *Athenæ Oxo-*
*nienſes*, Tom. 2.

# ISAAC CASAUBON.

I. CA-
SAUBON.

ISAAC *Casaubon* naquit à *Geneve*
le 18. Fevrier **1559**. *d'Arnauld
Casaubon* & de *Jeanne Rosseau*. Son
pere étoit natif de *Bourdeaux*, Village du Diois dans le Dauphiné, &
Ministre de ce lieu ; mais les troubles
l'avoient obligé de se retirer à *Geneve*.
Ceux qui ont fait naître *Isaac Casaubon* à *Bourdeaux*, n'ont point fait
attention à cette derniere particularité, & ont confondu le pere avec le
fils.

Il fut élevé à *Crest*, petite Ville du
Dauphiné, où son pere fut appellé
pour être Ministre, lorsque la tranquillité eut été rétablie dans le Païs.
La vivacité de son esprit, & les heureuses dispositions qu'il montra dès
son enfance pour les Lettres, le firent
appliquer de bonne heure à l'étude ;
& il y avança avec tant de rapidité,
par les soins de son pere, qui fut son
seul Précepteur, qu'à l'âge de neuf
ans il sçavoit déja parler & écrire en
Latin facilement & correctement.

Mais les occupations de son pere,   I. CA-

& differentes affaires dont il fut char- SAUBON.

gé, l'ayant obligé d'être presque

toûjours absent de chez lui, pendant

trois années, il oublia entierement

tout ce qu'il avoit appris de lui ; & il

se vit obligé à l'âge de douze ans

de recommencer à l'apprendre ; ce

qu'il fit avec une ardeur incroyable,

& presque de lui-même, les absences

frequentes de son pere ne lui permet-

tant de l'instruire que par intervalles.

Mais comme cette sorte de travail

ne pouvoit le conduire bien loin, on

l'envoya en 1578. à *Geneve* pour y

étudier sous les Professeurs qui y

enseignoient. Son application infati-

gable lui fit bien-tôt reparer le temps

qu'il avoit perdu jusques là. Il s'a-

donna à l'étude de la Langue Gréque

sous *François Portus* de Candie, avec

tant d'ardeur & de succès, que ce

fameux Professeur le jugea digne

quelques années après, c'est-à-dire en

1582. de lui succeder dans sa Chaire,

malgré sa grande jeunesse ; car il n'a-

voit alors que 23. ans.

En 1586. il eut la douleur de per-

dre son pere, qui mourut à *Die* le 1.

**I. CA-**
**SAUBON.**
Fevrier de cette année, âgé de 63.
ans, après un mois de maladie. Il
réfuta dans la fuite avec beaucoup de
force le conte debité par *Charles Bo-*
*narſcius* & par *André Eudæmon-Jean*,
qu'*Arnauld Caſaubon* avoit été pen-
du.

Ce fut apparemment pour ſe conſoler de cette perte qu'il ſongea à ſe
marier. Il épouſa le 28. Avril, de la
même année *Florence Etienne*, fille
d'*Henri Etienne*, qui le fit pere d'une
nombreuſe famille, en ayant eu vingt
enfans. Il y avoit déja long-temps
qu'il étoit en liaiſon d'amitié avec ce
fameux Imprimeur, qui avoit quitté
la France, pour aller s'établir à *Ge-*
*neve* ; & cette liaiſon eſt probable-
ment ce qui a donné lieu aux ennemis de *Caſaubon* de dire qu'il avoit
paſſé ſa jeuneſſe à corriger des Epreuves chez *Henri Etienne* ; fait entierement faux, mais qui ne devroit pas
ternir la gloire de *Caſaubon*, quand
il ſeroit veritable.

Pendant les quatorze années que
*Caſaubon* enſeigna la Langue Gréque
à *Geneve*, il s'occupa de bien d'autres
choſes que de celles de ſon Ecole.
Car

Car il s'appliqua pendant trois ans ſous *Jules Pacius*, à la Philoſophie & au Droit qu'il crut néceſſaire pour acquerir une connoiſſance parfaite des Belles-Lettres ; & il travailla à des Notes & à des Commentaires ſur divers Auteurs dont je parlerai dans la ſuite. Il ſe donna auſſi quelque temps à l'Hebreu & aux Langues Orientales ; mais les progrès qu'il y fit ne furent pas aſſez conſiderables, pour qu'elles lui fuſſent de quelque uſage dans la ſuite.

Cependant il commença à ſe dégoûter du ſejour de *Geneve* ; ſoit qu'il ne s'accommodât pas des manieres de ſon beau-pere, homme chagrin & difficile ; ſoit que les gages qu'il avoit ne lui paruſſent pas ſuffiſans pour ſubſiſter ; ſoit qu'il fût d'une humeur un peu inquiéte. Il ſe réſolut donc après bien des incertitudes, d'accepter la Charge de Profeſſeur en Langue Gréque & en Belles-Lettres, qui lui fut offerte par la Ville de *Montpellier*, avec des appointemens plus conſiderables que ceux qu'il avoit à *Geneve*. A quoi ne contribuerent pas peu les ſollicita-

*Tome XVIII.* L

I. CAſ SAVBON.

I. CA-
SAUBON.

tions de *Philippe de Canaye* , Seigneur
*du Frefne* , Premier Prefident de la
Chambre de l'Edit à *Caftres* , & de
*Guillaume Ranchin* , célebre Profeffeur en Droit à *Montpellier.*

Il fe rendit en cette Ville à la fin
de l'année 1596. & entra en exercice
au mois de Fevrier de l'année fuivante. Vers le même temps la Ville de
*Nîmes* voulut l'avoir , pour rétablir
fon Academie , mais il la remercia.
Il femble auffi qu'on fongea à l'appeller dans l'Univerfité de *Franeker* ;
mais c'eft un fait qui n'eft pas certain.

Il fut d'abord fort eftimé & fort
fuivi à *Montpellier* , & il paroît par
fes Lettres qu'il étoit alors content
de fa fituation. Mais cela ne dura
pas long-temps : on ne tint point les
promeffes qu'on lui avoit faites ; on le
chicana fur fes gages ; on ne les lui
paya pas à l'écheance ; en un mot on
lui fit tant de chagrin , qu'il dit dans
une de fes Lettres , qu'il étoit fur le
point de s'en retourner à *Geneve.*

Un voyage qu'il fit en 1598. à
*Lyon* , pour avoir l'œil à une Edition
*d'Athenée* qu'il y faifoit faire , lui

donna occasion d'en entreprendre un I. CA=
autre plus important pour lui. M. *de* SAUBON.
*Vicq*, qui à la recommandation de
Messieurs *Canaye* & *Gillot*, l'y logea
chez lui, ayant été obligé de revenir
à *Paris*, l'y amena avec lui, & il eut
sujet d'être content des amitiez que
lui firent le Premier President *de*
*Harlay*, le President *de Thou*, M.
*Gillot*, & *Nicolas le Fevre*. Il eut
même l'honneur de saluer le Roy
*Henri IV*. qui informé de son merite,
voulut qu'il quittât *Montpellier*,
pour professer à *Paris*.

Il fut quelque temps sans pouvoir
se déterminer sur le parti qu'il devoit
prendre, & dans l'incertitude où il
étoit, il retourna à *Montpellier*, où
il reprit ses exercices.

Il s'en occupoit entierement, lorsqu'il reçut une lettre du Roy datée du
3. Janvier 1599. par laquelle ce Prince l'appelloit à *Paris*, pour y professer les Belles-Lettres.

Il partit pour s'y rendre le 26.
Fevrier suivant ; mais lorsqu'il fut
arrivé à *Lyon*, M. *de Vicq* l'obligea à
y rester jusqu'à l'arrivée du Roi, qui
devoit s'y rendre ; outre que l'Edi-

tion de son *Athenée*, qui alloit fort
lentément, avoit besoin de sa presence. D'ailleurs des affaires domesti-
ques l'engagerent à faire un tour à
*Geneve*, où il se plaint qu'on ne lui
rendit pas justice au sujet de la succes-
sion de son beau-pere.

Retourné à *Lyon*, il se lassa d'attendre le Roy, qui n'y arrivoit pas.
Ainsi après un second voyage à *Geneve*, il se rendit à *Paris*, quoiqu'il
prévît bien, que, comme M. *de
Vicq* & *Scaliger* le lui avoient predit,
il n'y auroit pas toute la satisfaction,
qu'il avoit d'abord esperé. Ce n'est
pas que le Roy ne le reçût fort bien;
mais la jalousie de quelques autres
Professeurs, & surtout sa Religion, lui
causerent beaucoup de chagrins, &
le priverent de la Chaire qu'on lui
avoit promise.

Quelque temps après il fut nommé avec M. *Canaye* pour être un des
Juges du côté des Protestans, dans
la Conference tenuë à *Fontainebleau*,
entre *Jacques-Davy du Perron*, Evêque d'*Evreux*, depuis Cardinal, &
*Philippe du Plessis-Mornay*. Cette
Conference se tint le 4. May 1600.

Elle devoit avoir plusieurs seances ;
mais la maladie de *du Pleſſis-Mornay*
fit quelle ſe termina à une ſeule.
Comme *Caſaubon* ne fut pas favorable à ce dernier, qui ſe tira fort mal
de cette action ; on fit courir le bruit
qu'il changeroit bien-tôt de Religion ; la ſuite a cependant fait voir
qu'il n'y avoit en cela aucun fondement.

Mais ſi la réüſſite de cette Conference ne produiſit rien ſur lui, elle
eut beaucoup d'effet ſur M. *Canaye*,
qui ſe détermina alors à abandonner
la Religion Proteſtante pour rentrer
dans le ſein de l'Egliſe Catholique; &
qui ayant fait tout ſon poſſible pour
engager *Caſaubon* à ſuivre ſon exemple, ſans pouvoir y réüſſir, n'eut plus
pour lui la même amitié, qu'il lui
avoit témoignée juſques-là.

*Caſaubon* revenu à *Paris* fut chica-
né ſur les gages que le Roy lui avoit
donnez, & ſur les frais qu'il avoit
faits pour ſon voyage de *Lyon* à *Paris*,
parce que M. *de Roſny* ne lui étoit pas
favorable ; & cé ne fut que ſur un
ordre précis du Roy, qu'il lui fit payer
trois cens écus.

Il retourna peu de temps après, c'eſt-à-dire le 30. May de la même année 1600. à *Lyon*, pour preſſer l'impreſſion de ſon *Athenée* ; & il eut le chagrin de s'y brouiller avec M. *de Vicq*, chez qui il avoit toûjours logé, auſſi-bien que ſa famille, parce qu'il refuſa de l'accompagner en Suiſ-ſe, où il étoit envoyé de la part du Roy. La crainte de manquer la place de Bibliothecaire du Roi, qui lui avoit été promiſe, & qui paroiſſoit devoir bien-tôt vaquer par la mau-vaiſe ſanté de celui qui la rempliſ-ſoit, fut le motif qui l'engagea à ce refus ; & heureuſement pour lui il ne ſe trompa pas dans les eſperances qu'il avoit ſur ce ſujet.

Il revint donc à *Paris* avec ſa fem-me & ſes enfans, au mois de Septem-bre ſuivant, & il fut fort bien reçu du Roy, & de la plûpart des perſon-nes diſtinguées. Il s'occupa depuis à faire des leçons particulieres, à pu-blier divers Ouvrages des Anciens, & à apprendre l'Arabe ; Langue dans laquelle il fit des progrès ſi conſide-rables, qu'il entreprit d'en compoſer un Dictionnaire & d'en traduire quelques Livres en Latin.

Les chagrins & les traverfes qu'on lui fufcitoit de temps en temps, le firent penfer plufieurs fois à aller chercher ailleurs une retraite plus tranquille ; mais le Roy, qui l'aimoit, ne voulut jamais le lui permettre ; & pour l'attacher davantage à lui, augmenta fa penfion de deux cens écus, & le nomma pour fuccéder dans la Charge de fon Bibliothecaire, à *Jean Goffelin*, grand Mathematicien, mais homme fort bizarre, & qui ne permettoit pas à *Cafaubon* de fe fervir des Livres de la Bibliotheque du Roy autant qu'il auroit voulu.

Il entra fur la fin de l'an 1603. en poffeffion de cette Charge, qui vaqua alors par la mort de *Goffelin*, lequel ayant été laiffé auprès du feu par fon valet, y tomba & fe brûla.

Il avoit cette année fait un voyage en Dauphiné pour y voir fa mere, & à *Geneve* pour fes affaires particulieres. On voit par les Fragmens du Journal qu'il avoit fait de fa vie, qu'il partit de *Paris* avec fa femme le 8. May & qu'ils y revinrent le 12. Juillet fuivant.

L iiij

I. CASAUBON.

Ses amis Catholiques faisoient de
temps en temps des tentatives pour
le faire rentrer dans le sein de l'Eglise ; le Cardinal *du Perron* surtout, le
mettoit souvent sur les matieres de la
Religion, pour lui faire découvrir
les erreurs de la sienne. Il arriva même un jour qu'ayant disputé fortement ensemble dans un repas, le
bruit se répandit qu'il avoit promis
de se faire Catholique. Les Ministres
de *Charenton* allarmez de cette nouvelle, l'engagerent à écrire une Lettre à ce Cardinal pour dissiper ce
bruit, & eurent soin de la faire imprimer, malgré la répugnance qu'il
avoit à la voir publier.

Les Magistrats de *Nismes* entrepri-
rent alors de nouveau de l'attirer
dans leur Ville, en lui offrant une
Maison pour le loger, & une pension
de six cens écus d'or ; mais il n'osa pas
accepter ce parti, dans la crainte de
déplaire au Roy.

En 1509. il eut par ordre de ce
Prince, qui vouloit le gagner à la
Religion Catholique, une conference avec le Cardinal *du Perron*, sur les
matieres de controverse ; mais elle

ne produifit rien , & *Cafaubon* de- I. CA=
meura ferme dans fes premiers fenti- SAUBON
mens.

L'année fuivante il arriva deux
chofes qui l'affligerent cruellement ;
la mort d'*Henri IV*. qui lui fit perdre
toute efperance de pouvoir fe main-
tenir dans fon pofte , & le changement de Religion de *Jean Cafaubon* ,
fon fils aîné , qui fe fit Catholique.
Ce dernier évenement l'affligea d'autant plus , qu'on fit courir le bruit
qu'il avoit chargé lui-même *George*
*Stranchan* , Anglois , qui enfeignoit
les Mathematiques à fon fils , de lui
infpirer les fentimens de l'Eglife Catholique.

La perte de fon Protecteur le détermina à executer la réfolution qu'il
avoit formée de paffer en Angleterre,
où le Roy *Jacques I.* l'invitoit depuis
long-temps de fe rendre ; ainfi après
avoir obtenu de la Reine , Régente
de France , la permiffion de s'abfen-
ter de France pendant un certain
temps , il partit pour ce Royaume
avec *Henri Wotton* , Ambaffadeur extraordinaire de *Jacques I.* & y arriva

I. CA-
SAUBON. 1610.

au mois d'Octobre de la même année
1610.

Il y fut parfaitement bien reçu de tous les Sçavans & de toutes les perfonnes diftinguées ; il vit le Roy qui fe fit un plaifir de s'entretenir avec lui , & mangea à fa table plufieurs fois. Il en reçut d'abord un prefent de mille livres , monnoye de France , parce qu'il lui fit connoître qu'il vouloit vifiter les Univerfitez de *Cambrige* , & d'*Oxford.*

Ce Prince lui affigna enfuite deux Prébendes , l'une de *Cantorbery* , & l'autre de *Weftminfter* , avec une penfion de deux mille livres. Il écrivit auffi à la Reine , Regente de France , pour la prier de permettre à *Cafaubon* de faire en Angleterre un plus long féjour que celui qu'elle lui avoit accordé d'abord.

*Cafaubon* ne joüit pas long-temps des bienfaits de fon nouveau Protecteur. Une maladie douloureufe caufée par la mauvaife difpofition de fa veffie , qu'on trouva double , lorfqu'on ouvrit fon corps , le conduifit au tombeau. Il mourut le 1. Juillet

1614. âgé de 55. ans , & fut enterré à
*Weſtminſter* avec cette Epitaphe.

*Iſaacus Caſaubonus ;*
( *O Doctiorum quidquid eſt , aſſurgite
huic tam colendo Nomini.* )
*Quem Gallia Reip. Litterariæ bono pe-
perit. Henricus IV. Francorum Rex in-
victiſſimus Lutetiam litteris ſuis evoca-
tum Bibliothecæ ſuæ præfecit , charum-
que deinceps dum vixit habuit ; eoque
terris erepto Jacobus Magn. Britan.
Monarcha , Regum doctiſſimus , Doctis
indulgentiſſ. in Angliam accivit , munifice fovit , poſteritaſque ob doctrinam
mirabitur.*
  *H. S. E. invidia major.*
 *Obiit æternam in Chriſto vitam anhe-
lans Cal. Julii 1614. Ætat. 55.*
 *Viro Opt. immortalitate digniſſ. Thom.
Mortonus Epiſcopus Dunelmenſis jucun-
diſſimæ quoad frui licuit conſuetudinis
memor. Pr. S. P. Cu.*
   1 6 3 1.
*Qui noſſe vult Caſaubonum ,
Non Saxa , ſed Chartas legat ,
Superfuturas Marmori
Et profuturas poſteris.*

I. CA-
SAUBON.

De plusieurs enfans, qu'il eut de sa femme *Florence - Etienne - Merie Ca saubon* ; dont je parlerai plus bas , est le seul qui soit connu dans la République des Lettres. Un d'entr'eux , nommé *Augustin* , ayant embrassé la Religion Catholique , se fit Capucin , & mourut empoisonné avec onze autres de son Ordre à *Calais* par un des habitans de cette Ville , comme M. *Ogier* le rapporte dans la Relation de son Voyage. M. *du Pin* dit , sur le témoignage de M. *Cotelier* , que lorsque ce fils de *Casaubon* voulut se faire Capucin , il alla par ordre de ses Superieurs lui demander sa bénédiction avant que de faire ses Vœux ; & que *Casaubon* la lui donna de bon cœur & lui dit : *Mon fils , je ne te condamne point ; ne me condamne point non plus ; nous paroîtrons tous deux au Tribunal de Jesus-Christ.* Il n'est fait aucune mention de cet *Augustin* dans les Lettres de *Casaubon.* On a vû plus haut que son fils aîné nommé *Jean* avoit aussi embrassé la Religion Catholique.

*Casaubon* a reçu de grands éloges de tous les gens de Lettres de son

temps , & il les meritoit , non feulement par fon érudition profonde ,
mais encore par fa modeftie , fa fince-
rité & fa droiture. » Ceux qui l'ont
» traité de demi - Theologien avec
» M. *Colomiés* , dit M. *du Pin* , en ont
» jugé fuivant la prévention qu'ils
» ont , que tout homme de leur
» Communion , qui écrit avec mo-
» dération , n'eft pas de leur parti.
Il eft vrai que la Theologie n'avoit
pas été le principal objet de fon étude ; mais les Calviniftes , parmi lef-
quels il vivoit , fâchez de le voir s'é-
loigner en plufieurs chofes de leurs
principes , ont trop affecté de le méprifer de ce côté-là. Au refte il feroit
affez difficile de donner une idée
diftincte de fa créance ; il fuffit de
dire qu'il a toûjours été attaché au
Calvinifme , quoique plufieurs ayent
cru qu'il avoit panché quelque temps
vers la Religion Catholique.

Catalogue de fes Ouvrages.

1. *In Diogenem Laertium Nota Ifaa
Hortiboni. Morgiis* 1583. *in-*8°. Cafaubon fit ces Notes à l'âge de 25. ans
& avoit deffein de les augmente
beaucoup dans la fuite ; mais d'autre

I. CA-
SAUBON.

I. CA-
SAUBON.

occupations l'en empêcherent. Il les
dédia à son pere, qui le loüant de
son travail, lui témoigna qu'il esti-
meroit plus une seule remarque sur
les Livres sacrez, que tous les Ouvrages qu'il promettoit sur les Livres
profanes. Depuis ce temps *Casaubon*
s'attacha effectivement à des études
qui avoient du rapport à la Religion,
& publia quelques Notes sur le nouveau Testament. *Henri Etienne*, devenu son beau-pere, imprimant en 1594.
*Diogene Laerce*, *in-8°.* y joignit les
Notes de son gendre, qui ont été
inserées depuis dans toutes les Editions de cet Auteur. *Casaubon* y prit
le nom d'*Hortibonus*, qui signifie la
même chose que *Casaubonus*, parce
que *Casau*, en Dauphiné, veut dire
*Jardin*; ainsi *Ravius* a fait une plai-
sante bévûë, lorsque dans ses Notes
manuscrites, sur la Bibliotheque de
*Gesner*, il a traité *Casaubon* de Copis-
te d'*Hortibonus*, comme *Placcius* le
témoigne dans son Ouvrage sur les
Pseudonymes.

2. *Isaaci Hortiboni Lectiones Theo-*
*criticæ. Geneva* 1584. *in-*12. Dans l'E-
dition de cet Auteur donnée par

*Jean Creſpin.* Ces Notes, qui ont été réimprimées pluſieurs fois depuis, ont été publiées encore ſous le nom d'*Hortibonus*, que *Caſaubon* preferoit alors au ſien, comme plus convenable à un Ouvrage Latin. Il les dédia à *Henri Etienne*, dont il épouſa une fille deux ans après.

3. *Strabonis Geographiæ Libri XVII. Græce & Latine, ex Guil. Xylandri Interpretatione, edente cum Commentariis Iſaaco Caſaubono. Genevæ* 1587. *in-fol.* Les Notes de *Caſaubon* ont paru avec des augmentations dans l'Edition de *Strabon*, faite à *Paris* en 1620. *in-fol* ; & on les a inſerées dans celles qui l'ont ſuivie.

4. *Novum Teſtamentum Græcum cum Notis Iſaaci Caſauboni in quatuor Evangelia & Actus Apoſtolorum. Genevæ* 1587. *in-*16. Les notes de *Caſaubon* ont été inſerées dans les Critiques ſacrez.

5. *Animadverſiones in Dionyſium Halicarnaſſenſem.* Dans l'Edition de cet Auteur qu'il donna avec la Verſion d'*Æmilius Portus* à *Geneve* l'an 1588. *in-fol.* Edition omiſe par *Fabricius.* Ces Notes ſont peu conſidera

I. CASAUBON.

bles, parce qu'il n'y a pas mis la derniere main, & qu'il s'est trop préci-
pité de les publier.

6. *Polyæni Stratagematum Libri
VIII. Græce & Latine, edente cum
Notis Isaaco Casaubono. Lugduni* 1589.
*in-16. Casaubon* est le premier qui ait
publié le texte Grec de cet Auteur;
la Version qu'il y a jointe n'est pas de
lui, comme on le dit mal à propos
dans la *Bibliotheque Curieuse d'Hal-
lervord.* C'est celle de *Juste Vulteius,*
qui avoit déja paru en 1550.

7. Il a eu part à l'Edition de l'Ouvrage suivant, dont *Almeloveen* ne
fait aucune mention : *Dicæarchi Geo-
graphica quædam, sive de Vita Græciæ;
Ejusdem descriptio Græciæ versibus Græcis jambicis, ad Theophrastum ; cum
Isaaci Casauboni & Henrici Stephani
Notis. Geneva* 1589. *in-8°.*

8. *Aristotelis Opera, Græce, cum
variorum Interpretatione Latina, &
variis Lectionibus & Castigationibus
Isaaci Casauboni. Lugduni* 1590. *in-fol.*
It. *Geneva* 1605. *in-fol.* Les Notes ne
sont que marginales, & *Casaubon*
témoigne les avoir faites dans les
momens que ses occupations lui lais-
soient libres.

9. *Plí-*

9. *Plinii Epistolarum Libri IX. &* I. CA-
*Ejusdem, Pacati, Mamertini, Naza-* SAUBON.
*rii, Eumenii, Ausonii, ac Claudiani*
*Panegyrici, cum Isaaci Casauboni No-*
*tis in Epistolas. Genevæ* 1591. *in*-12.
It. *Ibid.* 1599. 1605. & 1611. *in*-12.
Toutes ces Editions sont entierement
semblables.

10. *Theophrasti Caracteres Ethici*
*Græce & Latine ex Versione & cum*
*Commentario Isaaci Casauboni. Lug-*
*duni* 1592. *in*-12. It. *Ibid.* 1612. *in*-12.
Cette seconde Edition est plus exacte,
*Casaubon* en ayant revû la Version,
excité à cela par un Grec, nommé
*Furlanus*, qui avoit travaillé après
lui sur le même Auteur, & dont
l'Ouvrage étoit assez méprisable. Le
travail de *Casaubon* sur Theophraste
est encore très-estimé aujourd'hui, &
c'est un des Ouvrages qui lui ont
acquis le plus de réputation.

11. *L. Apulei Apologia, cum Isaaci*
*Casauboni Castigationibus. Typis Com-*
*melini* 1594. *in*-4°. Il a fait voir dans
cet Ouvrage, qu'il n'étoit pas moins
bon Critique en Latin, qu'il l'avoit
paru jusques-là en Grec. Il le dédia
à *Joseph Scaliger*, qui étoit devenu

*Tome XVIII.* M

I. CA-
SAUBON.

son ami , & qui approuvoit beaucoup
ses Ouvrages , quoiqu'il n'eût accoû-
tumé de loüer que fort peu de personnes.

12. *C. Suetonii Tranquilli Opera*
*cum Isaaci Casauboni Animadversioni-*
*bus.* Geneva 1595. *in-4°.* It. *Editio*
*altera emendata & aucta.* Paris. 1610.
*in-fol.* Cet Ouvrage fut si bien reçu ,
qu'il fallut le réimprimer l'année suivante. L'Auteur fit quelques Additions à cette seconde Edition.

13. *Publii Syri Mimi , sive sententiæ*
*selectæ , Latine , Græce versæ , & Notis*
*illustratæ per Jos. Scaligerum ; cum Præ-*
*fatione Isaaci Casauboni.* Lugd. Bat.
1598. *in-8°.*

14. *Athenæi Deipnosophistarum Li-*
*bri XV. Græce & Latine , Interprete*
*Jacobo Dalechampio ; cum Isaaci Ca-*
*sauboni Animadversionum Libris XV.*
Lugd. 1600. *in-fol.* 2. Vol. It. *Ibid.*
1612. *in-fol.* 2. Vol. Les Remarqués
de *Casaubon* sont contenuës dans le
second Volume.

15. *Historiæ Augustæ scriptores , cum*
*Commentario Isaaci Casauboni.* Paris.
1603. *in-4°.* It. avec les Commentaires de *Saumaise* sur les mêmes Au-

teurs. *Pariſ.* 1620. *in-fol.* & *Leyde* **I. Ca-**
1670. *in-8°.* 2. Vol.                 **SAUBON.**

16. *Diatriba ad Dionis Chryſoſtomi*
*Orationes.* Dans l'Edition de cet Au-
teur donnée par *Frederic Morel* à
*Paris* en 1604. *in-fol.*

17. *Perſii Satyræ ex recenſione &*
*cum Commentar. Iſaaci Caſauboni.*
*Pariſ.* 1605. *in-8°.* It. *Londini* 1647.
*in-8°.* Les Notes, qui accompagnent
le texte de *Perſe*, ſont des leçons
qu'il avoit faites autrefois à *Geneve.*
Elles ſont augmentées dans l'Edition de 1647.

18. *De Satyrica Græcorum Poeſi, &*
*Romanorum Satyra Libri duo.* *Pariſ.*
1605. *in-8°.* *Caſaubon* prétend dans
cet Ouvrage que la Poëſie ſatyrique
des Latins eſt fort differente de celle
des Grecs. Sentiment qui a été attaqué par *Daniel Heinſius* dans ſes deux
Livres *De Satyra Horatiana.* *Lugd.*
*Bat.* 1629. *in-12.* *Ezechiel Spanheim*,
après avoir examiné dans la Préface
de ſa traduction des *Ceſars de l'Empe-*
*reur Julien*, les raiſons de ces deux
Sçavans, s'eſt déclaré pour le ſentiment de *Caſaubon.* *Crenius* a inſeré
l'Ouvrage de *Caſaubon* dans ſon *Mu-*

I. CA-*sæum Philologicum & Historicum. Lugd.*
SAUBON. *Bat.* 1699. *in-*8°. avec le suivant.

19. *Cyclops Euripidis Latinitate donata à Q. Septinio Florente. Casaubon,*
qui a publié cette traduction, l'a mis
à la suite de son traité *De Satyrica
Poesi, &c.*

20. *Gregorii Nysseni Epistola ad
Eustathiam, Ambrosiam & Basilissam.
Græce & Latine cum notis Is. Casauboni. Paris.* 1601. *in-*8°. It. *Hanoviæ*
1607. *in-*8°. Il est le premier, qui ait
publié cette Lettre.

21. *De libertate Ecclesiastica Liber*
1607. *in-*8°. pp. 264. *Casaubon,* qui
est l'Auteur de cet Ouvrage, le composa dans le fort des differends du Pape *Paul V.* & de la République de
*Venise,* pour la défense des Droits des
Souverains ; mais comme ces differends se terminerent pendant qu'il
s'imprimoit, le Roy *Henri IV.* en
fit arrêter l'impression & supprimer
l'Ouvrage. Cependant parce que
l'Auteur en envoyoit les feuilles à
quelques-uns de ses amis, à mesure
qu'elles sortoient de dessous la presse ; il s'échappa quelques exemplaires
de ce qui avoit été imprimé. On pré-

tend que ce fragment a été réimprimé une ou deux fois depuis. Ce qu'il y a de sûr c'est que *Melchior Goldast* l'insera dans ses *Collectanea de Monarchia S. Imperii*, Tome 1. p. 674. & *Almeloveen* l'a fait réimprimer de nouveau dans le Recüeil qu'il a donné des Lettres de *Casaubon*.

22. *Inscriptio vetus dedicationem fundi continens, ab Herode Rege facta, cum Notis Isaaci Casauboni.* Ce petit Ouvrage, qui a paru vers le même temps que le précedent, a été inseré par *Crenius* dans son *Musæum Philologicum.* Les Notes de *Casaubon* sont courtes, mais sçavantes ; cependant il paroît qu'il s'est trompé en attribuant l'Inscription, qu'elles accompagnent, à *Herode*, Roy de Judée, au lieu qu'elle est d'*Herode* l'Athenien.

23. *Polybii Opera Græce & Latine ex versione Isaaci Casauboni. Accedit Æneas Tacticus de toleranda obsidione, Græce & Latine. Paris.* 1609. *in-fol.* It. *Hanoviæ* 1609. *in-fol.* Edition copiée sur celle de *Paris.* On voit à la tête de ce Volume une Epître dédicatoire, qui passe avec raison pour un

chef-d'œuvre. Aussi avoit-il du talent pour ces sortes de Pieces, de même que pour les Préfaces. Dans celles-là il loüe sans bassesse, & d'une maniere qui paroît éloignée de la flaterie; dans celles-ci il expose le dessein & le merite de ses Ouvrages sans ostentation, & avec un air de modestie. Il peut servir de modéle pour ces sortes de Pieces, qui doivent être d'autant moins négligées, qu'elles s'offrent les premieres à la vûë du Lecteur, & qu'elles doivent prévenir son esprit en faveur du Livre. *Casaubon* est l'Auteur de la traduction de *Polybe*, & d'*Æneas Tacticus*; il avoit dessein d'ajoûter à tout cela un Commentaire; mais sa mort l'a empêché de l'executer, & on n'a de lui qu'une petite partie de cet Ouvrage, qui fut imprimé après sa mort, comme je le dirai plus bas.

24. *Josephi Scaligeri Opuscula Varia. Paris.* 1610. *in-*4°. It. *Francofurti* 1612. *in-*8°. *Casaubon* a publié ces Opuscules, à la tête desquels il a mis une Préface de sa façon.

25. *Ad Frontonem Ducæum Epistola, de Apologia Jesuitarum nomine Parisiis*

*edita. Londini* 1611. *in-4°.* Il eût été
à fouhaiter que *Cafaubon* eût toûjours continué à travailler fur les
Belles-Lettres, & à achever ce qu'il
avoit commencé fur *Polybe* ; il auroit
pu nous donner d'excellentes Editions de divers Auteurs Grecs, qui
n'ont point encore paru dans l'état
où l'on fouhaiteroit les voir ; mais
lorfqu'il fut arrivé en Angleterre, il
fut obligé de fe tourner vers un autre
genre d'étude. Le Roy avoit de l'inclination pour les matieres de contro-
verfe, & il fallut, pour lui faire fa
cour, qu'il fe conformât à fon goût,
& écrivît fur des fujets Theologiques. Il commença par cette Lettre,
qui eft datée du 2. Juillet 1611. & eft
la 730. du Recuëil d'*Almeloveen.* On
y voit les principaux reproches qu'on
a coûtume de faire aux Jefuites. *Cafaubon* y affecte de la moderation ; fa
Lettre ne laiffe pas cependant d'être
très forte & très-piquante. Le but
qu'il s'y propofe eft de réfuter la
*Réponfe Apologetique à l'Anti-Coton,
par François Bonald. Au Pont.* 1611.
*in.-*8°.

26. *Epiftola ad Georgium Michae*-

**I. CA-**
**SAUBON.** lem *Lingelshemium de quodam libello*
*Sciopii* 1612. *in-*4°. Cette Lettre eſt
la 828ᵉ. du Recüeil d'*Almeloveen*;
elle eſt datée du 9. Août 1612.

27. *Epiſtola ad Cardinalem Perro-*
*nium. Londini* 1612. *in-*4°. Cette
Lettre, qui eſt la 838ᶜ. du Recüeil
d'*Almeloveen*, eſt datée du 9. Novembre 1612. C'eſt moins l'Ouvrage
de *Caſaubon*, qu'une expreſſion fidéle
des ſentimens du Roy d'Angleterre
*Jacques I.* dont il dit qu'il n'a été que
le Secretaire, & de l'Egliſe Anglicane, ſur quelques points de Religion.
Auſſi a-t-elle été miſe parmi les
Oeuvres de ce Prince dans l'Edition
que *Jacques de Montaigu*, Evêque de
*Wincheſter*, en publia l'an 1619. Elle
eſt écrite avec aſſez de moderation,
& a été réfutée par le Cardinal *du Per-*
*ron*, dans une Replique, qui eſt demeurée imparfaite par ſa mort. *Va-*
*lentin Smalcius*, fameux Socinien,
en a prétendu auſſi réfuter quelques
endroits dans un petit Ouvrage,
publié ſous le nom d'*Antoine Reuch-*
*lin*, & intitulé : *Ad Iſaacum Caſau-*
*bonum Paræneſis. Racoviæ* 1614. *in-*4°.

28. *Exercitationes contra Baronium.*
*Lon-*

*Londini* 1614. *in-fol.* It. *Francofurti*
1615. *in-4°.* It. *Geneva* 1655. & 1663.
*in-4°. Casaubon* entreprit cet Ouvrage à la sollicitation du Roy d'Angleterre , & l'acheva en dix-huit mois ;
mais l'entreprise étoit au-dessus de
ses forces , parce qu'il n'avoit pas
assez médité les matieres Theologiques , qu'il n'avoit pas assez étudié
la Chronologie & l'Histoire , & qu'il
n'étoit pas assez versé dans la lecture
des Peres. Ainsi il n'est pas surpre-
nant qu'en voulant reprendre *Baro-
nius* de ses fautes , il en ait fait encore
de plus grandes en moins d'espace.
D'ailleurs comme il n'a pas été plus
loin que l'an 34. on a dit avec raison
qu'il n'avoit attaqué l'édifice de *Ba-
ronius* que par les Girouettes.

29. *Ad Polybii Historiarum Librum
primum Commentarius.* *Parif.* 1617.
*in - 8°.*

30. *Isaaci Casauboni Epistola. Haga
Comit.* 1638. *in-4°.* Cette Edition a
été publiée par les soins de *Jean-Fre-
deric Gronovius.* It. *Editio secunda,* 82.
*Epistolis auctior , & juxta seriem tempo-
rum digesta per Joan. Georgium Gra-
vium. Magdeburgi* 1656. *in-4°.* Ces

*Tome XVIII.* N

deux Editions ont été effacées par une troisiéme dont voici le titre, qui indique ce qu'elle contient : *If. Casauboni Epistolæ, insertis ad easdem responsionibus, quotquot hactenus reperiri potuerunt, secundum seriem temporis accurate digesta. Accedunt huic Editioni præter trecentas ineditas Epistolas, If. Casauboni vita, ejusdem Dedicationes, Præfationes, Prolegomena, Poemata, Fragmentum de Libertate Ecclesiastica. Item Merici Casauboni Epistolæ, Dedicationes, Præfationes, Prolegomena, & Tractatus quidam rariores. Curante Theodoro Janson ab Almeloveen. Roterodami* 1709. *in-fol.* Les Lettres contenuës dans ce Volume sont au nombre de mille cinquante neuf, rangées selon l'ordre des temps, & de cinquante & une sans date. On n'y voit ni élegance de stile, ni délicatesse de pensées ; d'ailleurs les mots Grecs qu'on y trouve fréquemment, font une bigarrure, qui étoit du goût des Sçavans du temps de *Casaubon*, mais qui déplaît maintenant ; encore si elles renfermoient plusieurs particularitez litteraires, ou quelque chose d'interes-

fant, on feroit dédommagé de ces **I. CA-**
defauts; mais ces fortes de chofes y saubon.
font affez rares, & la curiofité n'y
voit gueres de quoi fe fatisfaire.

31. *Cafauboniana, five Ifaaci Ca-*
*fauboni varia de fcriptoribus Librifque*
*judicia, Obfervationes facræ in utriuf-*
*que Fœderis loca, Philologicæ item &*
*Ecclefiafticæ, ut & Animadverfiones in*
*Annales Baronii Ecclefiafticos ineditæ,*
*ex variis Cafauboni Mff. in Biblio-*
*theca Bodleiana reconditis nunc primum*
*erutæ à Joan. Chriftopho Woifio. Ac-*
*cedunt duæ Cafauboni Epiftolæ ineditæ,*
*& Præfatio ad Librum de Libertate*
*Ecclefiaftica, cum Notis Editoris in*
*Cafauboniana, ac Præfatio quâ de hu-*
*jus generis Libris differitur. Hamburgi*
*1710. in-4°.* Il n'y a rien de fort con-
derable dans ce Recüeil.

V. *fa Vie par Almeloveen, à la tête*
*du Recüeil de fes Lettres.*

## MERIC CASAUBON.

M. CA-
SAUBON.

**M**ERIC *Casaubon* naquit à *Geneve* le 14. Août 1599. d'*Isaac
Casaubon*, dont je viens de parler &
de *Florence Etienne*, qui lui donnerent le nom de *Meric*, à cause de
*Meric de Vicq* leur Protecteur.

Il fit ses premieres études à *Sedan*,
& les continua en Angleterre, où
son pere l'emmena, lorsqu'il y passa
en 1610. Il y fut fait en 1616. membre du College de *Christ* à *Oxford*,
& reçut le degré de Docteur dans
cette Université à l'âge de 21. ans.

Ayant ensuite pris les Ordres,
suivant les Rits de l'Eglise Anglicane, il eut une Prebende de *Cantorbery*, & la Rectorerie de *Jackham*,
qui n'est pas éloignée de cette Ville;
outre cela il fut nommé en 1635.
Professeur en Theologie. Il perdit
tous ces postes, dans les Guerres
Civiles d'Angleterre, à cause de sa
fidelité pour son Prince legitime;
mais au rétablissement du Roy *Charles II*. ils lui furent rendus, & il les a
conservez depuis jusqu'à sa mort.

L'étude & le commerce des Sçavans font les feules chofes qui l'ayent
occupé toute fa vie , & on eft redevable au loifir dont il joüiffoit , & à
la tranquillité dans laquelle a vêcu,
de la plûpart des Ouvrages qu'il a publiez. Il eft vrai qu'ils n'approchent
pas de l'érudition de ceux de fon
pere , mais ils ne laiffent pas malgré
cela d'avoir leur merite.

Il époufa une femme qui lui apporta beaucoup de bien , & qui mourut en 1651. après lui avoir donné
quelques enfans ; mais aucun n'a
figuré dans la République des Lettres.

Il mourut le 14. Juillet 1671. âgé
de 72. ans , & non pas de 75. comme
on l'a marqué dans fon Epitaphe.
Cette Epitaphe fe voit dans un porti-
que de l'Eglife Cathedrale de *Cantorbery* où il fut enterré. La voici :

*Sta & Venerare Viator.*

*Hic mortales immortalis fpiritus exu-*
*vias depofuit Mericus Cafaubonus ,*
*magni nominis , eruditique generis par*
*hæres ; quippe qui patrem Ifaacum Ca-*
*faubonum , Avum Henricum Stepha-*
*num , Proavum Robertum Stephanum*

N iij

*habuit. Hui quos viros ! Quæ Litterarum lumina ! Quæ ævi sui decora ! Ipse eruditionem per tot erudita capita excepit, excoluit, & ad pietatis ( quæ in ejus pectore Regina sedebat ) ornamentum & incrementum fœliciter consecravit : Rempublicam Litterariam multiplici rerum & linguarum supellectile locupletavit. Vir, incertum, doctior an melior, in pauperes liberalitate, in amicos utilitate, in Omnes humanitate, in acutissimis longissimi morbi tormentis Christiana patientia insignissimus. Gaudeat primaria hæc Ecclesia primariis Canonicis Casaubonis ambobus, qui eundem in Eruditorum, quem ipsa in Ecclesiarum serie, ordinem obtinent. Obiit noster pridie Idus Julii 1671. ætatis suæ 75. Canonicatus sui 46.*

Catalogue de ses Ouvrages.

I. *Pietas contra Maledicos Patrii Nominis & Religionis hostes. Londini* 1621. *in-*8°. Cet Ouvrage, où *Meric Casaubon* rapporte plusieurs particularitez de la vie de son pere, est une défense de ce grand Homme contre *Gaspar Scioppius, Jules Cesar Boulanger, André Eudæmon-Jean,* & quelques autres, qui avoient dit du

mal de lui , par rapport à ſes mœurs
& à ſa Rêligion.

2. *Vindicatio Patris adverſus Impoſ-
tores , qui librum ineptum & impium de
Origine Idololatriæ nuper ſub Iſaaci
Caſauboni nomine publicarunt. Londini
1624. in-4º.* Cet écrit , qui ſe trouve
de même que le précedent , à la ſuite
des Lettres des deux *Caſaubon* , dans
le Recüeil d'*Almeloveen* , tend à juſtifier *Caſaubon* le pere , de l'attribu-
tion qu'on lui avoit faite mal à propos
du Livre de l'Idolâtrie. On lui en
attribua dans la ſuite un autre, qu'on
imprima auſſi ſous ſon nom , ſous le
titre d'*Iſaaci Caſauboni Corona Regia* ,
mais qu'on a ſçu depuis être de
*Gaſpar Scioppius.*

3. *Optati Libri VII. de Schiſmate
Donatiſtarum , cum Merici Caſauboni
Notis & Emendationibus. Londini* 1631.
*in -* 8º.

4. *Les Reflexions de l'Empereur
Marc - Aurele Antonin , traduites en
Anglois , avec des Remarques. Londres*
1635. *in-*4º. L'eſtime que *Meric Caſaubon* faiſoit de ce Livre fut le motif
qui l'engagea à le traduire , pour en
faciliter la lecture aux Anglois.

N iiij

5. *Traité de l'Usage & de la Coûtume.* ( en Anglois) *Londres* 1638. *in-*8°.

6. *M. Aurelii Antonini de Vita sua
Meditationum Libri* 12. *Grace & Latine, cum Merici Casauboni Notis.
Londini* 1643. *in-*8°. La version Latine qui accompagne le texte Grec de
*Marc-Antonin* est celle de *Xylander*,
corrigée par *Meric Casaubon*, qui a
joint ses Notes à celles de ce Sçavant.

7. *La cause premiere des maux qui
arrivent en ce monde.* ( en Anglois )
*Londres* 1645. *in-*8°.

8. *Dissertation sur l'Incarnation &
l'anéantissement de Jesus-Christ, & sur
les principes de la Religion Chrétienne.*
( en Anglois ) *Londres* 1646. *in-*8°.

9. *De Verborum usu, & accurata
eorum cognitionis utilitate Diatriba.
Londini* 1647. *in-*8°.

10. *Persii Satyra cum Notis Isaaci
Casauboni. Londini* 1647. *in-*8°. *Meric
Casaubon* a donné dans cette Edition,
qu'il a publiée, des Notes de son pere
plus amples que celles qui avoient
paru dans l'Edition de 1605.

11. *De quatuor Linguis Commenta-
tionis Pars I. quæ de Lingua Hebraica*

*& de Lingua Saxonica. Accesserunt*   M. CA-
*Guilielmi Somneri ad verba vetera Ger-* SAUBON.
*manica Lipsiana Notæ. Londini* 1650.
*in -* 8º.

12. *Terentius cum Notis Thomæ Far-*
*nabii in quatuor priores Comœdias, &*
*Merici Casauboni in Phormionem &*
*Hecyram. Londini* 1651. *in-*12. Farnabe étant mort avant que d'avoir
achevé son Commentaire sur *Terence*,
*Casaubon* fut engagé par le Libraire
à travailler sur les deux Comedies
ausquelles il n'avoit point touché.

13. *Hierocles de Providentia & fato,*
*& Fragmenta ejusdem Græce & Latine,*
*cum Lilii Gyraldi Interpretatione Sym-*
*bolorum Pythagoræ : Accedunt aurea*
*Pythagoreorum Carmina, & in ea Hie-*
*roclis Commentarius, Græce & Latine,*
*Interprete Joanne Curterio, cum Notis*
*Merici Casauboni. Londini* 1655. *in-*
8º. *It. Londini* 1673. *in-*8º. 2. Vol.
*Casaubon* avoit eu d'abord dessein de
corriger la Version Latine d'*Hiero-*
*cles*, qui lui paroissoit en avoir besoin; mais n'ayant sçu que l'Ouvrage
s'imprimoit que lorsqu'il étoit près
de sa fin, il se contenta d'y ajoûter
quelques Notes Grammaticales.

**M. CA-**
**SAUBON.** 14. *Traité de l'Enthousiasme.* (en Anglois) *Londres* 1655. *in-8°.*

15. *De Nupera Homeri Editione Lugduno - Batavica Hackiana, cum Latina Versione, & Didymi Scholiis; sed & Eustathio, & locis aliquot insignioribus ad Odysseam pertinentibus; Item super loco Homerico dubiæ apud Antiquos Interpretationis, quo Dei in hominum tam mentes, quam fortunas imperium asseritur, binæ Dissertationes. Londini* 1659. *in-8°.* It. à la fin du Recüeil des Lettres de son pere, dans l'Edition d'*Almeloveen.*

16. *Epicteti Enchiridion, Græce & Latine, cum Notis Merici Casauboni, & Cebetis Tabula. Londini* 1659. *in-8°.* La Version d'*Epictete*, qui se trouve dans ce Volume est de *Jerôme Wolfius.*

17. *L'Histoire Romaine de L. Florus*, traduite en Anglois par *M. Casaubon*, avec des Notes. *Londres* 1659. *in-8°.*

18. *Dissertation touchant le commerce du Docteur Jean Dée avec les Esprits* ( en Anglois ) *Londres* 1659. *in-8°.*

19. *Orationis Dominicæ, prout formalis ( hoc est ipsissimis suis verbis usurpanda ) habetur, Vindiciæ.* ( en An-

glois ) *Londres* 1661. C'eſt ainſi que cet Ouvrage eſt marqué dans l'Hiſ-toire de l'Univerſité d'*Oxford.*

M. CA-SAUBON.

20. *Notæ in Diogenem Laertium.* Elles ſont jointes à celles de ſon pere dans les Editions de cet Auteur faites à *Londres* en 1664. *in-fol.* & à *Amſ-terdam* en 1692. *in-4°.*

21. *Lettre à Pierre du Moulin ſur la Philoſophie naturelle & experimentale, & ſur quelques Livres concernant cette matiere, imprimez depuis peu.* (en An-glois) *Cambridge* 1669. *in-8°.*

22. *De la crédulité & de l'incredulité ſur les choſes naturelles & civiles.* ( en Anglois ) *Londres* 1670. *in-8°.* C'eſt une réponſe au Livre de *Jean Wagſ-taffe* ſur les Sorcelleries & les Sorciers, publié l'année précedente à *Londres,* où cet Anglois réfutoit l'opinion que l'on a communément ſur cette ma-tiere.

23. *Notæ in Polybium,* imprimées pour la premiere fois dans l'Edition de cet Auteur, publiée par les ſoins de *Jacques Gronovius* à *Amſterdam,* en 1670. *in-8°.*

24. *Traité dans lequel on prouve par des exemples & par des raiſons, qu'il*

sM. GA- y a des *Sorciers*, *&* qu'ils font des choſes
AUBON. ſurnaturelles. ( en Anglois ) *Londres*
1 6 7 2.

25. *De Jure Concionandi apud anti-*
*quos.* *Wood* qui rapporte le titre de
ce Livre, ſe contente de dire qu'il eſt
en Latin, & n'en marque ni la date,
ni la forme, non plus que des ſuivans.

26. *Réponſe à l'Auteur du Livre inti-*
*tulé* : *La conduite ſtable*, *ou nouvelle*
*maniere de prouver l'infallibilité.* ( en
Anglois )

27. *Diſcours ſur les Verſets* 4. *&* 5.
*du Chapitre* 3. *d'Oſée.* ( en Anglois )

28. *Epiſtolæ*, *Dedicationes*, *Præfa-*
*tiones*, *Prolegomena*, *& Tractatus qui-*
*dam rariores.* *Curante Theodoro Janſon*
*ab Almeloveen. Roterodami* 1709. *in*
*fol.* A la ſuite des Lettres d'*Iſaac Ca-*
ſaubon.

V. ſon Eloge à la ſuite de celui
de ſon pere, par *Almeloveen*, à la
tête de leurs Lettres, & *Antonii*
*Wood Hiſtoria Univerſitatis Oxonien-*
*ſes.*

# ANDRE' VALLADIER.

LA Maifon de *Valladier* eft originaire du Village de *Valladier*,
près de la petite Riviere d'*Andrable*,
dans la Paroiffe de *Merle*, dans le
Forez.

*Claude Valladier* fut le premier qui
quitta fon Village pour s'établir dans
une petite Ville du voifinage, appellée *Saint-Pal*, par abbreviation du
nom de S. *Paul*, Patron du lieu. Ce
*Claude Valladier* eut deux enfans,
*Jean* & *André*. Meſſieurs *Valladier* de
*Saint-Pal* defcendent de *Jean*; c'eft
la tige aînée.

*André* marié avec *Jeanne Baile*,
fille d'un Receveur des Tailles de
l'Election d'*Iſſoire* en Auvergne, eut
trois enfans mâles; *Antoine, Pierre*
& *André* fecond. *Antoine* fixa fa demeure à *Crapone* en Velay. MM. *Gal-
let* defcendent d'une fille qu'il eut de
fon premier Mariage avec *Claudine
Maurin. Pierre* fut Baillif de *Sauci-
lianges*; & *André* fecond prit le parti
de l'Eglife, & c'eft celui dont je me
propofe de parler.

A. VAL-
LADIER.

Il naquit à *Saint-Pal* vers l'an 1570. & fit une partie de ses études à *Lyon*. Une éloquence naturelle, un esprit vif, une memoire prodigieuse, & outre cela une application singuliere au travail, le distinguerent de bonne heure de ses Compagnons, & engagerent ses parens à ne rien épargner pour son éducation. Ils l'envoyerent à *Paris*, où il se fit bien-tôt connoître, quoique jeune, par des Sermons remplis d'érudition, suivant le goût de son temps.

Il avoit coûtume de dire la Messe dans un Couvent de Religieuses, dont la Superieure l'invita à prêcher à la vêture d'une Novice. Parmi ses Auditeurs il eut le bonheur d'avoir le Cardinal de *Givry*, qui fut si content de sa Prédication, qu'il lui donna sa table, & lui accorda sa protection.

Les premiers succès donnent du courage; un illustre Protecteur fait prendre l'essor; il n'est plus question que de se soûtenir. *André Valladier* soûtint avec superiorité sa réputation naissante, & l'augmenta même. Il prêcha à la Cour, & y fut si bien

goûté, que le Roy *Henri IV.* le choi- A. VAL-
ſit pour ſon Prédicateur ordinaire.   LADIER.

En 1610. le Cardinal de *Givry*
ayant été nommé à l'Evêché de
*Mets*, *André Valladier*, qui lui
étoit fort attaché, ne put refuſer la
qualité de ſon Vicaire Général,
qu'il le preſſa d'accepter, & ſe vit
par-là obligé d'abandonner *Paris* &
la Cour.

Le Cardinal, pour adoucir la peine
que *Valladier* avoit d'être éloigné d'un
lieu qu'il aimoit, lui donna quelque
temps après, la Theologale de ſon
Egliſe de *Mets*.

Les fonctions attachées aux deux
emplois de Theologal & de Vicaire
General, ne furent point pour lui un
fardeau trop peſant. Il s'en acquitta
avec tant de ſuffiſance, & ſe fit connoître ſi avantageuſement à *Mets* par
ſes Prédications, que l'Abbaye Regu-
liere de S. *Arnoul* de cette Ville ayant
vaqué par le décès de *Charles de Senneton*, les Religieux, capitulairement
aſſemblez, l'élurent pour leur Abbé,
à la charge de prendre l'habit & de
faire profeſſion dans l'Ordre de S.
*Benoit*; condition qu'il executa.

La difficulté fut de faire agréer cette Election à la Cour, parce qu'on
prétendoit qu'en vertu du Concor-
dat, le Roy étoit ſeul en droit de
nommer à l'Abbaye de S. *Arnoul.*

*Valladier* comprenant que ſa preſence étoit néceſſaire à *Paris*, ne manqua pas de s'y rendre pour ſolliciter
cette affaire. Il y prêcha dans l'Egliſe
de S. *Mederic*, & le nouveau ſuccès
qu'eurent ſes Sermons, augmenta le
nombre de ſes Protecteurs, qui agirent ſi puiſſamment pour lui, que le
Roy *Louis XIII.* par un Arrêt de ſon
Conſeil privé confirma ſon Election,
& révoqua le don de l'Economat,
accordé à un parent de *Charles de
Senneton*, dernier Abbé.

Cet obſtacle levé, il en eut un ſecond à ſurmonter. Le Cardinal *François de la Rochefoucaud* avoit obtenu
des proviſions en Cour de Rome de
l'Abbaye de S. *Arnoul.* Un tel ad-
verſaire n'étonna pas *Valladier*, il
avoit bon droit, cela lui ſuffiſoit. On
trouve dans une de ſes lettres, qu'écri-
vant à ce Cardinal il lui diſoit : *Je ne
diſpute pas que vous ne ſoyez Cardinal;
mais vous ne devez pas diſputer que je ne
ſois.*

*du bois dont on les fait.* Phrafe ufée maintenant, mais qui avoit alors la grace de la nouveauté.

Enfin le Cardinal de *la Rochefoucaud*, laffé de foûtenir une mauvaife
caufe, ceda fon droit à *Valladier*, qui
accepta fa ceffion *Jus Juri addendo*,
& prit une nouvelle poffeffion de
l'Abbaye le 14. Mars 1614.

Si la poffeffion de cette Abbaye lui
fit honneur, il lui fut de fon côté
très utile. Il la combla de biens, l'em-
bellit d'Ornemens d'Eglife très-pré-
cieux, rétablit les bâtimens, & travailla fortement à fa réforme. Les
Moines fe repentirent alors d'avoir
fait choix d'un Abbé fi régulier & fi
grand ennemi de l'oifiveté ; mais
inutilement. Il ne les ménagea pas :
il leur parloit ainfi dans une de fes
Remontrances : *Vous êtes des gens de
Crapule, & d'une ignorance Afinine ;
je pourvoirai aux defordres. J'obtiendrai
de la Cour de Rome & de celle de France, que l'Abbaye de S. Arnoul foit fervie
par les bons Peres Benedictins de Saint
Vanne.* Il leur tint parole, & fes menaces eurent leur effet. La réforme
de la Congrégation de S. *Vanne*, fut

*Tome XVIII.* O

A. VAL-établie dans l'Abbaye de S. *Arnoul*,
LADIER.  où elle subsiste encore.

*Valladier* eut bien d'autres traverses
à essuyer. En voici le sujet : Lorsque
l'Empereur *Charles-Quint* mit le Siége
devant *Mets*, le Duc de *Guise*, qui
en étoit Gouverneur, ruina tous les
dehors, & le Monastere de S. *Arnoul*,
qui étoit dans les Fauxbourgs, fut
compris dans cette ruine. Après la
levée du Siége, les Benedictins ob-
tinrent du Duc *de Guise* qu'il leur seroit permis de loger dans le Couvent
des Peres Dominicains. Ainsi logez
ils se mirent peu en peine de rebâtir
leur Monastere. Cependant les Dominicains s'ennuyerent d'avoir de tels
Hôtes, qui les mettoient à l'étroit,
& agirent en Justice pour leur faire
quitter la place. Le procès fut long;
mais il étoit sur le point d'être jugé
en faveur des Dominicains, lorsque
le Roy *Henri III*. fut malheureusement assassiné par *Jacques Clement*,
qui étoit de leur Ordre. Cette cir-
constance ne leur parut pas favorable
pour pousser plus loin cette affaire,
qu'ils remirent à un autre temps. Les
choses ayant demeuré ainsi indéci-

fes, les Benedictins demeurerent tran- A. VAL-
quilles. Mais lorſque l'indignation LADIER.
qu'on avoit conçuë contre les Dominicains ſe fut diſſipée, ils recommen-
cerent leurs pourſuites, & comme ils
ſembloient bien fondez dans leurs
demandes, ils ſe virent bien-tôt prêts
à parvenir à leurs fins. Malheureuſe-
ment ils eurent alors en tête *André*
*Valladier* nouvellement pourvû de
l'Abbaye de S. *Arnoul*, qui fit tant
par ſon crédit & par celui du Duc
d'*Epernon*, Gouverneur du Païs
Meſſin, qui le protegeoit, qu'il obtint des défenſes aux Dominicains de
troubler les Peres Benedictins.

Ces ſuccès ne le mirent pas en repos. Les Officiers de *Mets* le traver-
ſerent à l'occaſion des privileges de
ſon Abbaye ; & la diſpute s'échauffa
juſqu'à un tel point, qu'il fut obligé
de ſe retirer pour quelque temps à
*Nancy*, où il fit une docte Apologie
pour ſe laver des calomnies dont on
le chargeoit.

La Deviſe qui accompagnoit ſes Armes lui convenoit parfaitement bien.
C'étoit celle-ci : *Superat & creſcit*
*malis.* En effet tant qu'il eut des ad-

A. VAL-versaires, il tint ferme & les confon-
LADIER. dit; mais dès qu'il fut tranquille, il
s'adoucit, & abandonna l'Abbaye,
qui faisoit le sujet de leur envie. Il
donna sa résignation le 18. Août
1618. en faveur du Prince *Nicolas-
François de Lorraine.*

Il vêcut encore vingt ans après cette résignation, avec beaucoup de
réputation. Ce fut alors qu'il acheva
de mettre au net les Ouvrages qu'il
donna bien-tôt après au public.

Il fut en telle considération auprès
de *Nicolas-François de Lorraine*, son
Résignataire, & du Cardinal de *Ri-
chelieu*, qui fut Abbé de S. *Arnoul*
après le Prince *de Lorraine*, que l'un
& l'autre le laisserent joüir des revenus de l'Abbaye, & l'en établirent
Econôme absolu jusqu'à sa mort, qui
arriva le 3. Août 1638. lorsqu'il étoit
âgé d'environ 68. ans.

Il avoit attiré auprès de lui deux
de ses neveux, *Pierre* & *Michel
Valladier. Pierre* servit dans le Regiment d'*Uxelles*, & fut tué au Siége
d'*Orbitello. Michel* fut pourvu de la
Charge de Prevôt des Bandes de la
Garnison de *Mets*, & est mort sans
enfans.

Catalogue de ses Ouvrages. A. VAL-
LADIER.

1. *Labyrinthe Royal de l'Hercule Gaulois, triomphant sur le sujet des Fortunes, Batailles, Victoires, Trophées, Triomphes, Mariages & autres faits heroïques d'Henri IV. representé à l'entrée triomphante de la Reine en la Cité d'Avignon,* 1600. *avec fig. Avignon* 1601. *in-fol.* It. sans figures dans le premier Tome du *Cérémonial François de Godefroy,* p. 958. Cet Ouvrage ne porte point le nom de *Valladier*; mais le P. *le Long* assûre que cet Auteur le reconnoît pour le sien dans un Memoire manuscrit des Ouvrages qu'il a composez. Il entre dans un détail curieux des Antiquitez d'*Avignon*; mais il n'est pas exact, & donne un peu dans le fabuleux.

2. *Speculum Sapientiæ Matronalis ex Vita Sanctæ Francisca Romanæ Fundatricis Sororum Turris speculorum, Panegyricus. Paris.* 1609. *in-4°.* It. traduit en François. *Miroir de Sapience de la Dame Chrétienne sur la Vie de Sainte Françoise Romaine, Fondatrice des Sœurs de la Tour des Miroirs. Paris* 1611. *in-4°.*

3. *Variorum Poematum Liber. Paris.* 1610. *in-8°.*

A. VAL-
LADIER.

4. *Parenese Royale sur les Cérémonies du Sacre de Louis XIII. Paris 1611. in - 8°.*

5. *Epitaphe Panegyrique, ou le Pontife chrétien sur la vie, les mœurs, & la mort d'Anne d'Escars, dit Cardinal de Givri. Paris 1612. in - 8°. Valladier* étoit son Vicaire Général dans l'Evêché de *Mets.*

6. *Consultatio ex parte RR. Religioforum Metenfium, super Postulatione ab ipsis Canonice celebrata juxta Concordata Germanica de Andrea Valladerio, cum Paralipomenis ad dictam Consultationem. Paris. 1612. in-12.* Je ne connois cet Ouvrage que par le Catalogue de la Bibliotheque d'*Oxford*, où il est rangé sous son nom.

7. *La Sainte Philosophie de l'Ame, Sermons pour l'Advent, prêchés à Paris à Saint Mederic l'an 1612. Paris 1613. in-8°. Valladier* a eu raison de donner le nom de Philosophie à ces Sermons ; on y voit en effet beaucoup de raisonnemens Philosophiques, suivant le goût de son temps ; de fréquens passages Latins, & quelquesfois même Grecs ; les Philosophes Payens & les Theologiens Scholasti-

ques citer fort fouvent ; mais très-peu
de morale. C'étoit la maniere de prêcher, qui étoit alors en ufage, pour
laquelle il falloit avoir plus de fcience & d'érudition qu'il n'en faut
maintenant ; mais qui n'étoit gueres
propre à inftruire les peuples de leurs
devoirs, & des principes folides de
la Religion.

8. *Metencalogie Sacrée, ou Sermons
de Carême. Paris, in-8°.* 2. Vol. Je
n'en fçai point la date.

9. *La Tyrannomanie étrangere, ou
Plainte libellée au Roy pour la conferva-
tion des faints Decrets des Concordâts de
France & de Germanie. Paris* 1615. *&*
1626. *in-4°.*

10. *L'Augufte Bafilique de l'Abbaye
Royale de S. Arnoul de Mets de l'Ordre
de S. Benoît, pour le recouvrement, ré-
tabliffement & maintien de fon ancienne
exemption. Traité contenant les Bulles,
Fondations & exemptions de cette Abbaye, défenduës par André Valladier.
Paris* 1615. *in-4°.* Il fit cet Ouvrage
pour fa défenfe dans les démêlez
qu'il eut avec les Officiers de *Mets.*

11. *Partitiones Oratoria. Parif.* 1621.
*in - 8°.*

A. VAL-   12. *Sermons sur les Fêtes des Saints.*
LADIER.   *Paris* 1625. *in-*8°. 2. Vol.

   13. *Les saintes Montagnes & Colli-*
*nes d'Orval & de Clairevaux ; Vive*
*representation de la Vie exemplaire &*
*religieux trépas du Reverend Pere en*
*Dieu Dom Bernard de Montgaillard,*
*Abbé de l'Abbaye d'Orval, de l'Ordre*
*de Citeaux, au Païs de Luxembourg,*
*Predicateur ordinaire de leurs Altesses*
*Sérénissimes, sur le modele de l'incompa-*
*rable Saint Bernard, Abbé de Claire-*
*vaux, & du grand Legislateur Moïse.*
*Au jour & celebrité de ses exeques faites*
*solennellement trois jours durant, en l'E-*
*glise d'Orval, les* 10. 11. *&* 12°. *jour*
*d'Octobre l'an* 1628. *Par. R. P. en Dieu*
*Messire F. André Valladier, Docteur*
*en Theologie, Conseiller, Aumônier,*
*& Predicateur ordinaire du Roy, &c.*
*Luxembourg* 1629. *in-*4°. Il est surpre-
nant que *Valladier* ait voulu se rendre
le Panegyriste du plus furieux li-
gueur que la France ait jamais eu.

   On conserve dans la Bibliotheque
de S. *Arnoul de Mets*, une *Histoire*
*Ecclesiastique & Civile* Manuscrite
*du Comté d'Avignon, par André Val-*
*ladier, in-fol.*

V.

V. *l'Hiftoire univerfelle du Païs de* A. VAL-
*Forez, par Jean-Marie de la Mure,* LADIER.
*Chanoine de Montbrifon. Lyon 1674.*
*in-4°. p. 443.*

   *Cet Article m'a été envoyé de Toulou-*
*fe par une perfonne d'efprit & de merite,*
*dont on a déja vû quelques morceaux*
*curieux dans ces Memoires.*

---

## CHRISTIAN LONGOMONTAN

CHRISTIAN (a) *Longomontan* C. LON-
naquit en 1562. dans un petit GOMON-
Village du Jutland en Danemarc, TAN.
dont il a pris fon nom, de *Severin,*
Laboureur de ce lieu, qui malgré fa
pauvreté prit un grand foin de fon
éducation. Lorfqu'il l'eut perdu en
1570. un de fes oncles maternels fe
chargea pendant quelque temps de
lui, & le fit inftruire par le Miniftre
du lieu; mais comme il n'avoit pas
les moyens néceffaires pour le faire
étudier, il lui confeilla à la fin de
retourner chez fa mere, & de tra-

  (a) Il eft mal à propos appellé *Chriftophe*
dans *Morery*; faute qui eft prife du *Diarium*
de *Vvitte.*

  *Tome XVIII.* P

C. Lon-
GOMON-
TAN.

vailler comme ſes freres au labourage, pour gagner ſa vie.

Une ſi triſte extrêmité ne découragea pas le jeune *Longomontan*, qui ſentoit en lui une ardeur inconcevable pour les ſciences. Il obtint de ſa mere, à force de prieres, qu'elle lui laiſſeroit l'Hyver libre pour étudier, lui promettant d'employer tout l'Eté au travail des champs. Cela dura ainſi quelque temps ; mais enfin laſſé des mauvais traitemens & des reproches de ſes freres & ſœurs, qui ne pouvoient ſouffrir qu'il voulût être plus habile qu'eux, il ſe déroba en 1577. de ſa famille, à l'âge de quinze ans, & alla à *Wibourg*, qui eſt à douze mille de ſon Village, & où il y avoit un College.

Il paſſa onze ans en ce lieu, où, malgré les ſoins qu'il fut obligé de ſe donner pour avoir de quoi vivre, il s'appliqua avec beaucoup d'aſſiduité à l'étude des Belles-Lettres. Les Mathematiques même l'occuperent quelque temps, & il en apprit les élemens.

En 1588. il paſſa à *Copenhague* âgé de 26. ans, & pendant une année

qu'il y demeura, il s'y acquit telle- C. Lon-
ment l'eftime des Profeffeurs de l'U- GOMON-
niverfité de cette Ville, qu'ils le re- TAN.
commanderent fortement au fçavant
*Tycho-Brahé.* Cette recommandation fut efficace. *Longomontan* fut
très-bien reçu de ce fameux Aftronô-
me, qui demeuroit alors dans l'Ifle
d'*Huene*, où il l'alla trouver en 1589.
Il fe tint avec lui en ce lieu jufqu'en
1597. & l'aida beaucoup, foit à ob-
ferver les Aftres, foit à dreffer les
calculs; en quoi il fe montra fi exact,
fi laborieux, & fi habile, que *Tycho-
Brahé* conçut une affection particuliere pour lui, & qu'il ne voulut
point qu'il l'abandonnât.

C'est pourquoi il l'emmena avec
lui à *Wandersburg*, près de *Hambourg*, où ils demeurerent pendant
huit mois; & lorfqu'il eut quitté fa
patrie pour aller s'établir en Allemagne, il n'eut point de repos qu'il
n'eût attiré auprès de lui *Longomontan*, qui répondant à fes defirs l'alla
joindre au Château de *Benach*, près
de *Prague*, que l'Empereur *Rodolphe
II.* lui avoit donné, pour y faire fa
demeure.

P ij

*Longomontan* ne demeura qu'un an
en ce lieu ; car comme il souhait-
toit avoir une Chaire de Professeur
en Danemarc, *Tycho-Brahé* consentit
de se priver de sa presence & de ses
services, & lui donna un congé rempli des marques les plus glorieuses de
son estime. Il est daté du 4. Août
1600.

Il prit un grand détour en retournant en Danemarc, dans le dessein
de voir les endroits d'où *Copernic*
avoit contemplé les Astres. Arrivé en
ce Royaume, il y trouva d'abord un
bon Patron en la personne du Chancelier de Danemarc, qui lui donna
un emploi honnête dans sa Maison.
Il fut ensuite en 1603. Recteur de
l'Ecole de *Wibourg*, qu'il gouverna
pendant deux ans. Enfin on le mit en
1605. au rang des Professeurs de *Copenhague*, & il commença en 1607. à
y professer les Mathematiques ; ce
qu'il a continué de faire jusqu'à sa
mort.

Le Roy de Danemarc lui donna
outre cela un Canonicat de *Lunden*.

Il mourut le 8. Octobre 1647. âgé
de 85. ans.

Il avoit époufe *Dorothée Bartholin*, C. Lou-
fille de *Bartole Bartholin*, dont il a eu G O M O N.
deux garçons, & deux filles, & qui T A N.
mourut le 20. Juin 1637. âgée de 47.
ans après trente ans de Mariage. Ses
fils font morts avant lui.

Catalogue de fes Ouvrages.

1. *Thefes Summam Doctrinæ Ethicæ
complectentes. Hafniæ* 1610. *in-*4°.

2. *Difputatio Ethica de Animæ humanæ Morbis. Hafniæ* 1610. *in-*4°.

3. *Difputationes duæ de Philofophiæ
Origine, utilitate, definitione, divifio-
ne, & addifcendi ratione. Hafniæ*
1611. & 1618. *in-*4°.

4. *Syftematis Mathematici Part. I.
Arithmeticam folutam duobus Libris
Methodice comprehendens. Haf.* 1611.
*in-* 8°.

5. *Cyclometria è Lunulis reciproce
demonftrata, unde tam areæ, quam Pe-
rimetri Circuli exacta dimenfio & in nu-
meros diductio fecuta eft, hactenus ab
omnibus Mathematicis unice defiderata.
Hafniæ* 1 6 1 2. *in-*4°. It. *Hamburgi*
1627. *in-*4°. It. *Parif.* 1664. *in-*4°.
*Witte* s'eft trompé dans fon *Diarium
Biographicum*, en attribuant cet Ouvrage, qui a paru fans nom d'Au-

C. Lon-teur, à *George-Louis Froben*, sçavant
som on-Imprimeur de *Hambourg*, qui donna
fan. la seconde Edition ; sans faire attention que cet Imprimeur dans la Préface qu'il a mise à la tête, dit que
l'Ouvrage est d'un Disciple de *Ticho-
Brahé. Longomontan* a prétendu, dans
ce Livre & dans plusieurs autres
qu'il a publiez depuis, avoir trouvé
& même démontré la quadrature du
cercle, qui est l'écueil où les plus
grands genies ont échoué jusqu'ici :
mais il n'y fut pas plus heureux que
les autres, malgré la bonne opinion
qu'il avoit de son travail. *Jean Pell*,
Anglois, Professeur de Mathematiques à *Amsterdam*, & depuis à *Breda*,
remarqua d'abord dans sa prétenduë
démonstration beaucoup de paralo-
gismes, de même que les plus fameux Mathematiciens de l'Europe.

6. *Disputatio de Eclipsibus. Hasniæ*
1616. *in*-4°.

7. *Astronomia Danica in duas partes
tributa, quarum prima doctrinam de
diuturna apparente siderum revolutione
super Sphæra armillari veterum instau-
rata duobus Libris explicat ; secunda
Theorias de motibus Planetarum ad ob-*

*servationes D. Tychonis de Brahe , &c.* C. LON-
*itidem duobus Libris complectitur. Ams-* GOMON-
*telodami 1622. in-4°. It. Amstel. 1640.* TAN.
*& 1663. in-fol. Gassendi* dit dans la
Vie de *Tycho-Brahé*, que cet Ouvrage lui appartient plus qu'à *Longomontan*, parce que les Tables des mouvemens célestes, qui y sont contenuës, ont été commencées sous les
yeux & la direction de *Tycho-Brahé*,
& ont été achevées sur un Recüeil
de ses Observations choisies, que
*Longomontan* avoit copiées pour son
usage.

8. *Disputationes quatuor Astrologicæ.*
*Hafniæ 1622. & seq. in-4°.*

9. *Pentas Problematum Philosophiæ.*
*Hafniæ 1623. in-4°.*

10. *De Chronolabio Historico, seu
de Tempore Disputationes tres. Hafniæ
1627. in-4°.*

11. *Disputatio de tempore trium Epo-
charum, Mundi Conditi, Christi Nati,
& Olympiadis primæ. Hafniæ 1629.
n-4°.*

12. *Zetemata septem de summo Hominis bono. Hafniæ 1630. in-4°.*

13. *Disputatio de summo Hominis
malo.* Ibid. *1630. in-4°.*

P iiij

C. Lon-
gomon-
tan.

14. *Geometriæ Quæsita XII*. *de Cy-*
*clometria rationali & vera.* Ibid. 1631.
*in* -4°.

15. *Inventio Quadratura Circuli.*
Ibid. 1634. *in* 4°.

16. *Disputatio de Matheseos indole.*
Ibid. 1636. *in*-4°.

17. *Coronis Problematica ex Myste-*
*riis trium Numerorum.* Ibid. 1637.
*in* - 4°.

18. *Problemata duo Geometrica.* Haf.
1638. *in*-4°.

19. *Problema contra Paulum Guldi-*
*num de Circuli Mensura.* Ibid. 1638.
*in*-4°. Le desir de défendre sa prétenduë Démonstration de la quadrature
du cercle, qui étoit attaquée de toutes parts, a produit cet Ouvrage, &
la plûpart de ceux qui suivent.

20. *Introductio in Theatrum Astrono-*
*micum.* Haf. 1639. *in*-4°.

21. *Rotundi in Plano, seu Circuli*
*absoluta Mensura.* Amstelodami 1644.
*in* - 4°.

22. *Energeia proportionis sesquater-*
*tiæ.* Hafnia 1644. *in*-4°.

23. *Controversia cum Pellio de vera*
*Circuli Mensura.* Ibid. 1645. *in*-4°.

24. *Admiranda Operatio trium Nu-*

*merorum* ç. 7. 8. *ad Circulum vere mul-* C. Lon-
*tiſque modis in ſe ſuiſque quadratis men-* GOMON-
*ſurandum. Haſ.* 1645. *in-*4°. TAN.

25. *Caput tertium Libri primi de
abſoluta Menſura Rotundi plani , una
cum Elencho Cyclometriæ* J. *Scaligeri ,
& Appendice de defectu Canonis , &c.
Haſ.* 1646. *in-*4°.

V. *Laurentii Scavenii Programma
funebre. Eraſmi Vindingii Academiæ
Hafnienſis* , p. 212. *Alberti Bartholi-
nus de ſcriptis Danorum. Johannis Mol-
leri ad Bartholinum Hypomnemata.*
Tous ces Auteurs ſont exacts.

# EDOUARD HERBERT.

EDOUARD *Herbert* naquit vers
l'an 1581. à *Mongomeri*, Ville
de la Principauté de Galles, de *Richard
Herbert*, & de *Madeleine Newport*.

Il fut mis en 1595. & dans la 14$^e$.
année de son âge, dans le College de
l'Université d'*Oxford*, où il fit des
progrès très-considerables dans les
sciences.

Ses études finies, il voyagea dans
les Païs Etrangers, & y apprit tous
les exercices, qui conviennent à un
jeune Gentilhomme.

De retour en Angleterre, il fut fait
Chevalier du Bain, au Couronnement
du Roy *Jacques I.* c'est-à-dire en
1603. Ce Prince le mit ensuite au
nombre de ses Conseillers pour les
affaires de la Guerre, & l'envoya en
Ambassade à *Louis XIII.* Roy de
France, pour tâcher de le rendre
plus favorable aux Protestans, qui
étoient alors assiegez en plusieurs endroits du Royaume.

Il demeura en France en qualité

d'Ambaffadeur, pendant cinq ans, E. HER-
jufqu'au mois de Juillet 1621. qu'il BERT.
fut rappellé pour quelque infulte
qu'il fit à M. *de Luines*, Conétable
de France, & *Edouard Sackvile* fut
envoyé à fa place.

Quatre ans après le Roy *Jacques I.*
le fit Baron de *Kerri* ou *Caftle-Ifland*,
en Irlande ; titre que *Charles I.* changea la cinquiéme année de fon régne
en celui dé Baron de *Cherbury*, en
Angleterre.

Ayant abandonné le parti du Roy
pour prendre celui du Parlement, il
obtint fatisfaction par rapport à fon
Château de *Mongomeri*, qui avoit
été rafé par ordre de quelques-uns
de fes membres.

Mais il ne furvêcut pas long-temps
à cet évenement ; car il mourut le 20.
Août 1648. vieux ftile, dans le voifinage de *Londres*, âgé de 67. ans ; &
fut enterré dans l'Eglife de S. *Giles*,
hors de cette Ville, où l'on lui drefla
cette Epitaphe :

*Heic inhumatur corpus Edwardi*
*Herbert Equitis Balnei, Baronis de*
*Cherbury & Caftle-Ifland, Auctoris*
*Libri, cui titulus eft* : De Veritate.

**E. HER-BERT.**

*Reddor ut herbæ, vicesimo die Augusti anno Domini 1648.*

Catalogue de ses Ouvrages.

1. *De Veritate, prout distinguitur à Revelatione, à Verisimili, à Possibili, & à Falso. Paris.* 1624. & 1633. *in-4°.* It. *Londini* 1645. *in-4°.* It. traduit en François sous ce titre : *De la Verité en tant qu'elle est distincte de la Revelation, du Vraisemblable, du Possible & du Faux, par Edouard Herbert de Cherbury, traduit du Latin & augmenté par lui-même,* 1639. *in-4°.* L'Auteur a répandu dans cet Ouvrage & dans quelques autres qu'il a composez, des semences de Deisme & de Naturalisme; & c'est dans cette source empoisonnée qu'ont puisé *Hobbes & Spinosa*; ce qui a donné occasion à une Dissertation de *Chretien Kortholt,* qui a pour titre : *De tribus Impostoribus Magnis, Edoardo Herbert, Thoma Hobbes, & Benedicto Spinosa, Liber. Kilonii,* 1680. *in-4°.* It. *Hamburgi* 1700. *in-4°.*

2. *De Causis errorum : una cum Tractatu de Religione Laici, & Appendice ad Sacerdotes, nec non quibusdam Poematibus.* Ouvrage aussi dangereux que

le précedent, & qui se trouve à sa E. HER-
suite dans l'Edition de *Londres*, 1645. BERT.
*in - 4°.*

3. *Histoire de la Vie & du Regne du
Roy Henri VIII.* (en Anglois) *Londres* 1649. 1672. & 1683. *in-fol.* It.
dans un Recuëil de Vies des Rois
d'Angleterre, imprimé à *Londres* en
3. Vol. *in-fol.* Cette Vie est bien
écrite & curieuse.

4. *Expeditio Ducis de Bukingham in
Ream Insulam*, anno 1628. *Opus Pos-
thumum*, *quod publici juris fecit Timo-
theus Balduinus. Londini* 1656. *in-8°.*

5. *Poësies diverses.* (en Anglois)
*Londres* 1665. *in-8°.* Publiées par les
soins de *Henri Herbert*, son fils.

6. *De Religione Gentilium errorum-
que apud eos causis*, *Pars I. Londini*
1645. *in-8°.* It. *Opus integrum. Amstel.*
1663. *in-4°.* It. *nova Editio. Amstel.*
1700. *in-8°.* Ouvrage dangereux.

V. *Antoine Wood*, *Historia univ.
Oxoniensis*, & *Athenæ Oxonienses.*

# ROBERT MORISON.

ROBERT *Morison* naquit à *Aberdeen*, en Ecosse, l'an 1620. de *Jean Morison*, & de *Jeanne Cray*, tous deux de familles honnêtes & aisées.

Il fit ses premieres études dans sa patrie, où il fut reçu Maître-ès-Arts l'an 1638. & enseigna quelque temps la Philosophie.

Ses parens le destinoient à l'étude de la Theologie, & il paroît qu'il s'y appliqua pendant quelque temps. Il fit même des progrès considerables dans la connoissance de la Langue Hebraïque, dont il s'étoit lui-même dressé une Grammaire pour son usage.

Mais une nouvelle étude, pour laquelle il se sentoit une inclination particuliere, vint le retirer pour toûjours de celles-ci : ce fut celle de la Botanique, à laquelle il sacriafia toutes les autres.

Les troubles, qui agiterent alors l'Ecosse, l'ayant obligé d'en sortir,

il paſſa en France, & vint à *Paris*,
où il ſe mit en qualité de Précepteur chez un Conſeiller nommé *Bizet*, n'ayant pas apparemment le moyen de ſubſiſter ſans cette reſſource, & étudia en même temps en Medecine & en Botanique.

Suffiſamment inſtruit des princi-pes de ces ſciences, il alla à *Angers* l'an 1648. ſe faire recevoir Docteur en Medecine. Son habileté dans la connoiſſance des plantes, lui avoit déja acquis un nom, & *Jean Robin*, qui enſeignoit la Botanique à *Paris*, & dont il avoit pris long-temps des leçons, perſuadé de ſa capacité en ce genre, l'ayant recommandé à *Gaſton*, Duc d'*Orleans*, qui avoit à *Blois* un Jardin de plantes ; ce Prince le prit à ſon ſervice en qualité de Bota-niſte.

*Moriſon* demeura dans cet emploi juſqu'à la mort de *Gaſton*, arrivée en 1660. Heureuſement pour lui le Roy d'Angleterre *Charles II.* qui avoit eu occaſion de le connoître, en allant à *Blois* voir le Duc d'*Orleans*, ayant été rétabli cette même année, ſe re-ouvint de lui, & l'appella en An-

R. Mo-
RISON.

gleterre, où il le fit son Botaniste,
& lui donna l'inspection de tous ses
Jardins, avec une bonne pension.

Quelque temps après il fut aggré-
gé au College des Medecins de *Londres*. Enfin le 16. Decembre 1669. on
le choisit pour professer la Botanique à *Oxford*, & le lendemain il prit
le degré de Docteur dans cette Université. Il commença sa premiere le-
çon le 2. Septembre 1670. & continua depuis à enseigner avec un grand
concours d'Auditeurs.

Se trouvant à *Londres*, où il étoit
allé pour s'arranger, par rapport à
l'impression de quelques-uns de ses
Ouvrages, le 9. Novembre 1683. il
traversoit une ruë, lorsque le timon
d'un carosse lui donna dans l'estomac
un coup si violent, qu'on fut obligé
de le porter chez lui, où il mourut le
lendemain, âgé de 63. ans. On a vû
dans la Vie de M. *de Tournefort*, que
ce celebre Botaniste perit par un accident à peu près semblable, quoique
moins soudainement.

Catalogue de ses Ouvrages.

1. *Hortus Regius Blesensis auctus,
cum notulis durationis & characterismis*
*Plan-*

*Plantarum , tam additarum , quam non
fcriptarum : Item Plantarum in eodem
horto regio Blefe. nfi aucto contentarum ,
nemini huc ufque fcriptarum , brevis &
fuccincta delineatio. Quibus acceffere
obfervationes generalior*e*s ftudiofis valde
neceffariæ. Præludiorum Botanicorum ,
Pars I. Londini 1669. in-8°.*

2. *Hallucinationes Cafp aris Bauhini in Pinace , tam in digerendis , quam
denominandis Plantis ; Item animadverfiones in tres tomos Univerfalis Hif-
toriæ Plantarum Johannis Bauhini. Quibus acceffit Dialogus inter focium Collegii Regii Londinenfis , Gresham dicti ,
& Botanographum Regium. Præludiorum Botanicorum pars altera. Londini
1669. in-8°.*

3. *Plantarum Umbelliferarum diftri-
butio nova per tabulas Cognationis &
Affinitatis, ex Libro naturæ obfervata &
detecta. Oxonii 1672. in-fol.* C'eft un
effai de l'Hiftoire univerfelle des
Plantes, qu'il avoit deffein de donner au public ; mais dont on n'a vû
que les deux dernieres Parties ; il a
été inferé avec plufieurs changemens
& diverfes augmentations dans la
troifiéme Partie de cette Hiftoire.

*Tome XVIII.* Q

R. Mo-
RISON.

R. Mo-
RISON.

4. *Plantarum Historiæ universalis Pars secunda, seu Herbarum distributio nova per tabulas cognationis & affinitatis; ex Libro naturæ observata & detecta. Oxonii* 1681. *in-fol. fig.*

5. *Plantarum Historiæ universalis, Pars tertia. Partem hanc post Autoris mortem hortatu Academiæ explevit & absolvit Jacobus Bobartius. Oxonii* 1699. *in-fol.* (Se trouve à *Paris* chez *Briasson.*) *Morison* n'a fait que ces deux Parties ; encore la troisiéme n'étoit-elle pas achevée, quand il est mort; M. *Bobart*, Garde du Jardin de Medecine à *Oxford*, a suppléé à ce qui y manquoit. Quant à la premiere qui devoit contenir la description des arbres & des Arbrisseaux, il n'en a rien fait.

V. son Eloge à la tête de la troisiéme Partie de son *Histoire des Plantes*; & *Antoine Wood Fasti Oxoniensis* Tom. 2, p. 178.

# LOUIS COUSIN.

LOUIS *Coufin* naquit à *Paris* le 12. Août 1627. Comme il étoit deftiné à l'état Ecclefiaftique, après avoir fait fes études d'Humanitez, il étudia en Theologie, foutint même fa Tentative avec fuccès, & fut reçu Bachelier en Theologie de la Faculté de *Paris*.

Mais ayant été appellé dans la fuite à un autre état, il abandonna l'Eglife, & étudia en Droit, après quoi il fe fit recevoir Avocat en 1646. fréquenta le Barreau, & plaida plufieurs Caufes jufqu'à l'année 1659. qu'il traita d'une charge de Préfident en la Cour des Monnoyes, dont il prêta le ferment le 19. Octobre de la même année.

Comme fa Charge ne l'occupoit pas beaucoup, & lui laiffoit bien du temps libre, il fe livra au penchant qu'il fe fentoit pour l'étude, & s'appliqua à la lecture des meilleurs Auteurs Grecs & Latins, Orateurs, Poëtes, Hiftoriens. Cette lecture lui fit

Q ij

L. Cou- naître le deſſein de traduire en Fran-
ſin. çois les anciens Hiſtoriens Eccleſiaſtiques, & les plus conſiderables d'entre ceux qui ont écrit l'Hiſtoire Romaine & celle de *Conſtantinople*, & il
s'en eſt acquité avec tout le ſuccès
qu'on pouvoit attendre de lui.

Ces traductions & les autres Ouvrages dont je parlerai plus bas, ont
occupé la meilleure partie de ſa vie.
Elles lui procurerent en 1697. une
place à l'Academie Françoiſe, où il
fut reçu le 15. Juin.

Il eſt mort le 26. Fevrier 1707.
dans ſa 88e. année. Par ſon Teſtament
il a fait une fondation à perpétuité
au Collège de *Beauvais*, pour ſix
Bourſiers deſtinez à l'état Eccleſiaſtique, qui y doivent être nouris, en-
tretenus & défrayez de tout, depuis
la Philoſophie juſqu'à la priſe de
Bonnet de Docteur en Theologie. Il
a auſſi laiſſé ſa Bibliotheque à l'Abbaye de S. *Victor* avec vingt mille
livres pour faire un fond, dont le
revenu doit être employé tous les ans
à l'augmentation de la Bibliotheque,
à la charge que l'on dira tous les ans
une Meſſe haute pour lui, le jour de

fon décès, & que l'on fera en même L. Cou-
temps un Difcours fur l'Utilité des SIN.
Bibliotheques publiques.

C'étoit un homme d'une probité
fans égale, d'une juftesse d'efprit ad-
mirable, d'un jugement droit & fin,
d'un Commerce doux & aifé, & qui
a fatisfait également bien à la dignité
de fa charge, & au rang que fon merite lui avoit donné dans la République des Lettres.

Il a été marié ; mais fon Mariage
fut fterile, & lui caufa par-là quelques chagrins : on a pû voir dans la
Vie de *Menage* les railleries que cet
Abbé fit fur lui à ce fujet, & qui les
broüillerent irréconciliablement.

Catalogue de fes Ouvrages.

1. *Hiftoire de Conftantinople, depuis
le regne de l'Ancien Juftin, jufqu'à la fin
de l'Empire, traduite fur les Originaux
Grecs. Paris* 1672. *in-*4°. 8. Vol. It.
*Hollande* 1684. *in-*8°. 8. Vol. qui fe
divifent en dix. Ces traductions font
une fuite de l'Hiftoire de *Conftantinople*, qui comprend les Ouvrages fuivans.

Dans le premier Volume. *Procope
de la Guerre contre les Perfes, en deux*

L. Cou-Livres, depuis l'an 407. jusqu'en
SIN. 549. *Les deux Livres du même Auteur
de la Guerre contre les Vandales*, depuis l'an 395. jusqu'en 545. *Trois Livres du même, de la Guerre contre les
Goths*, depuis l'an 487. jusqu'en 554.

Dans le second. *L'Histoire secrete de
Justinien*, *par Procope*, depuis l'an
527. jusqu'en 565. *Les six Livres des
Edifices de Justinien*, *par le même.
L'Histoire d'Agathias*, depuis l'an
554. jusqu'en 559.

Dans le troisième. *Les Ambassades
de Menandre*, depuis 554. jusqu'en
582. *Les huit Livres de l'Histoire de
l'Empereur Maurice*, *écrite par Theo-
philacte. Simocatte*, depuis l'an 582.
jusqu'en 602. *L'Abregé de Nicephore*,
*Patriarche de Constantinople*, depuis
602. jusqu'en 770. *Les Vies des Empereurs*, *par Leon le Grammairien*,
depuis 813. jusqu'en 949. *L'Histoire
de Nicephore Brienne*, depuis 1057.
jusqu'en 1081.

Dans le quatrième. *L'Histoire d'A-
lexis Comnene*, *par Anne Comnene*, *sa
fille*, depuis 1069. jusqu'en 1118.

Dans le cinquième. *L'Histoire de
Nicetas*, depuis 1118. jusqu'en 1206.

Dans le sixiéme. *L'Histoire de Mi-* L. Cou-
*chel Paleologue & la plus grande partie* sin.
*de celle d'Andronic, son fils, écrite en*
13. *Livres, par Pachymere,* le plus
obscur & le plus difficile des Historiens Grecs ; depuis l'an 1258. jusqu'en 1308.

Dans le septiéme. *Trois Livres de*
*l'Histoire du vieux & du jeune Andro-*
*nic, écrite par Cantacuzene,* qui a été
lui-même Empereur.

Dans le huitiéme. *Le quatriéme*
*Livre de l'Histoire de Cantacuzene, &*
*l'Histoire des deux derniers Empereurs*
*de Constantinople, & de la prise de*
*cette Ville, par Ducas* qui est beaucoup plus exact & plus judicieux que
*Chalcondyle*; depuis 1341. jusqu'en
1462.

2. *Histoire de l'Eglise, écrite par*
*Eusebe de Cesarée,* ( Tome I. ) *Socrate*
( Tome II. ) *Sozomene* ( Tome III. )
*Theodoret & Evagre, avec l'Abregé de*
*celles de Philostorge, par Photius, &*
*de Theodore, par Nicephore Calliste.*
( Tome IV. ) *Traduites par M. Cou-*
*sin. Paris* 1675. 1676. *in-*4°. 4. Tom.
It. *Hollande* 1686. 5. Tom. *in-*12.
Cette traduction, aussi-bien que la

L. Cou-  précedente, & celles qui suivent,
SIN.  est nette, élegante & fidéle. On a
cependant trouvé à redire que M.
*Cousin* se soit donné la liberté d'y
retrancher plusieurs endroits assez
importans, & c'est ce qui a fait que
quelques Sçavans ont paru la mépri-
ser. Au reste il ne s'est pas contenté
de la simple qualité de Traducteur,
il a encore examiné avec beaucoup
de pénétration les sentimens & le
caractere des Historiens qu'il a traduits, & n'a pas dissimulé leurs fautes. C'est le sujet des sçavantes Préfaces qu'il a mises à la tête du texte
de chaque Auteur, tant dans cette
Histoire que dans les autres.

3. *Histoire Romaine, écrite par Xi-
philin, par Zonare & par Zosime,
traduite sur les Originaux Grecs.* Paris
1678. *in-*4°. It. *Hollande* 1686. *in-*12.
2. Vol.

4. *Histoire de l'Empire d'Occident,
de la traduction de M. Cousin.* Paris
1684. *in-*12. 2. Vol. La Vie de *Char-
lemagne,* par *Eginart;* celles de *Louis
le Debonnaire,* les *Annales de S. Ber-
tin,* l'Histoire de l'Empire & des
autres Etats de l'Europe, par *Luit-
prand,*

prand , l'Ambaſſade de cet Evêque L. Cou-
vers *Nicephore Phocas* , Empereur de SIN.
*Conſtantinople* , & une Lettre de
*Louis II.* à *Baſile* , Empereur d'Orient,
ſont les Pieces les plus conſiderables
de ce Recuëil. M. *Couſin* avoit deſſein d'en donner la ſuite , & de le
continuer juſqu'à notre temps ; il
n'en a pas cependant publié davantage. Ce peu que l'on en a eſt devenu
fort rare , & on ne le trouve pas
communément.

5. *Diſcours d'Euſebe de Ceſarée*
*touchant les Miracles attribuez à Apol-*
*lonius de Tyane* , traduit par *M. Couſin.*
*Paris* 1684. *in*-12.

6. *Diſcours de Clement Alexandrin* ,
*pour exhorter les Payens à embraſſer la*
*Religion Chrétienne* , traduit par *M.*
*Couſin. Paris* 1684. *in*-12.

7. *Les Principes & les regles de la*
*vie Chrétienne.* Traité compoſé en Latin
par *M. le Cardinal Bona* , & traduit
en François par *M. Couſin. Paris* 1675.
*in*-12. It. quatriéme Edition. *Paris*
1693. *in*-12. Ce fut le P. *Dom Luc*
*d'Acheri* , Benedictin , qui l'engagea
à faire cette traduction.

8. *Hiſtoire de pluſieurs Saints de la*

*Tome XVIII.* R

L. Cou-*Maison de Tonnerre & de Clermont,* donnée au public par Louis Cousin. Paris 1698. in-12. M. *Cousin* a fait cet Ouvrage sur les Memoires de *François de Clermont*, Evêque de *Noyon*.

9. M. l'Abbé de *la Roque* ayant cessé de travailler au Journal des Sçavans à la fin de l'année 1686. M. le Président *Cousin* entreprit de le continuer après une interruption de plus de dix mois ; le premier qu'il donna est du 17. Novembre 1687. & il y a travaillé de suite jusqu'à la fin de l'année 1701. Il avoit tous les talens nécessaires pour un Ouvrage si difficile, & il y a apporté toute l'application, la diligence, & l'équité qui conviennent à un Journaliste.

V. la *Bibliotheque des Auteurs Ecclesiastiques de M. du Pin*, & la Réponse de M. *Saci* au Discours de M. le Marquis de *Mimeure*, pour sa réception à l'Academie Françoise.

# JANUS DOUSA.

*JANUS Douſa*, en Flamand *Jean van der Does*, naquit le 6. Decembre (*a*) 1545. à *Norwic* en Hollande, de *Jean Douſa*, Seigneur de ce lieu, & d'*Anne de Nienrode*, tous deux de familles nobles & anciennes.

Ayant eu le malheur de les perdre dans ſon enfance, il fut mis ſous la tutelle de *François de Nienrode*, ſon ayeul maternel, qui l'envoya à l'âge de dix ans, c'eſt-à-dire en 1555. à *Liere*, en Brabant, pour y étudier ſous *Jean Faber*, Secretaire de cette Ville, qui y enſeignoit en particulier les Langues Latine & Françoiſe, avec quelque réputation.

Il demeura en ce lieu juſqu'en 1560. mais ſon ayeul étant mort cette année, *Wernerus Douſa*, Seigneur de *Kattendijcke*, ſon oncle, qui fut chargé à ſa place de ſa tutelle, le

(*a*) *Melchior Adam* s'eſt trompé en mettant ſa naiſſance au 5. Fevrier, *Bertius* dans ſon Oraiſon funébre marque le 6. & il eſt plus juſte de s'en rapporter à lui.

R ij

J. Dou-
sa.

rappella , pour le faire inftruire auprès de lui , dans le deffein d'en faire
fon heritier , parce qu'il n'avoit point
d'enfans.

Les Executeurs teftamentaires de
*François de Nienrode* chicanerent
*Wernerus* fur ce rappel , prétendant
qu'il troubloit le cours des études du
jeune *Doufa*. Mais la Caufe ayant été
portée à la Cour de *la Haye* , cette
Cour laiffa à *Wernerus* la tutelle de
fon neveu , & fe contenta de lui or-
donner de l'envoyer à quelque Academie , lorfqu'il feroit en état d'y
entrer.

*Wernerus* le mit après cela fous la
conduite d'*Henri Junius* de *Gouda*, qui
tenoit à *Delft* une Ecole célebre , &
il fit fous cet excellent Maître de
grands progrès dans les Belles-Lettres , pendant une année qu'il y demeura. Ce fut auprès de lui qu'il prit
ce goût & cette inclination pour la
Poëfie, qu'il a toûjours confervés jufqu'à la fin de fa vie.

Son oncle l'envoya enfuite en 1561.
à *Louvain* , où il demeura deux ans ,
& de-là à *Douay*. Ayant trouvé dans
cette derniere Ville un jeune homme

de beaucoup d'eſprit , mais peu ac-  J. Dou
commodé des biens de la fortune , s A.
nommé *Luc Frutier*, il le prit avec
lui , & l'aſſocia à ſes études.

Il fit avec lui le voyage de France
en 1564. & prit quelque temps à
*Paris* des leçons de *Dorat*, Profeſſeur
Royal en Langue Gréque. Ses études
furent interrompuës par un voyage
qu'il fut obligé de faire en Hollande,
d'où il revint bien-tôt à *Paris*. Mais
il n'y demeura pas long-temps ; car
ſon oncle le rappella auſſi-tôt , ayant
menagé pour lui un Mariage, qui
s'accomplit peu après ſon retour.

Il ſe maria à l'âge de 19. ans , &
épouſa *Elizabeth de Zuylen*, d'une
famille noble du Païs, dont il eut
pluſieurs enfans. Ce Mariage n'af-
foiblit point en lui l'amour de l'étude & des ſciences , auſquelles il continua de s'appliquer avec beaucoup
d'ardeur.

Son merite & ſa naiſſance lui ou-
vrirent bien-tôt une entrée aux honneurs. Il fut fait peu de temps après
Conſeiller du Conſeil des Digues &
des Eaux, Charge qu'il conſerva
pendant vingt ans, & dont il ſe dé-
R iij

J. Dou- mit lui-même au bout de ce temps.

5 A.

Le Prince d'Orange lui ayant donné le gouvernement de la Ville de *Leyde*, il en foûtint le Siége en 1573. avec beaucoup de courage.

Après que la tranquillité eut été rétablie dans le Païs, il engagea les Etats à former une Academie dans cette Ville qu'il avoit fi bien défenduë. On l'en établit Curateur dès fes premiers commencemens, c'eft-à-dire en 1575. & il remplit ce pofte pendant 29. ans.

Comme il avoit entrepris d'écrire les Annales de la Hollande, il fut chargé en 1585. de la garde des Archives du Païs. On lui donna auffi l'emploi de Bibliothecaire de l'Academie de *Leyde*; mais ayant été fait en 1591. membre des Etats Genéraux, & fe trouvant obligé par là de quitter *Leyde*, pour aller demeurer à *la Haye*, il fe déchargea de ce dernier emploi fur *Janus Doufa*, fon fils, à qui *Meurfius* & *Valere André* ont tort de donner le titre de premier Bibliothecaire de l'Academie de *Leyde*, puifque fon pere l'avoit été avant lui.

Etant allé en 1604. en Friſe pour J. Dou-
quelques affaires, il y tomba malade, S A.
& ſe fit auſſi-tôt tranſporter à *Norwic*
dans l'eſperance que ſon air natal lui
feroit du bien ; mais cette eſperance
fut vaine ; car ſon mal y augmenta,
& après avoir beaucoup ſouffert pendant un mois, il mourut le 8. Octobre de cette année, âgé de près de
59. ans. *Valere André* dit qu'il mourut de peſte ; mais c'eſt une particularité dont *Bertius* ne dit rien dans ſon
Eloge, & qui eſt même démentie
par les circonſtances qu'il rapporte
de ſa maladie & de ſa mort.

*Janus Douſa* étoit un homme d'une
memoire prodigieuſe, d'un jugement exquis, & qui joignoit à une
profonde érudition beaucoup de
candeur & de modeſtie. Il répondoit
ſur le champ à toutes les queſtions
qu'on pouvoit lui faire, ſoit qu'elles concernaſſent les Lettres Gréques,
& Latines, ſoit qu'elles euſſent rapport à l'Hiſtoire ancienne, ou nouvelle. Il ſçavoit par cœur *Catule,*
*Tibulle, Properce, Juvenal, Horace,*
& pluſieurs Morceaux des autres
Poëtes anciens, & même des mo-

R iiij

'J. Dou-  dernes, comme de *Sannasar*, de *Pon-*
§ A.      *tanus*, & de *Jules Scaliger* : en un mot
son habileté lui a merité le nom de
*Varron de la Hollande*, & d'*Oracle de*
*l'Academie de Leyde.*

Catalogue de ses Ouvrages.

1. *Poemata. Antuerpiæ* 1569. *in-*8°.
Ce sont ses premieres Poësies, qui
ont été suivies de plusieurs autres.

2. *Epigrammata, Satyræ, Elegiæ,*
& *Silvarum Libri II. Antuerpiæ* 1570.
*in-*8°.

3. *Notæ in Sallustii Fragmenta.* Dans
l'Edition de cet Historien donnée
par *Louis Carrion* à *Anvers* 1573.
1579. 1580. *in-*8°. & plusieurs autres
fois depuis.

4. *Commentariolus in Horatium &*
*Appendix succidanea ad eundem. An-*
*tuerpiæ* 1582. *in-*12. It. *Lugd. Bat.*
1597. *in-*4°.

5. *Præcidanea pro Catullo & Tibul-*
*lo, quibus additur Epistola ad Gerar-*
*dum Falkenburgium, continens Tibulli*
*ac Propertii partim enarrationes, par-*
*tim correctiunculas. Antuerpiæ* 1582.
*in-*16. Imprimées plusieurs fois depuis.

6. *Præcidaneorum in Petronium Arbi-*

*rum*, *& in Sulpitii Satyram Libri tres.* J. Douſ.
*Antuerpiæ* 1583. *in-8°*. It. *Pariſ.* 1585. s A.
*in-8°.* It. réimprimez pluſieurs fois
depuis.

7. *Epodon ex puris Iambis Libri duo.*
*Antuerpiæ* 1584. *in-8°.*

8. *Lucæ Fruterii librorum Reliquiæ,*
*inter quas Veriſimilium Libri II. &*
*Verſus miſcelli. Accedunt Julii Seve-*
*riani Syntomata Rhetorices,* *ab eodem*
*Fruterio edita* ; *edente Jano Douſa.*
*Antuerpiæ* 1584. *in-8°.*

9. *Centurionatus, ſive Plautinarum*
*explanationum Libri IV. Lugd. Bat.*
1587. *in-16.* It. *Francofurti* 1600. *in-12.*
& 1602. *in-8°.*

10. *Hadriani Junii Batavia. An-*
*tuerpiæ* 1588. *in-4°.* C'eſt *Douſa* qui a
publié cet Ouvrage après la mort de
*Junius,* arrivée pluſieurs années auparavant, c'eſt-à-dire en 1575.

11. *Annales Rerum à primis Hollan-*
*diæ Comitibus per trecentos quadraginta*
*ſex annos geſtarum, in unum Metricæ*
*Hiſtoriæ corpus Libri X. redacti, à* Jano
*Douſa filio inchoati, & à* Jano *Douſa*
*patre recogniti & perducti ad annum*
1122. *Item proſa oratione.* Hagæ *Co-*
*mit.* 1599. *in-4°.* It. *Lugd. Bat.* 1601.

J. Dou- *in-*4°. It. *cum Commentario Hugonis.*

§ A.    ·*Grotii. Lugd. Bat.* 1617. *in-*4°. *Dousa.* avoit commencé cette Histoire, dont. *Struve* loüe fort la fidélité & l'exactitude, conjointement avec son fils ; mais ayant eu le chagrin de le perdre en 1597. il la continua seul, & la donna au public.

12. *Echo, sive lusus imaginis jocosæ, cui titulus : Halcedonia. Salinarum Strues , sive Epigrammatum Libri V. Elegiarum Libri II. Funebrium Libri II. Silvarum Liber. Hagæ Com.* 1603. *in-*4°. Les Echos sont de pures bagatelles, qui étoient indignes d'occuper un homme d'esprit, tel qu'étoit *Dousa.* On le trouve à la fin d'un Livre intitulé : *Parnassus Poeticus Biceps, collectus studio Nicolai Nemessei. Lugd.* 1625. *in-*8°.

13. *Elegia ad Grotium de Oppidis Hollandiæ, eorumque præcipuis ingeniis. Lugd. Bat.* 1619. *in-*4°. Cette piece ne m'est connuë que par le *Catalogue de la Bibliotheque d'Oxford. Dousa* composoit ses Vers, en suivant moins son genie, que celui des autres. Car comme il sçavoit par cœur un grand nombre de Poëtes anciens, leurs

penfées & leurs expreffions fe prefen-
toient plûtôt devant lui que les fiennes propres. C'eft le jugement que
*Baillet* porte de fes Poëfies. *Morhof*
trouve fes Elegies un peu rudes,
quoique veritablement Latines.

14. *Poetæ Satyrici Minores, Sulpi-*
*tia, Valerius Cato, & Anonymus de*
*Lite ; cum Jani Douſæ, Caſparis Bar-*
*thii, & Marci Zueri Boxhornii Com-*
*mentariis. Lugd. Bat. 1633. in-16.*

15. *Epiſtolæ duæ Apologeticæ, una*
*ad Illuſtres Ordines de Annalibus Ba-*
*taviæ, altera pro Prætore Nortwiceno,*
*peregrinitatis reo.* Aucun de ceux qui
parlent de ces deux Apologies, ne
marque l'année qu'elles ont été imprimées.

16. *Inſcriptiones Antiquæ Smetii.*
J'ignore auſſi l'année que *Douſa* a
donné ſon Edition des Inſcriptions
de *Smetius.*

Il eſt maintenant à propos de parler de quelques uns de ſes enfans. Il
en a eu pluſieurs ; mais quatre ſeulement ſe ſont fait connoître dans la
République des Lettres, ainſi je me
bornerai à eux.

L'aîné, nommé comme ſon pere,

J. Dou-
ſa.

J. Dou-*Janus Dousa* naquit le 17. Janvier
S A. 1572. Il acquit dès sa premiere jeunesse une grande connoissance des
Langues Latine, Gréque & Hebraïque, de l'Antiquité, des Loix Romaines, de la Philosophie & des
Mathematiques. Son merite lui procura dans un âge fort peu avancé,
l'honneur d'être Precepteur de *Henri-
Frederic de Nassau*, Prince d'*Orange*.
Son pere étant allé en 1591. demeurer à *la Haye*, lui procura l'emploi
de Bibliothecaire de l'Academie de
*Leyde* qu'il avoit rempli jusques-là.
Mais il ne le conserva que trois ans,
c'est-à-dire jusqu'en 1594. qu'il s'en
déchargea sur *Pierre Bertius*, étant
parti cette année pour voir l'Allemagne avec *George & Etienne Dousa*, ses
freres. A peine fut-il de retour de ce
voyage dans sa Patrie, qu'il tomba
malade, & qu'une mort prématurée
l'enleva le 21. Decembre 1597. (*a*)

(*a*) *Janus Dousa*, le pere, nous apprend
lui-même cette date dans la Lettre qu'il
écrivit à *George Dousa*, qui étoit alors à
*Constantinople*, & qui est jointe à la Relation de son Voyage; il y marque qu'il avoit
encore alors huit enfans, dont *George* étoit
l'aîné.

lorfqu'il n'avoit pas encore 26. ans J. Dou**✈**
accomplis. Il fut enterré à *la Haye* , s A.
& l'on mit cette Epitaphe fur fon
Tombeau.

### D. S.

*J. Doufa Jani F. hic cubat , qui*
*vixit ann. XXV. Menfes XI. Dies IV.*

Les Ouvrages qu'il a compofez
font les fuivans.

1. *Catulli , Tibulli , & Propertii*
*Poemata , cum Jani Doufæ filii conjec-*
*taneis & Notis , & Jani Doufæ patris in*
*Propertium paralipomenis. Lugd. Bat.*
*1592. in-16.*

2. *Spicilegium in Petronii Arbitri*
*Satyricon. Lugd. Bat. 1594. in-12.* &
plufieurs fois depuis.

3. *Animadverfiones in Plauti Comœ-*
*dias. Lugd. Bat. 1596. in-12.*

4. *Annales Hollandiæ* , dont j'ai
parlé parmi les Ouvrages de fon pere,
*N°. 11.*

5. *Declamatio in Laudem Umbræ.*
Imprimée dans differens Recuëils de
pieces femblables.

6. *Rerum Cœleftium Liber I. & alia*
*Poemata. Accefferunt Orationes funebres*
*in Obitus aliquot Animalium , juxta*

*Gallicam ex Italico Verſionem Cl. Ponʒ
teſi, Latinæ factæ per Guil. Canterum.
Lugd. Bat.* 1591. *in-*8°.

7. *Poemata. Lugd. Bat.* 1607. *in-*8°.

Le ſecond des enfans de *Janus
Douſa*, dont j'ai à parler, eſt *George*,
qui après s'être ſuffiſamment inſtruit
dans les Langues Latine & Gréque,
ſe livra au penchant qu'il ſe ſentoit
pour les voyages. Il alla en 1592. en
Pologne où il paſſa deux ans, afin
d'apprendre parfaitement la Langue
du Païs. De retour en ſa Patrie en
1594. il n'y fit pas un long ſéjour;
mais repartit la même année pour
l'Allemagne avec *Janus & Etienne
Douſa*, ſes freres. Comme l'amour des
Lettres le conduiſoit auſſi-bien que
la curioſité, il demeura près de ſix
mois à *Heidelberg* occupé à s'inſtruire
dans la converſation des Sçavans qui
y demeuroient, & à viſiter les ma-
nuſcrits de la fameuſe Bibliothèque
qui y étoit alors, mais qui depuis
a été tranſportée à *Rome*. Il étoit à
*Francfort* lorſqu'il apprit que le Roy
de Pologne envoyoit une Ambaſſade
à *Conſtantinople*. Croyant que c'étoit
une occaſion favorable pour faire ce

voyage qu'il se proposoit depuis J. Dou=
long-temps , il se hâta de se rendre à s A.
*Cracovie.* Il y attendit pendant quelques mois ; mais sachant que les Am-
bassadeurs ne partiroient pas encore
si-tôt , il prit le parti d'aller en Mos-
covie , pour tenter la fortune de ce
côté-là. Il trouva en y allant ce qu'il
cherchoit ; car passant à *Leopol* , où il
fit quelque séjour , il rencontra des
Polonois & des Armeniens , qui
avoient le même dessein que lui. Il
alla donc avec eux à *Smihel* , Ville
située à l'embouchure du Danube , &
s'embarqua ensuite sur la mer noire.
Arrivé à *Constantinople* , il alla loger
chez l'Ambassadeur d'Angleterre
*Edouard Barton* , où il demeura près
de sept mois. Il avoit résolu de faire
un plus long séjour dans cette Ville ;
mais des Lettres de son pere , qui lui
apprenoient la mort de son frere aîné,
& qui le pressoient de revenir , le
firent changer de résolution. L'Ambassadeur de Pologne *Stanislas Gols-*
*cius* se disposoit alors à retourner
en son Païs , & il partit avec lui le 22,
Novembre 1597. Après avoir parcouru la Pologne & une partie de

J. Dou-
ſa.

l'Allemagne, il ſe rendit en Hollande vers le mois de Juillet de l'année
ſuivante ; & c'eſt du 1. Août ſuivant
qu'eſt datée la Lettre qu'il écrivit à
ſon pere, pour lui faire la Relation
de ſon voyage. Quelque temps après
il s'embarqua ſur une Flotte Hollan-
doiſe qui alloit aux Indes. Mais il
mourut en chemin dans l'Iſle *Saint
Thomas*, comme nous l'apprend *Bertius* dans l'Oraiſon funébre de *Janus
Douſa*, ſon pere. Il ſe trompe cependant par rapport à l'année de ſa mort,
qu'il dit être 1597. ce qui eſt
contredit par la Relation de *George
Douſa*, auſſi-bien que ce que le même
*Bertius* avance qu'il demeura plus
d'un an à *Conſtantinople*.

Il a donné au public les Ouvrages
ſuivans.

1. *Georgii Codini Selecta de Origini-
bus Conſtantinopolitanis Græce & Latine
per Georgium Douſam. Heidelberga*
1596. *in-8°.* Il nous apprend dans la
Relation de ſes voyages, qu'étant à
*Heidelberg*, *Marquard Freher*, avec
qui il avoit fait amitié, ayant appris
le deſir extrême qu'il avoit de faire
le voyage de *Conſtantinople*, lui prêta
l'Ou-

l'Ouvrage de *Codin* en Grec , comme un Livre très-propre à le mettre au fait des Antiquitez de cette Ville ; & qu'il le lut avec tant de plaiſir , qu'il travailla auſſi-tôt à en faire une traduction , que *Freher* fit imprimer en ſon abſence.

J. Douun s A.

2. *Georgii Douſæ de Itinere ſuo Conſtantinopolitano Epiſtola. Acceſſerunt veteres Inſcriptiones ex Byzantio & ex reliqua Græcia , nunc primum in lucem editæ, cum quibuſdam Doctorum virorum Epiſtolis. Antuerpiæ* 1599. *in*-8°. Les Lettres jointes à la relation ſont pour la plûpart écrites par des Grecs ; la plus conſiderable eſt une du Patriarche *Melece* à *Janus Douſa* le pere.

*François Douſa* , autre fils de *Janus,* & frere des deux dont je viens de parler , n'eſt gueres connu que par les Ouvrages ſuivans.

1. *Lucilii Satyrarum reliquiæ collectæ & Notis illuſtrata à Franciſco Douſa. Lugd. Bat.* 1597. *in*-4°.

2. *Julii Cæſaris Scaligeri Epiſtolæ & Orationes. Lugd. Bat.* 1600. *in* -8°. C'eſt à *François Douſa* que le public eſt redevable de l'impreſſion de ces

**J. Dou-**
**SA.**

Lettres. Il devoit auſſi donner le Commentaire du même *Scaliger*, ſur l'Hiſtoire des Animaux d'*Ariſtote*, & *Valere André* aſſûre qu'il l'a donnée ; mais il ſe trompe en cela ; ce Commentaire n'a paru pour la premiere fois qu'en 1619. à *Toulouſe*, par les ſoins de *Philippe-Jacques Mauſſac*.

*Theodore Douſa*, dernier des enfans de *Janus*, dont je me propoſe de parler, a rempli pluſieurs charges conſiderables dans differents Tribunaux de la Hollande. On a de lui les Ouvrages ſuivans.

1. *Georgii Logothetæ Acropolitæ Chronicon Conſtantinopolitanum à Balduino Auguſto ad Balduinum ultimum, Græce, cum Latina verſione ſubjuncta & Notis Theodori Douſæ. Lugd. Bat.* 1614. *in-8°.*

2. *Farrago Echoica variarum Linguarum, variorumque Autorum. Ultrajecti* 1638. *in-8°.*

V. *l'Oraiſon funébre de Janus Douza par Pierre Bertius. Leyde* 1604. *in-4°. Meurſii Athenæ Bat.* p. 88. & 151. *Melchior Adam Vitæ Juriſc. Valerii Andreæ Bibliot. Belgica. Freheri Theatrum Doct. Viror. Eloges de M. de Thou & les Additions de Teiſſier.*

# GUILLAUME BURTON.

GUILLAUME *Burton* naquit à G. Bur-Londres vers l'an 1609. d'une TON, famille originaire de *Longnore* dans le Comté de *Shrop*, en Angleterre.

Il entra en 1625. à l'âge de 16. ans dans le Collége de la Reine à *Oxford*, où il demeura trois ans, au bout des-quels il passa à celui de *Glocester* dans la même Ville. Il s'y fit recevoir vers l'an 1630. Bachelier en Droit.

La disette où il se trouva quelques années après, & la nécessité de cher-cher les moyens de subsister, lui firent abandonner l'Université, pour se retirer à *Sevenock*, dans le Comté de Kent, auprès de *Thomas Farnabe*, qui l'y avoit appellé pour l'aider dans l'instruction des jeunes gens, qu'il avoit sous sa conduite.

*Burton* eut dans ce poste occasion de faire connoître son habileté dans les Belles-Lettres ; & la réputation qu'il s'acquit en ce genre le fit choisir pour être Directeur de l'Ecole de *Kingston*, sur la Tamise, près de Lon-dres. S ij

G. Bur-
ton.

Une paralifie qui l'attaqua en ce
lieu, l'obligea à fe faire tranfporter
dans cette derniere Ville, où il vêcut
encore deux ans.

Il mourut le 27. Decembre 1657.
âgé feulement de 48. ans. Il avoit
acquis une grande connoiffance de
la Langue Gréque & des Langues
Orientales, comme il paroît par fes
Ouvrages.

Catalogue de fes Ouvrages.

1. *Oratio funebris habita in Aula
Gloceftrienfi in Obitum V. Cl. Thomæ
Alleni. Londini* 1632. *in-4°.* It. *Oxo-
nia* 1633. *in-4°.* Avec une autre Oraifon funébre du même par *George Ba-
thurft.*

2. *La premiere Epître de S. Clement,
Pape, aux Corinthiens, trad. en Anglois,
avec des Notes. Londres* 1647. & 1652.
*in-4°.* *Jean le Clerc* a traduit les Notes
de *Burton* en Latin, & les a fait entrer
dans fes *Patres Apoftolici.* Il y a de
l'érudition, & l'on y remarque fon
attachement au parti Presbyterien.

3. *Græca Linguæ Hiftoria, five Oratio de ejus Linguæ Origine, progreffu,
atque ad ipfam ἀκμὴν incremento, de
latiffimo denique ipfius, omnibus prope*

*ſæculis per Univerſum terrarum orbem* G. BUR-
*uſu; Habita olim Oxoniis in Aula Gle-* TON.
*voceſtrenſi. Londini* 1657. *in-*8°. pp. 60.
It. dans la quatriéme partie du Recuëil, intitulé : *Nova Librorum rario-*
*rum collectio. Halæ Magd.* 1715. *in-*8°.
Avec des Notes de l'Editeur.

3. Λείψανα *veteris Linguæ Perſicæ,*
*quæ apud priſcos ſcriptores Græcos &*
*Latinos reperiri potuerunt. Londini*
1657. *in-*8°. It. *Accedit Marci Zuerii*
*Boxhornii Epiſtola ad Nicolaum Blan-*
*cardum de Perſicis Curtio memoratis*
*vocabulis, eorumque cum Germanicis*
*cognatione. Præfatione, Notis & Addi-*
*tamentis inſtructa, Operâ Joannis Hen-*
*rici à Seelen. Lubecæ* 1720. *in-*8°. Les
Notes de *Seelen,* ſur l'Ouvrage de
*Burton,* ſont plus amples que le texte
de ſon Auteur.

4. *Commentaire ſur ce qui eſt dit de la*
*grande Bretagne dans l'Itineraire d'An-*
*tonin.* (en Anglois) *Londres* 1658.
*in-fol.*

V. *Ant. Wood, Hiſtoria Univerſi-*
*tatis Oxonienſis.*

## LEONARD FUCHSIUS.

L. Fu-
CHSIUS. LEONARD *Fuchsius* naquit à *Wembdingen*, dans le Païs des Grisons, l'an 1501. de *Jean Fuchsius*, bon Bourgeois de ce lieu.

Il n'avoit que cinq ans, lorsqu'il perdit son pere ; mais sa mere ayant pris soin de son éducation, lui fit commencer ses études dans sa patrie. Quand il eut dix ans, elle l'envoya à *Hailbron*, Ville Imperiale du Duché de Witemberg, dont l'Ecole avoit de la réputation.

Il ne demeura cependant qu'une année en ce lieu, qu'il quitta pour aller à *Erfort*, en Thuringe. Après avoir fréquenté pendant dix-huit mois l'Ecole de cette Ville, il se trouva assez fort pour entrer dans l'Academie, où il fut reçu Bachelier à l'âge de treize ans.

De retour en sa patrie, il y ouvrit une Ecole pour communiquer aux autres les connoissances qu'il avoit acquises ; mais ayant remarqué dans la suite qu'il lui manquoit encore

beaucoup de choſes pour être verita-  L. Fo-
blement habile, il quitta ce poſte, GHSIUS.
& alla à *Ingolſtadt*, où il s'appliqua
avec une nouvelle ardeur aux Belles-
Lettres & à la Philoſophie.

Il avoit négligé juſques-là la Langue Gréque; mais les conſeils de ſes
Maîtres, & principalement de *Jean
Capnion*, l'engagerent à l'apprendre,
& les progrès qu'il y fit en peu de
temps égalerent ceux qu'il avoit déja
faits dans la Langue Latine. Il fut
reçu Maître-ès-Arts le 17. Janvier
1521.

*Luther* faiſoit alors du bruit, &
*Fuchſius* fut curieux de lire ſes Ouvrages; mais cette lecture lui fut funeſte;
car elle lui donna du goût pour la
nouvelle Religion, qu'il embraſſa
quelque temps après.

L'étude de la Medecine l'occupa
enſuite, & il fut reçu Docteur en
cette Faculté le 1. Mars 1524. Il alla
pour la pratiquer, s'établir à *Munich*, capitale de la Baviere, où il
demeura deux ans, & ſe maria avec
*Anne Fridperger*, dont il eut dix enfans, quatre garçons, & ſix filles.

Il quitta cette Ville en 1526. pour

L. Fu-
SHSIUS.

retourner à *Ingolstad*, où il étoit appellé pour profeffer la Medecine. Il
ne conferva cependant cet emploi
que deux ans; car le Marquis d'*Anfpach* lui ayant fait des propofitions
fort avantageufes pour l'attirer dans
cette Ville, il y alla demeurer en
1528. & y pratiqua la Medecine avec
beaucoup de fuccès & de réputation.
Les Occupations qu'il y eut ne l'empêcherent pas de compofer plufieurs
Ouvrages, dont je parlerai plus bas.

Après un féjour de cinq années à
*Anfpach*, il fe laiffa perfüader par
*Leonard Eccius*, qui étoit Recteur de
l'Université d'*Ingolstad*, de retourner
dans cette Ville, & d'y reprendre les
fonctions de Profeffeur en Medecine. Mais il eut lieu de s'en repentir;
car fes fentimens fur la Religion,
qu'il ne pouvoit déguifer, lui attirerent de fi grandes contradictions de la
part des Catholiques, qu'il ne put
entrer en exercice. Ainfi il fe vit obligé de retourner la même année 1531.
à *Anfpach*, où le Marquis, qui ne
l'avoit vû partir qu'avec regret, le
reçut avec plaifir.

Le Duc de *Wirtemberg* voulant
faire

faire refleurir l'Université de *Tubinge*,  L. Fu-
y fit venir *Fuchfius* en 1535. & lui chsius.
donna une Chaire de Medecine qu'il
a confervée jufqu'à fa mort.

Elle arriva le 10. May 1566. dans
fa 65e. année. Il avoit perdu trois ans
auparavant fa premiere femme, &
s'étoit remarié quelque temps après à
la veuve d'un Miniftre, nommé
*Michel Gretter,*

On loüe beaucoup fa fobrieté, fa
candeur, fa modeftie, & la pureté
de fes mœurs; & l'on prétend qu'il
enfeignoit avec beaucoup de Methode & d'une maniere fort nette.

*Cofme de Medicis*, Grand Duc de
Tofcane, lui offrit fix cens écus d'appointemens, pour l'engager à enfeigner la Medecine dans l'Univerfité
de *Pife*; mais il le remercia. L'Empereur *Charles-Quint* l'annoblit, pour
lui marquer l'eftime qu'il faifoit de
fon merite & de fon fçavoir.

Catalogue de fes Ouvrages.

1. *Errata recentiorum Medicorum
LX. numero; adjeƈtis eorumdem con-
futationibus. Hagenoæ* 1530. *in-*4°.

2. *Cornarius furens. Bafileæ* 1533.
*in-*8°. *Janus Cornarius* étoit le grand

Tome XVIII.                    T.

L. Fu-
**æsius,**
adversaire de *Fuchsius*, & ils n'ont rien oublié pour se décrier l'un l'autre.

3. *Adversus Christ. Egenolphi, Typographi Francofurtensis, Calumnias Responsio. Basileæ* 1535. *in-*8°.

4. *Parodoxorum Medicorum Libri tres. In quibus multa à nemine hactenus prodita, Arabum, ætatisque nostræ Medicorum errata non tantum indicantur, sed & probatissimorum Authorum scriptis, firmissimisque rationibus ac argumentis confutantur. Obiter denique Sebastiano Montio, Medico Rivoriensi, respondetur, ejusque annotatiunculæ, velut omnium frigidissimæ, prorsus exploduntur. Basileæ* 1533. *in-fol.* It. *Paris.* 1555. *in-*8°. L'Ouvrage que *Fuchsius* attaque ici, avoit été fait par *Montius* pour combattre son premier Ouvrage, il est intitulé : *Annotatiunculæ in Errata recentiorum Medicorum per Leonardum Fuchsium. Lugduni* 1533. *in-*8°. On voit aisément par cette réponse & par quelques autres Ouvrages de *Fuchsius*, qu'il n'étoit pas endurant, & que les Critiques des autres le piquoient vivement.

5. *Apologia adversus Gualterum Ruffium. Basileæ* 1536. *in-*8°.

6. *Hippocratis Epidemion Liber ſex-* **L. Fu-**
*tus Latinitate donatus , & luculentiſſima* **CHSIUS.**
*enarratione illuſtratus. Baſileæ* 1537.
*in - fol.*

7. *Tabulæ aliquot univerſæ Medicinæ*
*ſummam & diviſionem compendio com-*
*plectentem. Baſileæ* 1538. *in-4°.*

8. *De Medendi Methodo Libri qua-*
*tuor. Hippocratis Coi de Medicamentis*
*purgantibus libellus , jam recens in lu-*
*cem editus. Pariſ.* 1539. *in-8°.*

9. *Apologiæ tres , quarum prima ad-*
*verſus Gulielmum Puteanum docet*
*Aloen aperire ora Venarum ; ſecunda*
*adverſus Sebaſtianum Montium non-*
*nulla Paradoxorum capita defendit:*
*Tertia adverſus Jeremiam Thriverium,*
*in internis inflammationibus , pleuritide*
*præſertim , è directo partis affectæ ſan-*
*guinem mittendum eſſe : Item explicatio-*
*nes aliquot Paradoxorum. Baſileæ* 1540.
*in - 4°.*

10. *Libri tres difficilium aliquot quæſ-*
*tionum & hodie paſſim controverſarum*
*Explicationes continentes. Baſileæ* 1540.
*in - 4°.*

11. *Medendi Methodus , ſeu ratio*
*compendiaria perveniendi ad veram ſoli-*
*damque Medicinam ; ad Hippocratis &,*

L. Fu-
CHSIUS.

*Galeni scripta recte intelligenda mire utilis. Item de usitata hujus temporis componendorum miscendorumque Medicamentorum ratione Libri tres.* Basileæ 1541. *in-fol.* It. *Lugduni* 1541. *in-8°.* It. *Parif.* 1550. *in-8°.* Cette derniere Edition est fort augmentée, & beaucoup plus exacte que les précedentes.

12. *De Sanandis totius humani corporis ejusdemque partium tam externis quam internis malis Libri V.* Basileæ 1542. & 1568. *in-8°.* It. *Lugd.* 1547. *in - 16.*

13. *Ad quinque priores suos Libros de curandi ratione, seu de Sanandis totius humani corporis ejusdemque partium tam internis quam externis malis, Appendix jam recens edita. In qua Chirurgica maxime tractantur. Lugduni* 1548. *in - 16.*

14. *De Historia Stirpium Commentarii insignes ; adjectis earumdem vivis plus quam quingentis imaginibus. Accessit iis succincta admodum vocum difficilium & obscurarum passim in eo opere occurrentium explicatio.* Basileæ 1542. *in-fol.* It. *Lugduni* 1551. & 1596. *in - 8°.*

15. *Hippocratis Aphorifmorum Sec-* L. Fu-
*tiones feptem, Latinitate donatæ, &* chsius.
*luculentiffimis Commentariis illuftratæ;*
*adjectis Annotationibus, in quibus,*
*quotquot funt in Galeni Commentariis*
*loci difficiles ad unguem explicantur.*
*Bafileæ* 1544. *in-8°.* It. *Lugduni* 1558.
*in - 8°.*

16. *Claudi Galeni aliquot Opera,*
*Latinitate donata, & Commentariis*
*illuftrata. De Inæquali intemperie Liber*
*unus. De differentiis & caufis morborum*
*Symptomatumque Libri fex. De Judiciis*
*Libri tres. De curatione per fanguinis*
*miffionem Liber unus. Parif.* 1549.
*in-fol.*

17. *Ejufdem Galeni de Temperamen-*
*tis Libri tres. De differentiis Febrium*
*Libri duo Latinitate donati, & Com-*
*mentariis illuftrati, Tomus fecundus.*
*Parif.* 1554. *in fol.*

18. *Ejufdem de Laborantium locorum*
*Notitia Libri fex, Latinitate donati,*
*& commentariis illuftrati, Tomus ter-*
*tius. Parif.* 1554. *in-fol.*

19. *Primi de Stirpium Hiftoria Com-*
*mentariorum Tomi vivæ imagines. Bafi-*
*leæ* 1549. *in-8°.*

20. *Epitome de Humani Corporis*

L. FU-
CHSIUS.

*Fabrica, ex Galeni & Andreæ Vesalii Libris concinnata, partes duæ. Tubingæ* 1551. *in-8°.*

21. *An Morbifica aliqua sit, de Galeni Sententia, causa continens. Basileæ* 1557. *in-8°.*

22. *De compositione Medicamentorum Libri quatuor. Lugduni* 1563. *in-12.*

23. *Nicolai Myrepsi Medicamentorum opus in sectiones* 48. *digestum à Leonardo Fuchsio è Græco in Latinum conversum, luculentissimisque annotationibus illustratum. Basileæ* 1549. *in-fol.* It. plusieurs autres fois depuis.

24. *Apologia, quâ criminationibus ac Calumniis Joannis Placotomi respondet. Francofurti* 1566 *in-8°.*

25. *Institutionum Medicinæ ad Hippocratis, Galeni, aliorumque veterum scripta recte intelligenda mire utiles Libri quinque. Basileæ* 1567. 1572. 1583. 1594. 1605. 1618. *in-8°.* L'Edition de 1618. qui a paru par les soins d'*Emmanuel Stupanus*, est plus correcte & plus ample que les autres.

26. *Opera Didactica : Videlicet, Institutiones Medicinæ; Corporis humani fabrica; Medicamentorum omnium præ-*

*paratio ; omnium morborum Medela;* L. Fu
*& Paradoxorum Medicinæ Synopsis.* CHSIUS.
*Francofurti* 1604. *in-fol.*

27. *De Balneis Excerpta.* Inferées à
la page 272. du Recüeil fur cette maniere imprimé à *Venife.*

V. *Oratio de Vita & Morte Cl. V.*
*Leonharti Fuchsii, habita à M. Georgio*
*Hizlero. Tubingæ* 1566. *in-*4°. *Mel-*
*chioris Adami Vita Medicorum Ger-*
*manorum.* Ce qu'il en dit eft copié
uniquement *d'Hizlerus*, quoiqu'il
marque qu'il a puifé ailleurs. *Merck-*
*lini Lindenius renovatus.*

# SAMUEL DE PUFENDORF.

SAMUEL *de Pufendorf* naquit en
1631. à *Fleh*, petit Village situé
assez près de la Ville de *Chemnitz*,
dans la Misnie, Province de la haute
Saxe, d'*Elie Pufendorf*, Ministre de
ce lieu. Plusieurs personnes trompées
par la qualité de Baron qu'il portoit,
& par les Charges dont il a été hono-
ré, se sont imaginé qu'il étoit d'une
naissance illustre ; mais il ne voyoit
parmi ses parens que des Ministres
Lutheriens, pere, grand-pere, oncles
paternels & maternels.

Son pere, ayant remarqué de bonne heure les dispositions heureuses
qu'il avoit pour les sciences, employa à les cultiver le loisir dont la
vie de la campagne est ordinairement
accompagnée.

Lorsqu'il le vit d'un âge & d'une
capacité à pouvoir entrer dans les
Universitez, il songea à l'y envoyer.
La mediocrité de ses biens, qui ne
lui permettoit pas de fournir aux
frais nécessaires pour cela, fut d'a-

bord un obſtacle à l'execution de ce deſſein ; mais il fut levé par un Seigneur Saxon, qui touché de l'heureux naturel du jeune *Pufendorf*, ſe chargea de pourvoir à ſon entretien.

Il alla d'abord à *Grim*, d'où après quelque ſéjour, il paſſa à *Leipſic*, où il s'appliqua avec une ardeur extraordinaire à l'étude, & y fit des progrès étonnans.

Son pere, qui le deſtinoit apparemment à être Miniſtre comme lui, voulut qu'il s'attachât à la Theologie, & il l'étudia en effet quelque temps. Mais ſon inclination étoit ailleurs ; & il la quitta, pour ſe livrer à ſon goût, en s'adonnant à la Juriſprudence.

Il n'eut point de peine à remarquer que ce genre d'étude eſt d'une étenduë trop vaſte, pour pouvoir être facilement embraſſé tout entier, & que pour s'y diſtinguer, il eſt à propos d'en choiſir une partie, à laquelle on s'attache le plus, & dont on faſſe ſon occupation favorite. Il ſe détermina aiſement pour le Droit public, qui conſiſte en Allemagne à connoître les Droits de l'Empire ſur les

Princes & les Etats dont il eft compofé, & ceux de ces Princes & de ces
Etats, à l'égard les uns des autres. Il
regardoit cette étude comme un degré pour s'élever un jour aux dignitez
des Cours d'Allemagne ; car on fçait
que les divers Souverains, qui com-
pofent l'Etat Germanique, n'ont
point d'autres Miniftres d'Etat que
des hommes de Lettres, qu'ils appel-
lent Confeillers, & dont la principale étude eft la connoiffance du
Droit public d'Allemagne. Comme
ces Charges ne font point venales, &
qu'il ne faut pour y être admis qu'un
merite recommandé, M. de *Pufendorf*
réfolut de s'en faire un, qui lui ouvrît
une voye aux honneurs, aufquels il
afpiroit.

Après avoir demeuré quelque temps
à *Leipfic*, il quitta cette Ville, on ne
fçait pour quel fujet, & alla à *Jene*,
où il joignit à l'étude du Droit, celle
des Mathematiques, à laquelle il
s'appliqua fous le Profeffeur *Erhard
Weigel*, qui le logea chez lui pendant
toute l'année 1657. L'application
qu'il donna à cette fcience, auffi bien
qu'à la Philofophie de *Defcartes*

qu'il goûtoit fort, mais sans adopter S. DE Pu-
aveuglement toutes ses opinions, FENDORF,
contribua beaucoup à perfectionner
ses talens naturels, & à lui donner de
la justesse & de la methode.

Au reste s'il travailla à se faire un
nom par son habileté dans la connoissance du Droit, il négligea les
titres fastueux qu'on va chercher dans
les Universitez, & qui souvent sont
une marque fort équivoque de la capacité & du sçavoir, & ne voulut
jamais prendre le degré de Docteur.

Il retourna à *Leipsic* en 1658. dans
le dessein de chercher un poste qui
lui convint. Un de ses freres, nommé
*Isaie*, qui étoit depuis quelque temps
au service du Roy de Suede, dont il
fut depuis Chancelier dans les Du-
chez de *Breme* & de *Werden*, & qui
l'envoya pour ses affaires dans les
principales Cours de l'Europe, lui
écrivit alors pour lui conseiller de
suivre son exemple, & de ne point
se fixer à son Païs natal, mais d'aller
chercher fortune ailleurs.

*Pusendorf* trouvant ce conseil bon,
résolut de le suivre, & accepta le
poste de Gouverneur du fils de M.

S. DE PU-FENDORF. *Coyet*, Seigneur Suedois, qui étoit alors Ambaſſadeur pour le Roy de Suede à la Cour de Dannemarc. Il ſe rendit pour cela à *Copenhague*, mais il n'y fut pas long-temps tranquille; car la Guerre ayant recommencé peu de temps après, entre le Dannemarc & la Suede, il fut arrêté priſonnier avec toute la Maiſon de l'Ambaſſadeur, qui peu de jours auparavant étoit allé faire un tour en Suede.

Pendant ſa détention, qui dura huit mois, comme il n'avoit point de Livres, & qu'il ne pouvoit voir perſonne, il s'aviſa de mediter ſur ce qu'il avoit lû dans le Traité de *Grotius, De Jure Belli & Pacis*, & dans les Livres Politiques de *Thomas Hobbes*. Il fit un petit Syſtême de ce qu'il y trouva de meilleur; il le tourna & le développa à ſa maniere, il traita les matieres auſquelles ces Auteurs n'a-voient pas touché, & ajoûta à tout cela quelques nouvelles penſées qui lui vinrent dans l'eſprit. Il ne ſongeoit par-là qu'à ſe deſennuyer dans ſa ſolitude. Mais deux ans après en être ſorti, il fit un voyage en Hol-ande, où quelqu'un de ſes amis

ayant lû cet eſſai lui conſeilla de le S. DE PU-
revoir, & de le donner au public. Il FENDORF,
le fit & cet Ouvrage fut imprimé à
*la Haye* en 1660. ſous le titre d'*Ele-*
*mens de Juriſprudence univerſelle.*

L'Electeur Palatin, *Charles Louis,*
à qui il l'avoit dédié, ne ſe contenta
pas de l'en remercier auſſi-tôt par une
Lettre fort obligeante, datée du 29.
Septembre de cette année ; il l'appella l'année ſuivante dans ſon Univerſité d'*Heidelberg*, à laquelle il vouloit
rendre ſon premier luſtre, & fonda
en ſa faveur une Chaire de *Profeſſeur*
*en Droit de la nature & des gens*, qui
eſt la premiere qu'on ait vûë en Allemagne, où il s'en établit depuis pluſieurs à ſon imitation. Outre cela
l'Electeur le chargea dans la ſuite de
donner quelques heures extraordi-
naires au Prince Electoral, ſon fils,
qui avoit d'ailleurs ſes Maîtres af-
fectez.

*Pufendorf* demeura à *Heidelberg*,
juſqu'en 1670. que le Roy de Suede
*Charles XI.* ayant établi une Univer-
ſité à *Lunden*, dans la Province de
*Schonen*, l'y appella pour y profeſſer.
L'Electeur Palatin fut fâché de le

S. DE PU-
PENDORF.

perdre ; mais il ne voulut point l'o-
bliger à rester, & consentit qu'il ac-
ceptât le poste plus lucratif, & plus
avantageux, qu'on lui offroit en Suede. Il s'y rendit la même année, & y
fut installé dans la place de premier
Professeur de la Faculté de Droit,
pour y enseigner le Droit de la nature & des gens ; & les gages qu'on
lui assigna furent plus considerables
que ceux des autres Professeurs.

Sa réputation s'augmenta beaucoup depuis ce temps-là, soit par
l'éclat & le succès qui accompa-
gnoient ses leçons, soit par les Ouvrages qu'il mit au jour, & qui l'engagerent dans des disputes dont je
parlerai plus bas.

Quelques années après le Roy de
Suede l'appella à *Stockolm*, & le fit
son Historiographe, & un de ses
Conseillers.

En 1688. l'Electeur de Brandebourg obtint l'agrément du Roy de
Suede pour le faire venir à *Berlin*,
afin qu'il y écrivit l'Histoire de l'E-
lecteur *Guillaume le Grand* ; & lui
accorda les mêmes titres d'Historiographe & de Conseiller privé, qu'il

avoit en Suede, avec une penſion
conſiderable.

Malgré ce changement, le Roy de
Suede continua à lui donner des marques de ſa bienveillance, & le créa
Baron l'an 1694. Mais il ne joüit pas
long-temps de ce titre : car il mourut d'une inflammation qui ſurvint à
un de ſes pieds, pour s'y être coupé
en rognant ſes ongles, le 26. Octobre de la même année, âgé de 63.
ans.

Catalogue de ſes Ouvrages.

1. *Elementorum Juriſprudentiæ Univerſalis Libri duo. Hagæ Comit.* 1660.
*in-8°. It. cum Appendice de Sphæra
Morali. Jenæ* 1669. *in-8°. L'Appendix*
de cette ſeconde Edition n'eſt pas de
notre Auteur. J'ai dit plus haut ce
qui occaſionna cet Ouvrage, dans lequel *Pufendorf* ſuit en quelque ma-
nière la Methode des Geometres,
poſant d'abord ſes Définitions & ſes
Axiomes, qu'il explique enſuite, &
dont il tire les concluſions qu'elles
renferment. Quoique dans la ſuite il
ne fût pas lui-même content de cet
Ouvrage, & qu'il en ait publiquement reconnu l'imperfection, com-

§. DE PU-
FENDORF.

me d'un fruit prématuré de sa jeunesse, il ne laissa pas d'être reçu favorablement du public, & de le faire
connoître dans le monde d'une maniere très-avantageuse. On jugea
qu'un tel début devoit promettre
beaucoup pour la suite, & le Baron
de *Boinebourg*, alors Chancelier de
l'Electeur de *Mayence*, qui souhait-
toit fort que quelqu'un entreprît de
donner un corps Methodique de Jurisprudence naturelle, & qui y avoit
exhorté envain plusieurs Sçavans;
entre autres *Bœcler*, *Conringius*, &
*Rachelius*, le jugea capable d'une si
belle entreprise, & l'engagea à y
travailler. Ce qui produisit son fameux Ouvrage *De Jure Naturæ &*
*Gentium*, dont je parlerai plus bas.

2. *Joannis Meursii Miscellanea La-*
*conica, sive variarum Antiquitatum*
*Laconicarum Libri IV. primum editi*
*cura Samuelis Pufendorfii. Amstelod.*
1661. *in-*4°.

3. *Joannis Laurembergii Græcia An-*
*tiqua, cum tabulis Geographicis, edente*
*Samuele Pufendorf. Amstelod.* 1661.
*in-*4°.

4. *Severini de Monzambano de Statu*
*Imperii*

*Imperii Germanici Liber unus. Genevæ* S. DE PU-
1667. *in*-12. *Puſendorf* dédia ce Livre FENDORF.
à ſon frere, à qui il y donna le nom
de *Lælio*, Sieur de *Trezolani*. It. avec
quelques remarques un peu vives.
*Eleutheropoli. Verinus.* (la Haye) 1668.
*in*-12. It. *cum Notis & Stricturis Paci-*
*fici à Lapide.* (*Philippi Andreæ Olden-*
*burgeri*) *Acceſſit Samuel. Puſendorfii*
*diſquiſitio de Republica irregulari ad*
*Severini de Monzambano Caput IV.*
*de forma Imperii.* 1671. & 1682. *in*-8º.
It. *Auctior, & Exercitationum ſpeci-*
*mine illuſtratus ab Ulrico Obrechto.* 1684.
*in*-8º. It. *cum Præfatione Jacobi Pauli*
*Gundlingii. Berolini* 1706. *in*-8º. It. *ex*
*Autographo Autoris recognitus, cum*
*prioribus Editionibus collatus, ac ſelec-*
*tis variorum Notis illuſtratus; curante*
*D. Gottliel Gerhard. Titio. Lipſiæ* 1708.
*in*-8º. It. *traduit en Allemand. Leipſic*
1715. *in*-8º. It. *traduit en Anglois par*
*Edmond Bohun. Londres* 1696. *in*-8º.
It. en François ſous ce titre : *L'Etat de*
*l'Empire d'Allemagne, traduit du La-*
*tin de Monzambane, par François Sa-*
*vinien d'Alquié. Amſterdam.* 1669.
*in*-12. Cette traduction eſt fort mal
faite ; pour y réüſſir, il eût fallu que

*Tome XVIII.* V

S. DE PU- le Traducteur eût été plus au fait des
FENDORF. affaires d'Allemagne. *Pufendorf* envoya en 1666. le manuscrit de cet
Ouvrage à *Isaie Pufendorf*, son frere,
qui étoit alors Ambassadeur de la
Cour de Suede en France, pour le
faire imprimer dans ce Royaume.
Celui-ci le presenta pour cela à un
Libraire, lequel le donna à examiner
à *Mezeray*, qui l'ayant lû trouva le
Livre digne de voir le jour ; mais refusa de donner son approbation, parce qu'il y trouva quelques endroits
opposez aux interêts de la France, &
d'autres où les Prêtres & les Moines
étoient maltraitez. Cela engagea
*Isaie Pufendorf* à envoyer l'Ouvrage à
*Geneve*, où il fut imprimé. L'Auteur,
qui avoit prévû qu'il feroit du bruit,
n'y voulut pas mettre son nom, qui
n'y parut que dans des Editions posterieures. Il en fit effectivement &
éprouva bien des contradictions ; il
fut condamné, interdit, & confisqué
en plusieurs endroits d'Allemagne,
& plusieurs Sçavans Jurisconsultes
prirent aussi-tôt la plume pour l'attaquer, soit en passant, soit dans des
Livres faits exprès. Tels furent :

*Martin Schoockius*, dans fes *Exer-* S. DE PU-
*citationes XII. quibus Severini de Mon-* FENDORF.
*zambano*, *ad modum promulfidis*, *Trac-*
*tatus de ftatu Imperii Germanici difcuti-*
*tur*, & *quædam Chrefimo*, *plura obelo*,
*notantur.* *Cis Veronam* 1668. *in-*12.
Il avoit deffein de faire un Ouvrage
plus étendu fur cette matiere, mais
fa mort interrompit fon travail.

*Philippe-André Oldenburgerus*, dans
fes *Notæ & Stricturæ*, publiées fous le
nom de *Pacificus à Lapide.* *Utopiæ*
1668. *in-*8°. & jointes à quelques Editions de l'Ouvrage de *Pufendorf.*

*Jean-Louis Prafchius*, dans fes *Li-*
*teræ Secretiores Monzambani ad Læ-*
*lium fratem*, *de Germana Imperii Ger-*
*manici Forma.* 1668. *in-*12.

*Charles Scharfchmidius*, dans fon
Livre, intitulé : *Syftema Juris Publicæ*
*Romano-Germanici*, & *Difquifitio de*
*Republica Monftruofâ*, *contra Severi-*
*num de Monzambano ejufque Affeclas.*
*Francof.* 1677. *in-*8°.

*Jean-George Kulpis*, dans fes *Com-*
*mentationes Academicæ in Severinum de*
*Monzambano de ftatu Imperii Germa-*
*nici.* *Stutgardiæ* 1682. *in-*8°.

5. *De Jure Naturæ & Gentium Libri*

V iij

S. DE Pu-*VIII. Lundini Scanorum* 1672. *in*-4°.
FENDORF. C'est l'Edition la plus éorrecte. It.
*secunda Editio auctior & emendatior.*
*Francofurti ad Mœnum* 1684. *in*-4°.
Elle est augmentée de plus d'un
quart. It. *Amstelodami* 1688. *in*-4°.
It. *cum Adnotatis Johannis Nicolai*
*Hertii Jurisconsulti. Francofurti ad*
*Mœnum* 1706. *in*-4°. It. *Amstelodami*
1715. *in*-4°. It. *Francofurti ad Mœ-*
*num* 1716. *in*-4°. Cette derniere Edition pourroit bien être la même que
celle de 1706. à laquelle on auroit
mis un nouveau frontispice. Les Notes d'*Hertius* s'y trouvent de même
que dans celle d'*Amsterdam*. M. *Bar-*
*beyrac* dans l'Avertissement de la seconde Edition de sa traduction Françoise de cet Ouvrage, dit qu'*Hertius*
semble les avoir compilées à la hâte,
pour faire plaisir au Libraire, qui
vouloit donner du relief à son Edition par quelque accompagnement
qu'on ne trouvât pas dans les précedentes, & qu'il y a bien des choses
à reprendre. It. traduit en François,
sous ce titre : *Le Droit de la nature &*
*des Gens, ou Systême général des princi-*
*pes les plus importans de la Morale, de*

la *Jurisprudence & de la Politique*, tra-S. DE PU-
duit du Latin de feu M. le Baron de FENDORF.
Pufendorf, par Jean Barbeyrac, avec
des Notes du Traducteur, & une Préface, qui fert d'Introduction à tout l'Ouvrage. *Amsterd.* 1706. *in*-4°. 2. Tom.
It. *seconde Edition revûë & augmentée*
confiderablement. *Amsterd.* 1712. *in*-4°.
2. Tom. Cette traduction est préferable à l'Original, à cause des correc-
tions que le Traducteur y a faites, &
des fçavantes Notes, qui l'accompagnent. It. *traduit en Allemand avec*
les Notes de Jean-Nicolas Hertius,
Jean Barbeyrac & autres. Francfort fur
le Mein 1711. *in*-4°. M. *Barbeyrac*
dit que l'Editeur de cette traduction
promet dans le titre beaucoup plus
qu'il ne tient, puifqu'il n'a pris de
fes Notes qu'un petit nombre & même des plus courtes, fe contentant,
pour celles qui font un peu longues,
de renvoyer à l'Ouvrage François. It.
*traduit en Anglois par le Docteur Ken-*
net, membre du College de Chrift à Oxford, M. Percival, M. Itchiner &
d'autres, 1703.

Cet Ouvrage a eu une approbation
fort generale ; c'est en effet un corps

du Droit naturel fort bien conçu &
fort bien digeré, qui eſt préferable
au Traité de *Grotius*, *Du Droit de la
Guerre & de la Paix*, puiſque les matieres y ſont traitées avec plus d'étenduë & plus d'ordre. Il a cependant eu
un grand nombre de Critiques contre
leſquels *Pufendorf* a été obligé de le
défendre, ce qu'il a fait avec ſuccès.

Le premier qui s'aviſa de l'attaquer fut *Nicolas Beckmam*, Collegue
de *Pufendorf*, dans l'Univerſité de
*Lunden*. On prétend qu'il ſe mêla de
la paſſion dans ſa Critique, à laquelle
un Profeſſeur Lutherien de la même
Univerſité, nommé *Joſué Schwartz*,
mit auſſi la main. Cet homme pour
donner plus de poids à ſes objections,
tâcha d'engager les Theologiens
dans ſon parti, en y intereſſant la
Religion & en accuſant l'Auteur
d'Heterodoxie. Il voulut par-là
émouvoir le Clergé de Suede contre
*Pufendorf*; mais les Senateurs de ce
Royaume l'en empêcherent, & im-
poſerent ſilence à ſes ennemis, en
faiſant ſupprimer, par l'autorité du
Roy, l'Ecrit de *Beckman*, qui cependant fut imprimé dans la ſuite à

Gießen, sous ce titre : *Index Novita-* S. DE PU-
*tum quarumdam , quas Dn. Samuel* FENDORF.
*Pufendorf Libro suo de Jure Naturæ &*
*Gentium , contra Orthodoxa funda-*
*menta , Lundini edidit.* Cet Ouvrage
étant allé en Suede y fut brûlé au
mois d'Avril 1675. par la main du
Bourreau , & *Beckman ,* son Auteur ,
banni de tous les Etats du Roy de
Suede, pour avoir contrevenu à ses
ordres, en le faisant imprimer. La
jalousie lui avoit fait produire ce
premier Ecrit ; la vengeance & la
fureur lui en firent composer d'autres , dont les titres seuls font connoître son genie.

Il publia d'abord , sous le faux
nom de *Veridicus Constans,* une Piece
fort satyrique , qui fut suivie de
quelques autres , & entre autres de
celle qui porte ce long titre : *Nicolai*
*Beckmanni legitima defensio contra Ma-*
*gistri Samuelis Pufendorfii execrabiles*
*sictitias calumnias , quibus illum contra*
*omnem veritatem & justitiam ut carna-*
*tus Diabolus , & singularis mendacio-*
*rum artifex per fictitia sua entia moralia*
*( Diabolica puto ) toti honesto ac erudito*
*orbi malitiose exponere voluit. Natura-*

S. DE PU-
FENDORF.
*lis sive brutalis & gentilis Pufendorfii spiritus usque adeo enormiter se exerit & perverse operatur, ut nec Diabolum nec infernum nec vitam æternam dari impie credat, & dum omnem actionem humanam statuat esse indifferentem, boni ac mali nec præmium nec pœnam futuram: hic tamen pro Satyrico suo ingenio firmiter credit, si viris honestis & proximo suo audacter & malitiose calumnietur, quod semper aliquid fæcis sive mendacii in animis legentium hæreat. Impressum anno 1677.*

Ce furieux ne se contenta pas d'attaquer *Pufendorf* avec la plume, il l'appella en Duel, & lui écrivit de *Copenhague*, pour le provoquer à un combat singulier, le menaçant, s'il ne se trouvoit point au lieu qu'il lui marquoit, de le poursuivre par tout où il se trouveroit. *Pufendorf* ne fit aucun cas de cette Lettre, & sans daigner y répondre, l'envoya au Consistoire de l'Academie, qui proceda contre *Beckman*.

Il crut cependant devoir répondre quelque chose aux Satyres de cet homme, & publia pour cela les Ecrits suivans.

6. *Apo-*

6. *Apologia pro ſe & ſuo Libro , ad-* S. DE PU-
*verſus Authorem Libelli famoſi , cui Ti-* FENDORF.
*tulus : Index Novitatum , &c.* 1674.
*in -* 8°.

7. *Epiſtola ad amicos ſuos per Ger-*
*maniam , ſuper Libello famoſo , quem*
*Nicolaus Beckmannus quondam Profeſ-*
*ſor in Academia Carolina , nunc vero*
*cum infamia inde relegatus , mentito no-*
*mine Veridici Conſtantis ſuperiori anno*
*diſſeminavit.* 1678. *in-*8°.

8. *Petri Dunæi in Academia Caroli-*
*na Pedelli ſecundarii Epiſtola ad virum*
*famoſiſſimum , Nicolaum Beckmannum ,*
*totius Germaniæ convitiatorem & calum-*
*niatorem longe impudentiſſimum ſuper*
*noviſſimis ipſius ſcriptis. Holmiæ* 1678.
*in-*8°. Cet écrit, qui eſt de *Pufendorf,*
eſt entierement ſatyrique & perſon-
nel.

9. *Joannis Rolletti, Palatini, diſcuſſio*
*calumniarum , quas abſurdiſſimas de*
*Illuſtri viro Samuele Pufendorfio , rele-*
*gatus è Suecia nequam Nicolaus Beck-*
*mannus per cauſam defendendæ ſuæ famæ*
*non ita pridem in vulgus ſparſit. Man-*
*heimi* 1678. *in-*8°. Pufendorf s'eſt caché
encore dans cet écrit ſous le nom de
*Rollettus.*

*Tome XVIII.* X

S. DE PU-
FENDORF. Quoique *Josue Schwartz* eût eu part à l'*Index Novitatum*, *&c.* publié d'abord contre *Pufendorf*, le Roy de Suede lui pardonna, après qu'il eut affirmé qu'il n'avoit jamais eu intention que cet Ouvrage fût imprimé, & qu'il l'avoit été à son insçu par les soins de *Beckman*. Mais il lui arriva dans la suite une chose qui l'obligea à sortir des Etats de ce Prince. Dans la Guerre entre la Suede & le Danemarc, les Danois s'étant emparez de la Ville de *Lunden*, voulurent obliger les habitans à prêter serment de de fidélité au Roy de Danemarc; *Schwartz* ne se contenta pas de le faire, il fit encore tout son possible pour engager les autres à suivre son exemple; mais lorsque la Paix eut été faite entre les deux Couronnes, & que *Lunden* eut été renduë au Roy de Suede, il vit bien qu'il ne pouvoit demeurer en sûreté dans le Païs; ainsi il se retira dans le Danemarc, où le Roy le prit à son service, & l'établit Surintendant du Duché de *Sleswick*. Se voyant alors en liberté de se venger de ce que *Pufendorf* avoit dit de lui dans son Apologie, il

publia contre lui fous le nom de S. DE Pu-
*Severin Wildfchutz*, fon beau-fils, FENDORF.
un écrit violent, qu'il intitula : *Seve-*
*rini Wildfchutz*, *Malmogienfis Scani*,
*Difcuffio Calumniarum à Samuele Pu-*
*fendorfio*, *in Apologia Indicis errorum*
*fuorum Venerabili uni viro impofitarum.*
*Slefwigæ 1687. in-4°.* Pufendorf y répondit fous le nom de *Schwartz*
même, par la Lettre fuivante.

10. *Jofua Schwartzii Differtatio*
*Epiftolica ad eximium unum Juvenem*
*Severinum Wildfchyffium*, *privignum*
*fuum. Hamburgi* 1688. *in-4°.* Cette
Piece eft entierement ironique, & le
ftile en eft femblable à celui des *Epi-*
*ftolæ obfcurorum virorum.* Il en eft de
même de la fuivante, qui a auffi
*Pufendorf* pour auteur.

11. *Jurifconfulti Nicolai Beckmanni*
*ad V. C. Severinum Wildfchutz*, *Mal-*
*mogienfem Scanum Epiftola*, *in qua ipfi*
*cordicitus gratulatur de devicto & trium-*
*phato Pufendorfio. Hamburgi* 1688.

L'Ouvrage de *Pufendorf* éprouva
auffi des contradictions en Allemagne. L'Univerfité de *Leipfic* le condamna en 1673. fur le fimple expofé
de l'*Index* de *Beckman*; & cette con-

X ij

S. DE PU-
FENDORF.

damnation engagea *Pufendorf* à écrire
la Lettre fuivante.

12. *Epiftola ad plurimum Reveren-*
*dum atque celeb. Virum Dn. Johannem*
*Adamum Scherzerum, Theologum apud*
*Lipfienfes primarium ; fuper Cenfura*
*quapiam in Librum fuum inique lata.*
*Hardervici* 1673. Cette Lettre ne fit
pas tant d'effet que fon Livre même ;
car lorfqu'il fut parvenu à *Leipfic*, &
qu'on l'eut examiné avec attention,
on reconnut bien-tôt qu'on avoit été
trompé par les accufations de fon
adverfaire, & les préjugez qu'on
avoit conçu contre lui fe diffiperent
peu à peu.

13. *Eris Scandica, quâ adverfus*
*Libros de Jure naturali & Gentium ob-*
*jecta diluuntur. Francofurti ad Mœnum*
1686. *in-*4°. C'eft un Recuëil de
plufieurs Pieces, dont quelques-unes
ont paru féparement. La principale,
qui eft la neuviéme, eft intitulée :
*S. Pufendorfii fpecimen controverfiarum*
*circa Jus naturale ipfi motarum.* *Pufen-*
*dorf* y répond aux objections & aux
difficultez que plufieurs Theologiens
Proteftans lui avoient faites fur quelques endroits de fon Livre, On voit

à la tête *Julii Rondini Diſſertatio Epi-* S. DE PU-
*tolica ; ſuper controverſiis, quæ S. P.* FENDORF.
*cum quibuſdam aliis circa Jus naturale*
*interceſſerunt.* Cet écrit eſt de *Pufen-*
*dorf* même, qui s'y eſt caché ſous le
nom de *Rondinus.*

14. *Joannis Rolleti Scharenſchmidus*
*Vapulans. Stralſundiæ* 1678. *in*-8°.
pp. 32. Cet Ouvrage, où *Pufendorf*
s'eſt caché ſous le nom de *Rolletus*,
tend à réfuter ce que *Scharenſchmid*,
Licentié en Droit à *Leipſic*, avoit
écrit contre ſon Traité *De ſtatu Impe-*
*rii Germanici* dans ſa *Diſquiſitio de*
*Republica Monſtroſa contra Monzam-*
*banum.*

15. *Commentatio ſuper Invenuſto Ve-*
*neris Lipſicæ Ovo, Val. Alberti calum-*
*niis & ineptiis oppoſita,* 1687. Cet
Ouvrage eſt contre *Alberti*, dont il
avoit attaqué le ſiſtême ſur le fondement du Droit naturel dans ſon *Eris*
*Scandica*, & qui lui avoit répondu
dans un Livre intitulé : *Eros Lipſicus,*
*quo Eris Scandica Samuelis Pufendorfii*
*cum convitiis & erroribus ſuis maſcule,*
*modeſte tamen repellitur ; ſcriptus ad Ill.*
*V. Vitum-Ludovicum à Seckendorf ;*
*adjectis prioribus Apologiis contra eun-*

X iij

dem *Pufendorfium* , *& nonnullis dispu-
tationibus ejusdem aut similis argumenti.
Lipsiæ* 1687. Ce sont-là tous les Ouvrages Eristiques de *Pufendorf*, qui ne
meritent pas la même attention que
ses autres Ouvrages ; puisqu'on n'y
voit gueres que des personnalitez peu
interessantes , & des discussions qui
ne menent à rien d'utile.

16. *De officio Hominis & Civis juxta
legem naturalem Libri duo. Lundini
Scanorum* 1673. *in-8°.* It. 2ª. *Editio.
Holmiæ* 1689. *in-12.* Cette Edition
fourmille de fautes. It. *Francofurti ad
Mœnum* 1714. *in-8°.* It. *Supplementis
& Observationibus in Academiæ Juven-
tutis usum auxit & illustravit Gerscho-
vius. Edimburgi* 1724. *in-8°.* It. traduit en François sous ce titre : *Les
devoirs de l'Homme & du Citoyen , tels
qu'ils lui sont prescrits par la Loy naturelle ; traduits du Latin par Jean Barbeyrac , avec quelques Notes du Traducteur. Amsterd.* 1707. *in-8°.* It. *Luxembourg* 1708. *in-8°.* Edition très peu
correcte , & faite sur de mauvais papier. It. *troisiéme Edition. Amsterdam*
1715. *in-8°.* It. *quatriéme Edition revûë
& augmentée d'un grand nombre de*

*Notes & de quelques autres Pieces.* S. DE PU-
*Amſterdam* 1718. *in-*8°. 2. Tom. C'eſt FENDORF.
un abregé fort net & fort methodi-
que, que *Puſendorf* a lui-même pris,
la peine de faire de ſon grand Ouvrage du Droit de la nature & des
gens. *André-Adam Hochſtetter,* Profeſſeur en Theologie à *Tubinge,* a
donné des Notes ſur cet Abregé,
ſous le titre de *Collegium Puſendor-
fianum, ſuper Libris duobus de Officio
Hominis & Civis, XII. Exercitationibus
inſtitutum. Tubingæ* 1710. *in-*4°. Ces
Notes ſont courtes & ajoûtent peu au
texte; mais en récompenſe il y a une
grande multitude de citations à la fin
de chaque article. Je ne ſçai qui eſt
l'Auteur d'un autre abregé du grand
Ouvrage de *Puſendorf,* par demandes
& par réponſes, publié ſous ce titre :
*Compendium Juriſprudentiæ univerſalis
ex Sam. Puſendorfii præcellenti opere
De Jure Naturæ & Gentium in priva-
tum uſum quorumdam Juvenum excerp-
tum. Francof.* 1694. *in-*12.

17. *Diſſertationes Academicæ Selec-
tiores. Lundini Scanorum* 1675. *in-*8°.
It. *Upſaliæ* 1677. *in-*8°. It. *Accedit
Caroli Scharſchmidi Diſquiſitio de Re-*

X iiij

S. DE PU-
FENDORF.

*publica Monstrosa ejusque defensio contra Monzambanum & Pufendorfium. Francofurti 1678. in-12.* It. sous ce nouveau titre : *Analecta Politica, quibus multa rara gravissimæque hujus disciplinæ quæstiones variis Dissertationibus explicantur & enodantur. Amstelodami 1698. in-8°.*

18. *Description Historique & Politique de la Monarchie spirituelle du Pape.* (en Allemand) *Hambourg 1679. in-12.* pp. 258. It. *traduite en Flamand avec les Remarques de Chretien Thomasius, par J. le Long. Amsterdam 1724. in-8°.* It. *traduite en Latin. Francfort 1688. in-8°.* A la suite de la traduction Latine de l'Introduction à l'Histoire. *Pufendorf* a donné cet Ouvrage sous le nom de *Basilius Hypereta*, & l'a ensuite inseré avec quelques changemens dans son *Introduction à l'Histoire*, dont elle fait le douziéme chapitre de la premiere Partie. Il parut quelques années après un Ouvrage dans le même goût, & dans la même Langue, sous le titre de *Theodosii Gibellini Cæsaro-Papia. Francf. 1684. in-8°.* dont on ignore l'Auteur, mais que quelques-uns attribuent à *Isaie Pufendorf.*

19. *Introduction à l'Histoire des prin-* S. DE Pu-
*cipaux Etats, qui sont aujourdhuy dans* FENDORF.
*l'Europe.* ( en Allemand ) *Francfort*
*sur le Mein* 1682. *in-8°. Pufendorf* fit
cette Introduction pour quelques
Gentilshommes qui étudioient en
particulier sous lui, sans aucun dessein de la rendre publique ; mais
voyant qu'elle couroit manuscrite,
qu'on étoit prêt à l'imprimer & qu'elle
étoit déja traduite en Suedois, il jugea à propos de la faire imprimer lui-
même en Allemand, telle qu'elle
étoit ; c'est-à-dire dans un état moins
parfait, que celui où il l'auroit pu
mettre. La quatriéme Edition Allemande de cet Ouvrage, s'est faite
en 1699.

20. *Continuation de l'Introduction à*
*l'Histoire, &c. où il est parlé de la Suede.*
( en Allemand ) *Francfort sur le Mein*
1686. *in-8°.* Comme *Pufendorf* écrivoit en Suede, & pour des Suedois,
il s'étendit plus sur l'Histoire de ce
Royaume, qu'il n'avoit fait sur celle
des autres.

21. *Addition à la continuation de*
*l'Introduction à l'Histoire, &c. pour*
*répondre à Varillas.* ( en Allemand )

**S. DE PU-**
**FENDORF.**

*Francfort sur le Mein* 1687. *in-8°.*
*Pufendorf* attaque dans cette Addition, qui est courte, *Varillas*, sur
ce qu'il a dit dans ses *Révolutions*, de
la Réformation de la Suede, & y
compte 91. Erreurs.

L'Introduction à l'Histoire de *Pu-*
*fendorf* a été traduite en François par
*Claude Rouxel*, & imprimée en cette
Langue à *Utrecht*, en 1687. & 1688.
en 4. Vol. *in-16.* & depuis à *Amster-*
*dam* en 1710. *in-16.* & à *Leyde* la
même année *in-12.* 4. Vol. Quoique
le titre porte qu'elle a été faite sur
l'Original Allemand, il est sûr qu'elle
ne l'a été que sur une Version Fla-
mande; mais cela n'a pas empêché,
non plus que la rudesse du stile du
Traducteur, & les puérilitez qu'il a
prêtées souvent à son Auteur, que
cette traduction n'ait eu un debit
prodigieux. Le titre de l'Edition de
*Leyde* de 1710. assure qu'elle est corrigée; mais toute cette correction ne
consiste qu'en quelques mots indif-
ferens qu'on a changez, sans toucher
aux contre-sens & aux absurditez. Il
en a paru depuis une nouvelle plus
parfaite, dont voici le titre :

*Introduction à l'Histoire generale &* S. DE PU-
*politique de l'Univers, où l'on voit l'ori-* FENDORF.
*gine, les révolutions, l'état present &*
*les intérêts des Souverains, par M. le*
*Baron de Pufendorf. Nouvelle Edition,*
*où l'on a continué tous les anciens chapi-*
*tres jusqu'à present, & ajoûté l'Histoire*
*des principaux Souverains de l'Italie,*
*de l'Allemagne, &c. le tout dans un*
*ordre plus naturel. Avec des Notes Hi-*
*storiques, Geographiques & Critiques,*
*& des Cartes. Amsterdam* ( c'est-à-
dire *Trevoux* ) 1722. *in*-12. 7. Tom.
L'Editeur n'ayant pas le loisir de faire
une nouvelle traduction, s'est contenté de rectifier celle de *Rouxel,*
soit pour la fidélité, soit pour le
stile, & de la conferer avec l'Original Allemand.

On a une traduction Latine de cet
Ouvrage, faite par M. *Cramer,* &
imprimée à *Francfort* en 1688. *in*-8°.
& à *Utrecht* en 1692. & 1703. *in*-8°.
Dans les deux premieres Editions il
n'y a rien de la Suede ; mais dans la
troisiéme de 1703. *Cramer* a donné
un abregé de ce que *Pufendorf* en a
écrit dans la seconde Partie de son
Ouvrage.

**S. DE PU-**
**FENDORF.** Il y a auſſi une traduction Flaman-
de, faite par *Simon de Vries*, & imprimée en 1684. & une Angloiſe,
qui a paru à *Londres* en 1706. ſans
nom d'Auteur.

22. *Georgii Caſtriotæ, Schanderbegi*
*vulgo dicti, Hiſtoria compendio tradita.*
*Stadæ* 1684. *in-*12. *Puſendorf* compoſa
cette Hiſtoire par ordre de *Charles-*
*Louis*, Electeur Palatin, & de *Jean-*
*Philippe*, Electeur de *Mayence*.

23. *Commentariorum de rebus Sueci-*
*cis Libri XXVI. ab expeditione Guſtavi*
*Adolphi Regis in Germaniam, ad abdi-*
*cationem uſque Chriſtinæ. Ultrajecti*
1686. *in-fol. Puſendorf* s'étant mis à
lire les Actes que l'on garde dans les
Archives de Suede, dans le deſſein
d'écrire l'Hiſtoire de *Charles Guſtave,*
ſuivant les ordres qu'il en avoit reçu
de *Charles XI.* il lui prit envie de
commencer par celle de *Guſtave Adol-*
*phe*, & de continuer juſqu'au temps
de la renonciation de la Reine *Chri-*
*ſtine*, & c'eſt ce qu'il a executé dans
cet Ouvrage, qui eſt curieux, &
exact.

24. *De Habitu Religionis Chriſtianæ*
*ad vitam civilem Liber ſingularis. Ac-*

*cedunt Animadverſiones ad aliqua loca* S. DE PU-
*è Politica Adriani Houtuyn Juriſconſul-* FENDORF.
*ti Batavi. Bremæ* 1687. *in-4°.* It. *Bre-*
*mæ* 1692. *in-12.* Pufendorf entreprend
ici de mettre de juſtes bornes entre la
Puiſſance Eccleſiaſtique & la Puiſſance Civile, pour établir la tranquillité
publique.

25. *Epiſtolæ duæ ſuper Cenſura in*
*Ephemeridibus Eruditorum Pariſienſi-*
*bus, & Bibliotheca Univerſali de qui-*
*buſdam ſuorum ſcriptorum locis lata,*
*ad Vir. Cl. L. Andream Rechenber-*
*gium. Lipſiæ* 1688. *in-4°.* pp. 19. *Pu-*
*fendorf* s'y défend modeſtement ſur
les fautes qu'on lui a attribuées dans
ces deux Journaux.

26. *Epiſtola ad Fratrem Eſaiam Pu-*
*fendorfium ſuper Theologia in formam*
*demonſtrationis redigenda.* Cette Lettre, qui eſt du 24. Fevrier 1681. ſe
trouve dans le ſecond Tome des
Supplémens du Journal de *Leipſic*,
p. 98.

27. *Jus Feciale divinum, ſive de*
*conſenſu & diſſenſu Proteſtantium Exer-*
*citatio Poſthuma. Lubecæ* 1695. *in-8°,*
pages 384. L'Auteur propoſe des
moyens de réünion ; mais entiere-

S. DE PU-
FENDORF.

ment attaché aux sistêmes des Lutheriens, il veut que tout le monde s'y
soumette. Il paroît par le zéle avec
lequel il recommanda, avant que de
mourir, l'impression de ce Livre,
que c'étoit sa production favorite.

28. *De rebus gestis Friderici-Wil-*
*helmi Magni, Electoris Brandenbur-*
*gici Commentariorum Libri XIX. Bero-*
*lini 1695. in-fol.* 2. Vol. Cette Histoire, qui est fort estimée, a été tirée
des Archives de la Maison de Brandebourg; l'impression en étoit presque achevée, lorsqu'on jugea à propos d'y faire plusieurs retranchemens; & il est rare d'en trouver des
exemplaires, où ces retranchemens
n'ayent point été faits.

29. *De rebus à Carolo Gustavo Sueciæ*
*Rege gestis Commentariorum Libri sep-*
*tem. Noribergæ 1696. in-fol.* 2. Tom.
avec fig. It. *trad. en François. Nurem-*
*berg 1698. in-fol.* 2. Vol. avec fig.
Ces figures qui représentent des Sié-
ges & des Batailles, font en grand
nombre & assez bien gravées; mais
elles sont défectueuses, en ce qu'elles n'ont été faites que d'imagination, & sans aucun rapport à la narration de l'Auteur.

30. *Epiſtolæ Amœbeæ Sam. Puſen-* S. DE PU-
*dorſii & Joan. Groningii de Commerciis* FENDORF.
*Pacatorum ad Belligerantes.* Inſérées
dans un Recuëil de *Jean Groningius,*
intitulé : *Bibliotheca univerſalis Libro-*
*rum Juridicorum. Hamburgi* 1703.
*in-* 8°.

31. *Diſſertatio de Fœderibus inter*
*Sueciam & Galliam. Hagæ* 1708. *in-*8°.
It. traduite en François. *La Haye* 1709.
*in-* 8°.

32. *Prodromus Juſtitiæ Palatinæ in*
*cauſa* Wild*fangiatus. Item Epiſtola ad*
*Amicum in eadem cauſa.* Inſérées dans
le *Diarium Europæum.*

Quelques perſonnes ont prétendu
que les Notes, qui ont été imprimées
ſous le nom d'*Athanaſius Vincentius*
ſur la *Polygamia Triumphatrix,* étoient
de lui. Peut-être que le titre de *Lun-*
*den,* en *Schonen,* que porte ce Livre,
& où il enſeignoit àlors, a donné
lieu de ſoupçonner qu'il en étoit
l'Auteur. Mais ces Notes ſont rem-
plies d'une Litterature ſi éloignée de
l'étude dont il faiſoit profeſſion,
qu'il n'a pas beſoin d'apologie à ce
ſujet. D'ailleurs il étoit trop occupé
à ſa grande Hiſtoire de Suede, lorſ-

S. DE PU-
FENDORF.
que le Livre en queſtion parut , c'eſt-
à-dire en 1682. pour pouvoir ſonger à
un Ouvrage ſemblable , qui n'a pu ſe
faire ſans de grandes recherches.

V. *ſa vie en Allemand à la ſuite de
la traduction Allemande de ſon traité ,
De ſtatu Imperii Germanici. La Préface
de la traduction Françoiſe de ſon Ouvrage du Droit de la nature & des
gens. La Préface de la traduction Françoiſe de ſon Introduction à l'Hiſtoire ;
Edition de 1722. Bibliotheca Fabricia-
na*, Tome IV. page 133.

JEAN=

# JEAN-ALPHONSE BORELLI.

JEAN-ALPHONSE *Borelli* naquit à *Naples* le 28. Janvier 1608.
de *Michel-Alphonfe Borelli*, qui fer-
voit dans les Troupes du Roy d'Efpagne *Philippe III.*

Le goût qu'il conçut de bonne
heure pour la Philofophie, & les
Mathematiques, ne lui permit pas de
les perdre de vûë pendant toute fa
vie ; il en a même paffé la meilleure
partie à les profeffer dans les Chaires
les plus célebres de l'Italie, principalement à *Florence* & à *Pife*, où il
s'attira l'eftime & la bienveillance
des Princes de la Maifon de *Medicis.*

Ayant trempé dans la révolte de
*Meffine*, il fut obligé de fe retirer à
*Rome*, où il paffa le refte de fes jours,
fous la protection de la Reine de
Suede, qui l'honoroit de fon amitié
& foulageoit fa mauvaife fortune par
fes liberalitez.

Il demeura pendant deux ans dans
la Maifon des Clercs Reguliers de

J. A. Bo-
RELLI.

S. *Pantaleon* , appellés des Ecoles
pieuses, vivant avec eux, comme
s'il eût été de leur corps , & enfei-
gnant les Mathematiques à leurs jeunes Religieux.

Ce fut-là qu'il mourut de pleure-
fie le dernier Decembre 1679. dans sa
72e. année.

Catalogue de ses Ouvrages.

1. *Le Cause delle Febbri Maligne* ,
1649. *in*-12.

2. *Euclides restitutus , seu prisca Geometriæ Elementa facilius contexta. Pisis*
1658. *in*-4°. Cette premiere Edition
a été suivie de quelques autres. La
troisiéme est de l'an 1679. & a été
faite par les soins d'*Alexandre Fal-
conieri* , disciple de *Borelli.*

3. *Apollonii Pergæi Conicorum Libri
V. VI. & VII. Paraphraste Abalphato
Asphahanensi nunc primum editi. Addi-
tus in calce Archimedis Assumptorum
Liber , ex codicibus Arabicis Mss. Ser.
D. Etruriæ. Abrahamus Ecchellensis
Maronita Latinos reddidit. Joannes
Alphonsus Borellus in Pisana Acade-
mia Matheseos Professor curam in Geo-
metricis versioni contulit , & Notas
uberiores in universum opus adjecit.
Florentiæ. 1661. in-fol.*

4. *Theoricæ Medicorum Planetarum* J. A. Bo-
*ex cauſis Phyſicis deductæ.* Florentiæ RELLI.
1666. *in-4°.*

5. *De vi Percuſſionis Liber.* Bononiæ
1667. *in-4°.* Cet Ouvrage étoit un
avant-coureur de ſon fameux Traité
*De Motu Animalium*, de même que
celui *De Motionibus naturalibus*, avec
lequel il a été réimprimé en 1686.

6. *Oſſervatione intorno alla virtù
ineguali degli Occhi.* Inſerée dans le
Journal de *Rome* de l'an 1669. p. 11.
& traduite en François dans la quatriéme Conference de *Jean B. Denis*
du 1. Novembre 1672. *Borelli* y prétend que l'œil gauche voit ordinairement les objets plus diſtinctement
que le droit.

7. *De Motionibus naturalibus à Gravitate pendentibus Liber.* Regio Julio
1670. *in-4°.*

8. *Meteorologia Ætnea, ſive Hiſtoria & Meteorologia incendii Ætnæi
anni 1669. Acceſſit Reſponſio ad Cenſu-
ras R. P. Honorati Fabri contra ſuum
Librum de vi percuſſionis. Regio Julio*
1670. *in-4°.*

9. *Oſſervatione dell' Eccliſſi Lunare*,
fatta in Roma da Gio. Alph. Borelli, la

**J. A. Bo-**
**RELLI.**
*sera degli* 11. *Gennaro* 1675. Inserée
dans le Journal de *Rome* de l'an 1675.
P. 34.

10. *Elementa Conica Apollonii Per-*
*gæi*, & *Archimedis opera nova*, &
*breviori Methodo demonstrata à Joanne*
*Alp. Borelli. Romæ* 1679. *in*-12. A la
suite de la troisiéme Edition de son
*Euclide* revû, & imprimé sous ce
titre : *Euclides restitutus denuo limatus;*
*sive prisca Geometriæ elementa brevius*
& *facilius contexta*, *in quibus præcipua*
*proportionum Theoria nova firmiorique*
*Methodo proponuntur. Romæ* 1679.
*in*-12.

11. *De Motu Animalium.* **Pars pri-**
*ma*, *in qua copiose disceptatur de Mo-*
*tionibus conspicuis Animalium*, *nempe*
*de externarum partium* & *artuum flexio-*
*nibus*, *extensionibus*, & *tandem de gres-*
*su*, *volatu*, *natatu* & *ejus annexis.*
*Romæ* 1680. *in*-4°. *Pars altera*, *in qua*
*de causis motus musculorum*, & *motioni-*
*bus internis*, *nempe humorum*, *qui per*
*vasa* & *viscera Animalium fiunt. Romæ*
1681. *in*-4°. It. *Lugduni Bat.* 1685.
*in*-4°. It. dans la Bibliotheque Anatomique de *Manget. Geneve* 1685. *in-*
fol. It. *Editio ab innumeris mendis* &

*erroribus repurgata. Addita sunt Joan-* **J. A. Bo-**
*nis Bernoulli Meditationes Mathema-* **RELLI.**
*ticæ, de Motu Musculorum. Lugduni*
*Bat.* 1711. *in*-4°. pp. 570. » Quoique
» plusieurs habiles gens, parmi les
» anciens & les modernes, ayent
» parlé du mouvement des Animaux,
» on peut cependant regarder l'Ou-
» vrage de *Borelli*, comme le plus
» achevé qu'on ait fait sur cette ma-
» tiere; car outre que personne n'é-
» toit jamais entré dans le détail de
» tous les problêmes que cet Auteur
» propose & résout ici, on n'avoit pas
» même pensé à traiter ce sujet Physi-
» que d'une maniere Mathematique,
» comme il fait, en appuyant la
» Theorie de tous les mouvemens
» naturels, par des démonstrations
» mécaniques ». Il auroit été à sou-
haiter que l'Auteur eût pu revoir
cet Ouvrage, & y mettre la derniere
main; mais comme il mourut avant
que de l'avoir fait, le Genéral des
Clercs Reguliers des Ecoles pieuses,
son ami, le publia tel qu'il étoit.

12. *Tractatus duplex de vi Percus-*
*sionis & de Motionibus naturalibus à*
*Gravitate pendentibus, ad intelligen-*

J. A. Bo-  *tiam operis de Motu Animalium appri-*
RELLI.  *me neceſſarius ; cum ejuſdem Reſponſio-*
*nibus ad Stephani de Angelis Animad-*
*verſiones in Librum de vi Percuſſionis.*
*Editio prima Belgica, priori Italica*
*multo correctior & auctior. Accurante*
*I. Broen M. D. Leydenſi. Lugd. Bat.*
*1686. in-4°.*

13. *Jo. Alp. Borelli de Renum uſu*
*Judicium.* Avec l'Ouvrage de *Laurent*
*Bellini, De Structura Renum. Argen-*
*torati 1664. in-8°.*

V. ſon Eloge par le Général des
Ecoles pieuſes, à la tête de ſon Livre
*De Motu Animalium*, & dans un Recüeil intitulé : *Memoriæ Philoſopho-*
*rum, &c. Renovatæ Cura Fr. Gaſp.*
*Hagen. Francof.* 1710. *in-8°.* Cet Auteur a eu plus d'attention à s'étendre
ſur ſa pieté, qu'à nous inſtruire des
particularitez litteraires de ſa vie.
*Melanges de Vigneul Marville*, Tom.
II. p. 122.

# MAURICE HYLARET.

MAURICE *Hylaret* naquit le 7. **M. HY-**
Septembre 1539. à *Angoulême*, **LARET.**
de *Jean Hylaret*, Marchand de cette
Ville, & de *Françoife Texaudider*.

Après avoir fait une partie de fes
études dans fa Patrie, il entra le 14.
Janvier 1551. n'étant encore que dans
fa douziéme année, dans l'Ordre
des Cordeliers, & y fit profeffion
l'année fuivante.

Il vint enfuite à *Paris*, où il acheva
fes études jufqu'à la Philofophie,
après quoi il retourna l'an 1557. à
*Angoulême*, où après une année de
féjour il fut ordonné Prêtre, à l'âge
de 19. ans.

Son deffein étoit de fe faire recevoir Docteur; ainfi il revint peu après
à *Paris* pour l'executer. Il y fit d'a-
bord fes 3. années de Theologie, au
bout defquelles il fe vit en état d'enfeigner lui-même les autres; fonction
à laquelle il employa près de douze
ans, & qu'il commença l'an 1562.
par un cours de Philofophie, après

M. Hy-
LARET. lequel il profeſſa la Theologie juſqu'à
l'an 1571.

Se trouvant en 1566. au Chapitre
Provincial de ſon Ordre qui ſe tenoit
à *Châteaudun*, il diſputa en forme
avec un Miniſtre Calviniſte, nommé
*Godet*, ſur lequel l'Auteur de ſa Vie
dit qu'il remporta une victoire com-
plete.

Il ſe mit ſur les bancs de Sorbonne
l'an 1568. & y fut reçû Docteur deux
ans après ſuivant la coûtume. Ce fut
alors qu'il s'appliqua, tout de bon,
à la Prédication, qui l'occupa uniquement depuis. La réputation, qu'il
acquit en ce genre, le fit appeller en
1572. à *Orleans*, où il a demeuré jufqu'à la fin de ſa vie. Il nous apprend
lui-même qu'il avoit prêché dans
cette Ville onze Carêmes ; ce qui fait
voir qu'on ne s'y laſſoit pas de l'entendre. Il en a prêché auſſi d'autres
dans pluſieurs Cathedrales du Royaume, qui le recherchoient à l'envi
l'une de l'autre.

Pendant les troubles qui agiterent
le Royaume de ſon temps, il ſe laiſſa
entraîner à l'eſprit de faction, qui
animoit la plûpart des Moines & des
Pré-

Prédicateurs. Il fut même un des plus
ardens promoteurs de la Ligue par ses
Sermons seditieux, & par les Con-
frairies du nom de *Jesus* & du cordon
de S. *François*, instituées pour attacher davantage le peuple à ses intérêts, dans lesquels il fit entrer les
personnes les plus considerables de la
Ville d'*Orleans*. Son zéle impétueux
& turbulent lui acquit tellement
l'estime des Ligueurs, que lorsqu'il
fut mort, ils en firent *un Saint & un*
*Compagnon de S. Paul*, *& en vinrent*
*à une telle impudence, que de dire, que*
*ce beau Pere faisoit dans le Ciel la*
*Trinité seconde, avec les deux Guises;*
comme le marquent les Memoires de
l'*Estoile.*

Il mourut à *Orleans*, à la fin de l'année 1591. âgé de 52. ans; & fut enterré le 1. Janvier de la suivante. M.
*de l'Aubepine*, Evêque d'*Orleans*,
assista à ses funérailles, quoique ce
Prélat eût eu beaucoup à endurer de
ce Moine, qui ne pouvant souffrir
l'attachement qu'il avoit pour son
Prince, le déchiroit dans ses Sermons,
& refusoit opiniâtrement de se sou-
mettre à son autorité.

*Tome XVIII.* Z

**M. HY-LARET.**

*Henri Willot* & *Wading* après lui, disent qu'on lui dressa à *Orleans* une Statuë de bronze, avec une Inscription à son honneur; mais il est à présumer qu'ils se trompent, & qu'ils lui attribuent un fait qu'*Hylaret* nous apprend lui-même appartenir à *Philippe Picard*, fameux Prédicateur Cordelier, à qui on dressa une semblable Statuë.

Catalogue de ses Ouvrages.

1. *Sacra Decades Quinque partita, Conciones Quadragesimales atque Paschales, numero quinquaginta, varia & rara rerum ac verborum suppellectile apparatas instructasque complectentes. Lugduni* 1591. in-8°. 2. Vol. Ces Sermons sont un précis de ceux qu'*Hylaret* avoit prêchez pendant plus de 25. ans. Ils sont disposez en forme d'Homelies; mais la morale n'est pas ce qu'il y a de plus considerable; on y voit par tout une érudition pédantesque & mal placée; les Auteurs Ecclesiastiques & Profanes, y sont citez pêle-mêle, au nombre de 480. comme il paroît par la Table, qui est à la tête du premier Volume, & tout cela sans choix & sans ordre.

Il n'eſt pas étonnant que l'Auteur **M. Hy-** ait parſemé ces Sermons d'Hiſtoires **LARET.** apocryphes & ſouvent ridicules, c'é- toit le goût de ſon temps ; mais ce qui ſurprendra, c'eſt qu'il y ait inſeré des explications de certaines choſes, plus dignes d'entrer dans un Commentaire ſur les Priapées, que dans des diſ- cours de morale, comme on le peut voir dans ſon Sermon du ſamedi après le ſecond Dimanche de Carê- me, page. 564. & 598. du premier Tome, & ailleurs. On a une traduc- tion Françoiſe de cet Ouvrage, ſous ce titre : *Sermons Catholiques pour tous les jours du Carême & Fêtes de Pâques, compoſez en Latin par Frere Maurice Hylaret ; nouvellement mis en François par Jean Moynet, Avocat au Siége Preſidial d'Orleans. Paris* 1589. *in-8°.* 2. Tom. Le Traducteur à ſoin d'avertir dans ſon Epître dédicatoire, que ſon Pere, *Emery Moynet*, Nota- ble Marchand de la Ville d'*Orleans*, étoit iſſu de *Lyon Moynet*, Procureur à *Orleans*, & de *Florentine Texier* ; & que ſa mere, *Marguerite Chappelin*, étoit fille de *Simeon Chappelin*, auſſi

M. Hy-  Procureur à *Orleans*, & de *Margue-*
LARET.    *rite Jouvin.*

   2. *Concionum per Adventum Ennea-*
*des Sacræ quatuor, homilias triginta sex*
*complectentes, è quibus viginti septem*
*priores Joelem Prophetam explicant,*
*novem vero posteriores Evangelia Ad-*
*ventus & Festorum per id tempus oc-*
*currentium explicant.* Parif. 1591.
*in* 8°.

   3. *Homiliæ in Evangelia Dominica-*
*lia per totum annum.* Parif. 1604.
*in*-8°. 2. Tom.

   4. *Du Pin*, dans sa *Table des Au-*
*teurs Ecclesiastiques*, met sous le titre
d'*Hylaret*, deux Traitez ; l'un en
forme de Remontrance, *De non con-*
*veniendo cum hæreticis* ; l'autre par
forme de Conseil, *De non ineundo*
*cum Heretica à Viro Catholico Conju-*
*gio,* *Aurelianis* 1587. Je ne les connois point d'ailleurs.

   V. sa Vie par *Jean du Douet*, Cordelier. Elle se trouve à la tête de ses
Sermons de Carême, & *Moynet* l'a
mal à propos omise dans sa traduction ; les Bibliothecaires de l'Ordre
de S. *François* ne l'ont point connuë

Elle a été écrite en 1586. du vivant
d'*Hylaret. Annales Eccleſiæ Aurelia-*
*nenſis Caroli Sauſſeyi,* p. 686. *Henri*
*Willot Athenæ Sodalitii Franciſcani.*
*Luc Wadding, ſcriptores Ordinis S.*
*Franciſci. Louis Bail Sapientia foris*
*Prædicans,* page 474. de la ſeconde
Partie.

---

# CLAUDE-FRANÇOIS
## FRAGUIER.

CLAUDE-FRANÇOIS Fra-
guier naquit à *Paris* d'une famille noble le 28. Août 1666.

Il fit ſes premieres études chez les
Jeſuites, où il fut mis en penſion,
& il fut formé dans le goût des Belles-
Lettres par le célebre P. *la Baune,* qui
à la ſollicitation de *Henri-Jules de*
*Condé* s'étoit chargé de l'éducation
du Prince *Louis,* ſon fils. Ainſi le
jeune *Fraguier* eut l'avantage d'avoir
pour Maître, un homme qui joignoit
à un eſprit cultivé une grande experience, & pour émule, un jeune Prince du ſang.

Il s'attacha auſſi aux Peres *Rapin,*

C.F.FRA-*Jouvency*, *de la Rue*, & *Commire*, qui
GUIER.     tous conspirerent à lui polir l'esprit.
L'inclination qu'il conçut pour eux,
& particulierement pour le P. *Com-*
*mire*, lui en inspira pour leur Ordre ;
& il y fut reçu vers la fin du mois
d'Août de l'an 1683.

Après son Noviciat, il fit son cours
de Philosophie dans le College de
*Paris*, & ensuite on l'envoya à *Caën*,
pour y enseigner les Belles-Lettres.
Il y fit d'abord connoissance avec
Messieurs *Huet* & *Segrais*, qui ne
contribuerent pas peu à perfectionner son goût, & à le guider dans ses
études.

Suivant le conseil de M. *Huet*, il
donnoit une partie de la journée aux
Auteurs Grecs, & une autre aux Latins, & il parvint par-là à se rendre
les deux Langues comme naturelles.

Quatre années se passerent parmi
ces études & ces occupations ; au
bout desquelles il fut rappellé à *Paris*,
où il donna quatre autres années à
l'étude de la Theologie.

Vers la fin de son cours, se sentant
peu de goût pour prêcher, ou pour

régenter, & voyant qu'il feroit à l'a- C.F.FRA-
venir dans l'obligation de choifir une GUIER.
de ces deux occupations, il quitta
les Jefuites, fans rien perdre de l'attachement qu'il avoir pour eux.

Rendu ainfi à lui-même, & en
état de fuivre fon inclination, la
principale chofe qu'il fe propofa fut
la culture de fon efprit. Jufqu'alors
il avoit manqué de fecours pour
acquerir la politeffe de la Langue
Françoife, & il fentoit bien fa foi-
bleffe fur ce point. Mais il profita
beaucoup depuis des leçons de Madame de *la Fayette*, & de *Ninon de
Lenclos*. Elles tenoient toutes deux
le premier rang parmi les beaux efprits, & étoient regardées comme les
Juges fouverains de l'Urbanité Françoife. La premiere avoit compofé des
Romans, où fe trouvent raffemblées
toutes les fineffes & toute la politeffe
de notre Langue ; l'autre avoit reçu
de la nature les charmes de *Venus* &
l'efprit de *Minerve*. Quand M. *Fraguier* commença à voir *Ninon de Lenclos*, l'âge avoit déja enlevé fes appas
dangereux, & avoit donné de nouvelles forces à fon goût & à fon juge-

Z iiij

C.F.Fra-
guier.

ment. Poli par le commerce de ces
deux Muses, il se fit un stile élegant,
chatié, nerveux, mais sans aucune
affectation.

M. l'Abbé *Bignon* s'étant chargé de
presider à la composition du *Journal
des Sçavans*, engagea d'abord M.
*Fraguier* à partager ce travail. Il avoit
toutes les qualitez nécessaires pour
cela, une connoissance profonde de
l'antiquité, & des Langues non seulement Gréque & Latine, mais enço-
re Italienne, Espagnole, & Angloi-
se; connoissance soûtenuë d'un jugement solide, d'un goût sûr, & d'un
esprit dégagé de préjugez. Aussi satis-
fit il pleinement l'attente qu'on avoit
conçûë de ses talens.

De plus grandes vûës l'occuperent
bien-tôt; après avoir songé à char-
mer son loisir, & à le rendre utile
aux gens de Lettres, il jetta les yeux
sur *Platon*, dont la lecture lui étoit
familiere, & il crut qu'il rendroit
un service considerable au public, en
traduisant de nouveau en Latin toutes les Oeuvres de ce Philosophe,
après *Marsile Ficin* & *Jean de Serres*.
En effet le premier souvent n'a pas

entendu la pensée de *Platon* , & l'au- C.F.FRA-
tre a obscurci , par un stile barbare , GUIER.
les idées de ce Philosophe , qu'il paroît quelquefois avoir saisies ; mais
aucun des deux n'a attrapé son stile
gracieux , délicat , brillant , & presque Poëtique. Personne n'étoit plus
capable de l'imiter que M. *Fraguier* ,
qui s'étoit fait un stile assez semblable
au sien par la lecture de *Plaute* , de
*Terence* , & de *Ciceron.*

Mais un accident imprévû l'obligea bien-tôt à discontinuer son travail. Il fut en 1709. étant alors âgé de
43. ans attaqué d'une cruelle maladie.
Il avoit emprunté du P. *Hardouin* ,
son ami, son Commentaire manuscrit sur le nouveau Testament , dont
il souhaitoit faire des Extraits , dans
le dessein de consacrer à ce travail
une partie des nuits de l'Eté. Il y
travailla effectivement deshabillé ,
la fenêtre un peu entr'ouverte ; mais
au bout de cinq jours il fut saisi d'un
air froid , qui lui relâcha sans retour
les muscles du cou ; desorte qu'il ne
lui fut plus possible de soûtenir sa tête
dans sa situation naturelle. L'Hyver
ne fit qu'augmenter son mal , que les

C.F.FRA-
GUIER.

eaux de *Vichy*, de *Bourbon*, de *Bar-
rege* & de *Balaruc*, ne purent guerir.
Le mouvement involontaire de sa
tête, & des douleurs aigues lui
ôtoient souvent le sommeil ; mais il
ne laissa pas de vivre encore 19.
ans, pendant lesquels son mal ne fut
pas capable de lui rien ôter de sa tran-
quilité, & de ces manieres aisées
avec lesquelles il recevoit les visites
des gens de Lettres.

Sa mort, quoique subite, ne le
surprit point, il se tenoit toûjours
prêt. Une attaque d'Apoplexie l'enleva le 3. May 1728. dans sa 62.
année.

Sa candeur, sa droiture, son de-
sinteressement, sa douceur, son éga-
lité d'ame, ne lui avoient pas moins
gagné l'estime & l'amitié de ceux qui
le connoissoient, que ses talens litteraires.

Il avoit été reçu dans l'Academie
des Inscriptions en 1705. & dans
l'Academie Françoise en 1708.

Catalogue de ses Ouvrages.

I. *Discours prononcé dans l'Academie Françoise le 1. Mars 1708. à sa
reception. Paris 1708. in-4°.*

2. *Eloge de Roger de Piles.* A la tête C.F.FRA-
de ſon *Abregé de la Vie des Peintres ;* GUIER.
ſeconde Edition. *Paris* 1715. *in*-12.

3. *Mopſus , ſive Schola Platonica de
Hominis perfectione. Pariſ.* 1721. *in*-12.
pp. 31. C'eſt un Poëme Elegiaque ,
où l'on voit ce qu'il y a de plus
profond dans la morale payenne , &
de plus délicat dans la Poëſie.

4. *Santolius Pœnitens.* Piece en
Vers qu'il compoſa à *Caën* , lorſqu'il
étoit Jeſuite , & qui ſe trouve dans
differens Recuëils. On ne l'a point
miſe dans celui qu'on a donné de ſes
Vers Latins.

5. *Carmina. Pariſ.* 1729. *in*-12.
Avec les Poëſies de M. *Huet.* Cette
Edition s'eſt faite par les ſoins de M.
l'Abbé *d'Olivet* , qui a mis ſon Eloge
à la tête. On voit à la ſuite des Poëſies de M. *Fraguier* trois Diſſertations
Latines de ſa façon touchant *Socrate* ;
c'eſt ce qui nous reſte des Prolego-
menes qu'il préparoit ſur *Platon.* On
les a en François dans les *Memoires de
l'Academie des Inſcriptions.*

6. Ces Memoires renferment pluſieurs de ſes Diſſertations , qui roulent ſur des ſujets curieux & intereſ-
ſans. En voici la Liſte :

---

## JEROSME MAGGI.

JEROSME *Maggi*, naquit à *Ang-* J. MAG-
hiari dans la Tofcane. C'eft une GI.
particularité qu'il nous apprend lui-
même dans fon Ouvrage *Della Fortificatione delle Città.* Ainfi M. *de Thou*,
*François Sweertius, Aubert le Mire*,
& d'autres, fe font trompez, en le
faifant natif d'*Angiera* dans le Mi-
lanois.

Il fut dans fon enfance attaqué de
la pefte, qui fe fit alors fentir en
Tofcane, & principalement dans fa
Ville natale ; mais il en guerit.

Après avoir étudié les humanitez,
& les premiers élemens de la Jurif-
prudence fous *Pierre-Antoine Gheti*,

J. MAG-
GI.

il alla à *Boulogne* pour y profiter des leçons de *François Robortel*, qui y étoit Profeſſeur en Eloquence & en Hiſtoire.

Nous voyons par l'Epître dédicatoire de ſon Livre *De Mundi Exuſtione*, qu'il accompagna dans cette Ville *Jules Vitelli*, Prince de *Ciſterna*, qui y alloit étudier.

Après avoir fait ſes études de Juriſprudence, il ſe fit recevoir Docteur en Droit à *Piſe*; mais quoique cette ſcience fit le principal objet de ſon application, il s'adonna auſſi avec ſuccès à la Philoſophie & aux Mathematiques.

*Jacques Vitelli*, Prince d'*Amatriçani*, parent de *Jules*, le choiſit en 1558. pour rendre la Juſtice dans cette Ville, & il marque dans l'Epître, dont j'ai parlé ci-deſſus, & qui eſt datée du 1. Juin 1560. qu'il y avoit déja deux ans qu'il rempliſſoit ce poſte.

Il fut enſuite envoyé par les Venitiens à *Famagouſte*, dans l'Iſle de *Chypre*, pour un emploi ſemblable, & ſa preſence y fut d'une grande utilité. Car les Turcs ayant aſſiegé cette

Ville, il mit à profit les connoiſſan-   J. MAG:
ces qu'il avoit acquiſes par rapport à G I.
l'art Militaire, dont il avoit fait une
étude particuliere, & rendit tous les
ſervices qu'on pouvoit attendre d'un
excellent Ingenieur. Il inventa certains fourneaux, & certains feux
d'artifice, avec leſquels il ruinoit les
travaux des Turcs, & il renverſoit en
un moment des Ouvrages qui leur
avoient coûté beaucoup de peine.
Mais ils n'eurent que trop d'occaſion
de ſe venger du retardement qu'il
cauſa à leur entrepriſe ; car la Ville
étant tombée en leur puiſſance, au
mois d'Août de l'an 1571. tous les
Chrétiens furent eſclaves, contre la
foy des traitez ; & *Maggi* tomba en
partage à un Capitaine de Vaiſſeau,
qui l'emmena à *Conſtantinople*, & lui
fit ſentir par ſes inhumanitez tout le
poids de l'eſclavage.

    Sa conſolation en ce triſte état fut
le ſouvenir des choſes qu'il avoit
autrefois appriſes ; & comme il avoit
une memoire excellente, & qu'il
avoit beaucoup lû, il ne ſe crut pas
incapable, quoique deſtitué de toutes ſortes de Livres, de compoſer des

Ouvrages remplis de citations. C'é-
toit à quoi il employoit une bonne
partie de la nuit, ne pouvant le faire
le jour, qu'il étoit obligé de paſſer à
travailler pour ſon Maître, comme
le plus vil eſclave.

Il faiſoit cependant de grandes
inſtances auprès de l'Ambaſſadeur de
France, & celui de l'Empereur, pour
les engager à s'intereſſer à ſa liberté;
mais les démarches qu'ils firent pour
cela ne contribuerent qu'à avancer ſa
mort; car un Bacha, qui n'avoit pas
oublié les maux qu'il avoit faits aux
Turcs au Siége de *Famagouſte*, ayant
appris qu'on l'avoit mené à l'Hôtel
de l'Ambaſſadeur de l'Empereur,
l'envoya reprendre, & le fit étrangler
dans la priſon la nuit du 27. Mars
1572. C'eſt la date qui eſt marquée
dans le Journal d'*Arnoul Manlius*,
Medecin de l'Ambaſſadeur de l'Empereur, auquel il eſt plus juſte de
s'en rapporter, qu'à cette Inſcription
miſe de la main de *Manlius* même à
la tête du manuſcrit du Traité *De
Equuleo*, que *Maggi* lui avoit laiſſé.
*Hunc librum mihi reliquit D. Hier.
Magius, paucis poſt diebus ab impio*
*Ma-*

*Mahomete Baſſa ſtrangulatus Conſtan-* J. MAG-
*tinopoli.* 1573. puiſque ces chiffres G I.
peuvent màrquer ſeulement l'année
dans laquelle il écrivit ces paroles ;
conjecture qui eſt renduë fort vraiſemblable par ces autres qu'on lit à
un autre endroit de ce manuſcrit ;
*Sum Arnoldi Manlii Conſtantin.* 1573.

Au reſte c'étoit , au ſentiment de
*Barthius* , un homme d'une profonde
érudition , & qui étoit digne d'une
meilleure fortune.

Catalogue de ſes Ouvrages.

1. *Hieronymi Magii Anglarenſis de
Mundi exuſtione & die Judicii Libri
quinque. His adjecta ſunt quæ de Mundi
exitio apud Auguſtinum Steuchum Lib.
10. de perenni Philoſophia leguntur.
Baſileæ* 1562. *in-fol. Maggi* parle dans
cet Ouvrage ſelon les idées des Stoï-
ciens.

2. *Annotationes in Æmilium Pro-
bum de Vita excellentium Imperatorum.
Baſileæ* 1563. *in-fol. Maggi* a donné à
*Æmilius Probus* cet Ouvrage , que
l'on a reconnu depuis être de *Corne-
lius Nepos. François Sweertius* dit
dans l'Eloge de *Maggi* que *Lambin*

Tome XVIII. Aa

J. MAG-  qui a travaillé sur cet Auteur après
**G I.**    lui, l'a copié hardiment en plusieurs
endroits, sans le nommer ; s'il en
a usé ainsi, on ne peut nier qu'il n'ait
tort : mais généralement parlant, les
Notes de *Lambin* valent mieux que
les siennes, & *Maggi* ne l'égaloit pas
en matiere de Belles - Lettres, quoiqu'il eût aussi son merite.

3. *Commentaria in quatuor Institu-*
*tionum Civilium Libros. Lugd. in-8°.*

4. *Variarum Lectionum seu Miscel-*
*laneorum Libri IV. In quibus multa*
*Autorum loca emendantur, atque expli-*
*cantur, & quæ ad Antiquitatem cognos-*
*cendam pertinent, non pauca afferun-*
*tur. Venetiis 1564. in-8°.* It. à la fin du
second Tome du *Thesaurus Criticus*
*Jani Gruteri. Sweertius* rapporte sur
un oüi-dire, que lorsque *Maggi* publia cet Ouvrage, il faisoit à *Venise*
le metier de Correcteur d'Imprimerie. C'est un fait qui paroît au moins
fort douteux ; car on a vû plus haut
qu'il étoit en 1560. Juge à *Amatri-*
*cani*, & qu'il le fut dans la suite à
*Famagouste.* Or est-il probable qu'en
quittant le premier poste, il ait pris
un emploi de Correcteur ; & qu'on

l'en ait tiré enfuite, pour le rétablir J. MAG-
dans une Charge de Magiftrature ? GI.
On a peut-être trop étendu la peine
qu'il s'eft donnée de corriger lui-
même les épreuves de fon Livre,
comme on l'a fait pour beaucoup
d'autres.

5. *Della Fortificatione delle Citta Libri III. di Girolamo Maggi & Giac. Caf-
triotto. Confg. In Venetia* 1584. *in fol.*

6. *Difcorfo fopra la fortificatione de
gli allogiamenti de gli Efferciti.* A la
fuite de l'Ouvrage précedent.

7. *De Tintinnabulis Liber Pofthu-
mus. Francifcus Sweertius Notis illuf-
trabat. Hanoviæ* 1608. *in-8°.* It. *Amftelodami* 1664. *in-16.* It. dans le fecond
Tome du *Novus Thefaurus Antiquitatum Romanarum, Alb. Henrici de Sallengre. Maggi* fit cet Ouvrage pendant fa captivité chez les Turcs, fur
ce que fa memoire lui fourniffoit; ce
qui doit paroître furprenant. Il eft
vrai qu'il y cite peu de paroles des
Anciens; mais il ne laiffe pas de faire
des citations generales, & des allu-
fions juftes à l'Antiquité. Il dédia ce
Livre & en envoya le manufcrit à
*Charles Rym*, natif de *Gand*, Ambaf-

J. MAG-
GI.
sadeur pour l'Empereur *Maximi-lien II.* à la Porte, pour implorer
son secours, afin qu'il fût mis en li-
berté. La lettre qu'il lui écrivit en
cette occasion est très-touchante &
très-bien écrite. *Philibert Rym*, Séna-
teur de *Gand*, qui devint dans la
suite possesseur de ce manuscrit, le
donna aux Jésuites, qui le firent imprimer avec des Notes de *Sweertius*,
lequel a eu soin d'y rapporter les propres termes des Auteurs que *Maggi*
avoit seulement citez ; & avec des
figures gravées pour la plûpart sur les
desseins de *Maggi.*

8. *De Equuleo Liber*, *ad Ill. D.*
*Christianissimi Gallorum Regis Orato-*
*rem Byzantii*, *cum Notis Gothofredi*
*Jungermanni. Hanovia* 1609. *in-*8°. It.
*cum Appendice ex Variis Autoribus*
*ejusdem argumenti. Amstelod.* 1664.
*in-*16. It. par les soins de *Raphael Tri-*
*chet du Fresne* à la suite de l'Ouvrage
d'*Antoine Gallonius de SS. Martyrum*
*Cruciatibus.* *Paris.* 1659. *in-*4°. It.
dans le second Tome du *Novus The-*
*saurus Antiquitatum Romanarum* de
*Sallengre. Maggi* dédia cet Ouvrage,
qu'il composa de même que le pré-

cedent dans ſa priſon de *Conſtantinople* , à l'Ambaſſadeur de France à la
Porte , pour l'engager auſſi à s'intereſſer à ſa liberté. Il ne mit point ſon
nom dans ſa copie , apparemment
parce qu'il ne le ſçavoit pas ; mais
en recherchant qui étoit Ambaſſadeur de France à la Porte en ce temps-
là , on a trouvé que c'étoit *François ds
Noailles , Evêque d'Acqs.* Cette copie
tomba enſuite entre les mains de
*Thomas Seghet* , Anglois , qui l'envoya
en 1608. à *Jungerman* , pour la faire
imprimer en Allemagne. Celui-ci ſe
chargea de ce ſoin , & ajoûta à l'Ouvrage de bonnes Notes , pour ſup-
pléer à ce qui y manquoit , ou pour
en redreſſer les citations.

Ce ſont-là tous les Ouvrages imprimez de *Maggi* , dont parlent les
Auteurs , qui ont fait mention de lui.
Ils en citent encore d'autres , mais
qui n'ont jamais été donnez au public. J'en trouve ailleurs quelques-
uns qui portent ſon nom , & dont ces
Auteurs ne diſent rien ; ce qui pourroit faire croire qu'ils ſeroient d'un
autre , qui auroit porté le même nom.
Comme je ne peux rien dire de poſi-

J. MAG-
GI.

tif là-deſſus, j'en rapporterai ici les titres.

*Hieronymi Magii Perioche in Julii Sirenii Libros IX. de Fato. Venetiis* 1563. *in-fol.* A la ſuite de cet Ouvrage.

*J cinque primi Canti della Guerra di Fiandra di Girolamo Maggi. In Vinegia* 1551. *in-8°.*

*De conſtructione Pontis Cæſaris.* Dans l'Edition des Commentaires de *Cefar* donnée par *Godefroy Jungerman* à *Baſle* 1606. *in-4°.*

*Hier. Magii de Gigantibus.* Dans le huitiéme Volume de l'Ouvrage de *Thomas Crenius*, intitulé : *Faſciculi Opuſculorum quæ ad Hiſtoriam ac Philologiam ſacram pertinent. Roterodami* 1697. *in-8°.* L'Auteur a raſſemblé dans cet Ouvrage tout ce qu'il a trouvé dans les Livres ſaints & dans les Auteurs profanes touchant les Geans.

V. ſon Eloge par *François Swertius*, *à la tête du Traité de Tintinnabulis*, & *par Raphael Trichet du Freſne*, *à la tête de ſon Edition du Livre*, *De Equuleo. Les Eloges de M. de Thou*, & *les additions de Teiſſier. Bayle*, *Dictionnaire.*

## BILIBALD PIRCKHEIMER.

BILIBALD *Pirckheimer* naquit
l'an 1470. à *Eichſtet*, Ville de
Franconie, de *Jean Pirckheimer*, cé-
lebre Juriſconſulte, qui étoit alors
Conſeiller de l'Evêque de cette
Ville.

Son heureux naturel engagea ſon
pere à ne rien négliger pour ſon éducation ; il le fit inſtruire dans toutes
les ſciences & dans tous les exercices
qui conviennent à un jeune homme,
juſqu'à l'âge de dix-huit ans. Il voulut alors qu'il apprît le métier de la
Guerre, ce qu'il fit dans les Troupes
de ſon Evêque.

Après y avoir paſſé deux années,
il ſe rendit aux exhortations de ſon
pere, qui ſouhaittoit qu'il achevât
de ſe perfectionner dans les Lettres,
quoique les armes euſſent pour lui
plus d'attrait, & alla à *Padoue*, où il
s'appliqua pendant trois ans à l'étude de la Juriſprudence. Cette étude
ne l'empêcha pas de cultiver les Belles-Lettres, & ſurtout la Langue

B. Pirck-      Gréque, dans laquelle il fit de très-
heimer.      grands progrès.

Son pere, qui n'envisageoit que sa
fortune, fut fâché de le sçavoir si
appliqué à cette Langue, & lui
écrivit pour lui remontrer qu'elle ne
lui seroit d'aucun usage, au lieu
qu'une connoissance parfaite du Droit
lui ouvriroit un chemin aux honneurs.

Ces remontrances l'engagerent à
interrompre un peu cette étude,
pour se donner avec une nouvelle
ardeur à celle de la Jurisprudence. Il
passa dans ce dessein à *Pise*, où pro-
fessoient alors des Hommes célebres
en cette science, *Jason Maynus*, *Jean-*
*Paul Lancelot*, & *Philippe Decius*;
& il demeura quatre ans en cette
Ville.

Pendant son séjour en Italie, il
apprit parfaitement la Langue Italienne, & donna quelque temps aux
Mathematiques, & même à la Theologie, & à la Medecine, dans lesquelles il acquit des connoissances
suffisantes pour en parler à propos.

Après sept années de séjour en ce
Païs, où il gagna l'estime & l'amitié

tié de tout le monde par sa sagesse, sa
prudence, & son sçavoir, son pere le
rappella dans son Païs. Il avoit passé
du service de l'Evêque d'*Eichstet* à
celui du Duc de Baviere, & de *Sigis-*
*mond*, Archiduc d'Autriche, qui tous
deux l'avoient fait leur Conseiller,
& entre lesquels il partageoit tout
son temps, étant six mois à la Cour
de *Munich*, & six autres à celle d'*Ins-*
*pruck*; mais enfin lassé de la vie de la
Cour, & des frequens voyages qu'il
étoit obligé de faire pour le service
de ses Maîtres, il prit vers ce temps-
là le parti de se retirer à *Nuremberg*,
sa Patrie, pour y vivre tranquille,
& pour avoir soin de son pere, qui
vivoit encore dans un âge très-avan-
cé.

   *Bilibald Pirckheimer* y alla demeurer avec eux, & ayant perdu peu
après son grand-pere, il commença à
déliberer sur le genre de vie qu'il
devoit embrasser. Son premier dessein fut de se faire recevoir Docteur
en Droit, & de suivre ensuite la
Cour de *Maximilien I.* Mais son pere,
qui avoit éprouvé les inconveniens
de la vie de la Cour, l'en d'étourna.

& il y renonça d'autant plus volontiers, qu'il devoit avoir dans la suite
un patrimoine considerable, qui le
mettroit en état de vivre dans l'abon-
dance.

Il prit ainsi le parti de demeurer à
*Nuremberg*, & il épousa en 1497.
*Crescence Rieter*, d'une famille noble
& riche de cette Ville. Il y fut aussi-
tôt après reçu Senateur; Charge qui
ne se donne jamais qu'à des personnes
mariées. Sa prudence, son adresse &
son activité parurent alors avec tant
d'éclat, que dès la premiere année on
le députa vers differens Princes, pour
négocier quelques affaires.

Trois ans après, la Guerre ayant
été déclarée entre l'Empereur & les
Suisses, *Pirckheimer* fut chargé du
commandement des Troupes que la
Ville de *Nuremberg* envoya à l'Empereur; & il se conduisit dans toutes
ses expéditions avec tant de courage
& de sagesse, qu'il acquit l'estime de
ce Prince, qui le mit au nombre de
ses Conseillers, & le renvoya après
que la paix eut été faite avec des Lettres pleines de témoignages d'affection & de bienveillance.

La République de *Nuremberg* con- B. Pirck-
tente de ſa conduite, lui en témoigna HEIMER.
à ſon retour ſa reconnoiſſance par des
préſens ; mais il ſe vit par-là en bute
à la jalouſie de pluſieurs perſonnes,
qui tâcherent par diverſes accuſations
d'obſcurcir ſa gloire & de lui faire de
la peine. Il les ſoûtint d'abord avec
fermeté ; mais enfin dégoûté de les
voir renaître ſans ceſſe, il réſolut de
quitter ſa Charge de Senateur, afin
de ne plus vivre que pour lui-même,
& de joüir du repos & de la tranquillité, qu'on vouloit lui enlever. Il ſe
détermina d'autant plus aiſément à
prendre ce parti, que la mort de ſon
pere arrivée dans ce temps le laiſſoit
maître d'un bien très-conſiderable,
dont l'adminiſtration exigeoit des
ſoins & du temps.

Il demanda donc ſa démiſſion,
qu'il n'obtint qu'avec beaucoup de
peine, & ſe rendit aux Lettres, pour
leſquelles il avoit toûjours conſervé
beaucoup d'inclination, & qu'il avoit
cultivées autant que ſes occupations
le lui avoient permis.

Il y avoit déja trois ans qu'il vivoit dans un agréable loiſir, occupé

Dd ij

B. PIRCK-
HEIMER.
uniquement des Mufes, lorfqu'il eut
le chagrin de perdre fa femme, qui
mourut en couche l'an 1504. après
avoir vêcu fept ans avec lui ; & lui
avoir donné fix enfans, cinq filles &
un garçon. Il fit à fa loüange cette
Infcription, qui fut mife fous un
Tableau d'*Albert Durer*, fon ami,
reprefentant fa mort.

*Mulieri incomparabili, Conjugique*
*Cariſſimæ Crefcentiæ mœſtus Bilibaldus*
*Pirckheimer Maritus, quem numquam*
*niſi morte fua turbavit, Monumentum*
*pofuit. Migravit ex ærumnis in Domino*
*XVI. Calendas Junii, anno falutis*
*noſtræ* 1504.

Sa tendreffe pour cette femme,
& peut-être d'autres raifons encore
l'empêcherent de fe remarier dans la
fuite, quoique fes amis l'en preffaf-
fent fort, & qu'il eût vû mourir le
feul fils qu'il avoit, & qui pouvoit
perpétuer fon nom.

Peu de temps après la mort de fa
femme, il fut mis de nouveau au nombre des Senateurs fans fon confente-
ment, & même contre fa volonté. Il

eut bien de la peine à accepter l'honneur qu'on lui faiſoit ; mais ſes parens
lui firent de ſi grandes inſtances là-
deſſus , qu'il fut obligé de ſe rendre.

La République de *Nuremberg* l'employa depuis à des négociations im-
portantes , & l'envoya ſouvent aux
Dietes de l'Empire pour y ménager
ſes interêts ; & il s'acquitoit toûjours
des commiſſions qu'on lui donnoit
d'une maniere ſatisfaiſante pour ceux
qui l'en chargeoient.

La goute, qui vint enfin l'attaquer,
l'obligea à renoncer à tous les voyages , & même à ſe démettre de nouveau de ſa Charge de Senateur. Il
eut beaucoup de peine à obtenir la
permiſſion de le faire , & le Senat ne
la lui accorda qu'à condition qu'il
continueroit à aſſiſter le public de
ſes conſeils & qu'en lui donnant une
penſion. *Pirckheimer* convint avec
plaiſir du premier article ; mais il
refuſa abſolument la penſion , diſant
qu'il avoit aſſez de bien pour vivre
avec honneur , & ſans être à charge à
perſonne. Il ne laiſſa pas cependant
dans la ſuite d'accepter quelques préſens que le Senat lui fit en certaines

B. PIRCK-occasions , pour ne point paroître
HEIMER. méprifer fes faveurs.

Il mourut le 22. Decembre 1530.
âgé de 60. ans , & fut enterré avec
cette Epitaphe :

*Bilibaldo Pirckheimero , Patricio ac*
*Senatori Norimbergenfi , Divorum Ma-*
*ximiliani & Caroli V. Aug. Confilia-*
*rio , viro utique in præclaris rebus obeun-*
*dis prudentiffimo , Græce juxta ac La-*
*tine doctiffimo , cognati tanquam ftirpis*
*Pirckheimeræ ultimo dolenter hoc S. P.*
*Vixit ann. 60. D. 16. Obiit die 22.*
*Menf. Decembris , an. Chriftianæ fa-*
*lutis 1530.*
        *Virtus interire nefcit.*

Catalogue de fes Ouvrages.
1. *Plutarchi , de his qui tarde à Nu-*
*mine corripiuntur , libellus ; Interpretè*
*Bilibaldo Pirckheimero. Norimbergæ*
1515. *in-*4°. Dès que *Pirckheimer* fe
fut défait pour la premiere fois de fa
Charge de Senateur , il commença à
s'appliquer tout de bon à l'étude , à
former une Bibliotheque tant de
Livres imprimez que de manufcrits ,
& à traduire quelques Ouvrages

Grecs en Latin. M. *Huet* n'avoit pas B. Pirck-
une idée fort avantageuſe de ſes tra- heimer.
ductions , puiſqu'il dit dans ſon
Traité *De Claris Interpretibus,* qu'il
étoit ſi curieux d'obſerver la meſure
& la cadence qu'il croyoit trouver
dans ſes Auteurs , qu'il faiſoit quelquefois ſans ſcrupule tort à leur penſée & à la verité.

2. *Lucianus de ratione conſcribendæ*
*Hiſtoriæ ; Bil. Pirckheimero Interprete.*
*Norimbergæ* 1515. *in*-4°.

3. *Nili Sententiæ Morales è Græco in*
*Latinum verſæ & excerpta quædam ex*
*Damaſceno , per Bil. Pirckheimerum.*
*Norimbergæ in*-4°. ſans date. Mais
l'Epître dédicatoire à ſa ſœur *Claire ,*
Religieuſe de *Sainte Claire ,* à *Nurem-*
*berg ,* datée du 29. Decembre 1516.
fait voir que l'Edition eſt de cette
année. It. *Baſileæ* 1518. *in*-4°.

4. *Luciani Piſcator , Latine , Bil.*
*Pirckheimero Interprete. Norimbergæ*
1517. *in*-4°.

5. *Plutarchus de ſera Numinis Vin-*
*dicta , & vitanda Uſura. Interp. Bil.*
*Pirckheimero.* Dans un Recüeil de
quelques traductions de *Plutarque*

B. Pirck-imprimé à *Basle* chez *Jean Froben,* heimer. en 1518. in-4°.

6. *B. Fulgentii Aphri Opera, nuper apud Germanos inventa. Norimbergæ* 1519. in-8°. C'est *Pirckheimer* qui a publié ces Ouvrages le premier, comme il paroît par la Préface qu'il a mise à la tête.

7. *Luciani Fugitivi, Eodem Interp. Hagenoæ* 1520. in-4°.

8. *Ejusdem Rhetor, Eodem Interp. Hagenoæ* 1520. in-4°.

9. *Gregorii Nazianzeni Orationes sex in Natale, Epiphaniam, Sanctum lavacrum, Resurrectionem, Pentecosten, Encœnia, B. Pirckheimero Interprete. Norimb.* 1521. in-4°.

10. *Luciani Navis, seu vota, Dialogus. Eod. Interp. Norimbergæ* 1522. in-4°.

11. *Platonis Axiochus, Eryxias, de Justo, num Virtus doceri possit, Demodocus, Sisyphus, Clitophon, Definitiones; Eod. Interp. Norimbergæ* 1523. in-4°.

12. *Plutarchus de compescenda Ira, de Garrulitate, Curiositate, sera numinis Vindicta, vitanda Usura. Eod. Interp. Norimb.* 1523. in-4°.

13. *Claudii Ptolemæi Geographia,* B. Pirck-
*Latine, B. Pirckheimero Interprete, cum* heimer.
*annotationibus Joannis de Regio Monte
in errores Jacobi Angeli in tranſlatione
ſuā. Argentorati* 1525. *in-fol. Pirckheimer* n'a traduit que le premier Livre
de *Ptolomée,* qu'il a accompagné de
Notes. La traduction des autres eſt
plus ancienne. Cette premiere Edition a été ſuivie de quelques autres.

14. *De vera Chriſti carne & vero
ejus ſanguine ad Joannem Oecolampa-
dium Reſponſio. Norimb.* 1526. *in-8°.*
Le but de l'Auteur eſt de défendre la
créance de l'Egliſe Catholique ſur la
réalité du corps & du ſang de *Jeſus-
Chriſt* dans l'Euchariſtie, contre les
erreurs d'*Oecolampade.* Ce qui fait
voir qu'il avoit étudié les matieres
Theologiques.

15. *B. Maximi de Incarnátione Ver-
bi Dialogus. Eod. Interp. Nerimbergæ*
1520. *in-8°.*

16. *Gregorii Nazianzeni in Julia-
num Invectivæ duæ. Eod. Inter. Norimb.*
1528.

17. *Gregorius Naz. de Officio Epiſ-
copi, Latine, eod. Interp. Norimbergæ*
1529. *in-8°. Pirckheimer* a encore tra-

B. PIRCK-duit quelques autres Pieces de S.
HEIMER. *Gregoire de Nazianze* , & ses traductions se trouvent dans les Editions
des Oeuvres de ce Pere.

18. *Germaniæ ex variis Scriptoribus
perbrevis explicatio. Autore Bil. Pirckheimero. Augustæ* 1530. *in-8°.* It. *Francofurti* 1532. *in-8°.*

19. *Xenophontis Libri septem Rerum
Græcarum* , *Latine. B. Pirckheimero
Interprete.* Imprimés après sa mort
par les soins de *Thomas Venator* , en
1532.

20. *Priscorum Numorum æstimatio.
Tubingæ* 1533. It. *Norimb.* 1542. *in-4°.*
It. dans le Recueïl de *Renerus Bude-
lius de Monetis & re Numaria. Coloniæ
Agripp.* 1591. *in-4°.*

21. *B. Pirckheimeri Opera Politica,
Historica* , *Philologica & Epistolica* ,
*cum Alberti Dureri figuris æneis. Adjec-
tis Opusculis Pirckheimeri auspicio con-
cinnatis : Claræ Pirckheimeræ Abba-
tissæ* , *Conradis Celtis* , *Joannis Stabii* ,
*Christophori Scheurli* , *Eobani Hessi,
Epistolæ Variæ variorum ejus ævi doctis-
simorum quorumque virorum ad Pirckheimerum : una cum Cunradi Ritters-
husii Commentario de Vita & scriptis*

*Pirckheimeri. Omnia nunc primùm edi-* B. PIRCK-
*ta ac digeſta à Melchiore Goldaſto* HEIMER.
*Haiminsfeldio. Francof.* 1610. *in-fol.*

Il faut parler en détail des Piéces
contenuës dans ce Recüeil, où l'on
trouve les ſuivantes, de la façon de
*Pirckheimer.*

*Commentarius de ratione ſcribendæ
Hiſtoriæ,* p. 5. C'eſt la traduction de
*Lucien,* que j'ai marquée au *N°.* 2.

*Hiſtoria Belli Svitenſis, ſive Helve-
tici, duobus Libris deſcripta,* p. 63.
On a vû ci-devant qu'il avoit été
preſent à cette guerre.

*Fragmentum Hiſtoricum, de Origine,
Antiquitate & everſione atque inſtaura-
tione urbis Treverenſis,* p. 93. Il eſt
très-court, puiſqu'il ne tient qu'une
page.

*Germaniæ ex variis Scriptoribus per-
brevis explicatio,* p. 94. Elle avoit été
déja imprimée, comme on l'a vû au
*N°.* 18.

*Currus Triumphalis, honori & Me-
moriæ immortali D. Maximiliani Primi
Romanorum Imperatoris, inventus à B.
Pirckheimero, editus Norimbergæ ab
Alberto Durero,* p. 172.

*Orationes duæ in Legatione ad Caro-*

B. PIRCK-*lum V. Imperatorem pro Republica No-*
HEIMER.   *rimbergensi*, p. 197.

*Scheda Apellationis ad Leonem X.*
*P. M.* p. 199. Dans cette Piece, qui
est datée du 1. Decembre 1520.
*Pirckeimer* appelle avec *Lazare Splen-*
*ger*, Secretaire du Consulat de la
Ville de *Nuremberg*, d'une Sentence
de *Jean Eckius* touchant *Luther*, où
ils étoient appellez tous deux fau-
teurs de ses erreurs.

*Censura de Germaniæ Rebuspublicis*,
p. 201.

*Interpretatio quarumdam Literarum*
*Ægyptiacarum ex Oro Niliaco*, p.
202.

*Apologia seu Laus Podagra*, p.
204. Ce petit Ouvrage, qu'il composa pendant des accès de goute, a
été inseré depuis dans plusieurs Re-
cueils de pieces semblables.

*Theophrasti Caracteres à Pirckhei-*
*mero illustrati*, p. 212.

*Dissertatio Historica & Philologica*
*de Maria Magdalena, quod falso à*
*quibusdam habeatur pro illa peccatrice*,
p. 220.

*Priscorum Numismatum ad Nurem-*
*bergensis Monetæ valorem facta æstima-*
*tio*, p. 223.

*Epiftolarum Dedicatoriarum Liber* B. PIRCK-
*unus*, p. 230. Ce font les Epîtres dé- HEIMER.
dicatoires de tous les Ouvrages qu'il
a publiés lui-même.

*Epiftolarum familiarium Liber Mif-
cellus*, p. 251.

*De Orandi modo ex D. Bafilio &
Joan. Chryfoftomo fumpto, ex Verfione
B. Pirckeimeri*, p. 371.

*Epiftola ad Adrianum P. M. de
Motibus in Germania per Dominicanos
& horum complices excitatis, & de
occafione Lutheranifmi*, p. 372.

*Epiftola ad Philippum Melanchto-
nem continens querelas de Monialium
vexatione. Altera ad Sorores fuas Mo-
niales*, p. 374.

*Oratio Apologetica Monialium no-
mine, quâ vitæ ac fidei ipfarum ratio
redditur, & æmulorum obtrectationibus
refpondetur, petiturque ne per vim è
Monafterio extrahantur*, p. 375.

*De Perfecutoribus Evangelicæ veri-
tatis, eorum Confiliis & Machinationi-
bus*, p. 385. Ce n'eft qu'un fragment.

*Dialogus contra ineptam & inanem
amici pro amico folicitudinem, & ni-
miam credulitatem rumufculorum & fuf-
picionum vanitatem*, p. 386.

B. PIRCK-
HEIMER.

*De Vi & effectu Quietantiæ, seu Apochæ generalis, quam nobilis dedit Episcopo Wiceburgensi.* ( en Allemand ) p. 388.

*Appendix Epistolarum familiarium,* p. 393.

Il n'est point inutile de remarquer ici que *Pirckheimer* avoit deux sœurs Religieuses dans le Couvent de *Sainte Claire* à *Nuremberg*, l'aînée nommée *Charité* qui en étoit Abbesse, & la cadette appellée *Claire*. Elles étoient toutes les deux habiles dans la Langue Latine, & très-versées dans l'intelligence de l'Ecriture sainte. *Charité* mourut en 1532. On trouve six de ses Lettres parmi les Oeuvres de *Bilibald Pirckheimer*, son frere, p. 341. & suivantes. Elles donnent une assez bonne idée de son esprit.

V. *sa Vie par Conrad Rittershusius à la tête de ses Oeuvres. Melchior Adam* l'a copiée. *La Bibliotheque de Gesner* & *ses Abbreviateurs.*

# JEAN - JACQUES BOISSARD.

JEAN-JACQUES *Boiſſard* naquit à *Beſançon*, l'an 1528. de *Thibaud Boiſſard*, Magiſtrat de cette Ville, & de *Jeanne Babel*.

*Hugues Babel*, ſon oncle maternel, qui a le premier enſeigné la Langue Gréque à *Louvain* avec *Clenard*, prit ſoin de l'inſtruire dans les Lettres dès ſon enfance, & l'emmena avec lui à l'âge de neuf ans à *Strasbourg*, & enſuite à *Heidelberg*, où il le confia aux ſoins de *Jacques Mycillus*.

Trois ans après il le mena à *Cologne* & de-là à *Louvain*. Il étudia dans cette derniere Ville ſous *Adrien Amerotius* & *Pierre Nannius*; mais la mauvaiſe humeur & la ſeverité de ſon précepteur l'ayant alors dégoûté de l'étude, il s'enfuit ſecrétement de *Louvain*, & alla à *Anvers*, d'où il paſſa en Pruſſe avec quelques Marchands de *Dantzic*.

Il n'arriva dans cette Ville qu'après une navigation fort longue & fort difficile, où il ſe vit ſouvent en danger de la vie, & il y fut retenu pendant tout l'Hyver par quelques personnes, qui prirent soin de lui. Il en partit au commencement du Printemps, pour se rendre à *Francfort sur l'Oder*, d'où il alla à *Wittemberg*. Après une année de séjour en cette Ville, pendant laquelle il prit des Leçons de *Philippe Melanchton*, & de *Gui Vinshemius* l'ancien, il se transporta à *Leipsic* pour s'y instruire sous *Joachim Camerarius*.

En 1551. il alla à *Nuremberg*, & passa ensuite à *Ingolstadt*, où il acquit l'amitié de *Gui Amerbach*, & de *Philippe Apian* ; il demeura même chez ce dernier l'espace de trois ans.

Sur la fin de l'an 1555. *Wolfgang Munzer* le mena à *Venise* dans le dessein de passer en Syrie ; mais après qu'ils eurent attendu pendant huit mois l'occasion de s'embarquer pour ce voyage, *Boissard* tomba malade, & se fit transporter à *Padoue*, pour y trouver du secours dans l'habileté des Medecins de cette Ville.

Les Galeres Venitiennes, qui alloient en Palestine, étant parties dans ces entrefaites, il se rendit à *Boulogne*,

&

& employa deux ans à vifiter , avec *Abraham Sorger* d'Autriche , la Tofcane , & les Villes de *Naples* & de *Rome.*

Il trouva dans cette derniere un protecteur en la perfonne du Cardinal *Charles Caraffe* , qui le mit , par fes bienfaits , en état de fatisfaire l'inclination qu'il avoit pour les voyages, & d'en faire de nouveaux.

Ainfi il retourna vifiter la Pouille, & la Calabre , & s'embarqua à *Brindes* , dans le deffein de paffer dans les Ifles de la Grece. Il vit dans fa route , *Corfou* , *Cephalonie* , & *Zanthe* , & arriva à *Modon* , où il demeura cinq mois , qu'il employa à parcourir avec foin les lieux voifins du Poloponnefe. Une fiévre violente , qui le faifit en ce lieu , l'empêcha de profiter de l'occafion qui fe prefenta alors de paffer en Syrie , comme il le fouhaitoit depuis long-temps.

Dégoûté à la fin de ce féjour , & de la maniere dont on y vit , il fe rembarqua avec des Marchands Venitiens , & repaffa en Sicile & de-là à *Rome.*

Sur la fin de l'an 1559. rappellé par

*Tome XVIII.* Cc

J.J. Bois-
SARD.

son pere, il se rendit dans son Païs,
d'où il avoit été absent pendant 22.
ans.

A peine y fut-il arrivé que le Baron
de *Rye* le choisit pour être Gouverneur de son jeune frere. Mais il ne
put conserver long-temps cette place. Il professoit la Religion Protes-
tante, & le péril auquel il se vit exposé pour ce sujet, l'obligea d'abandonner, pour la seconde fois, sa
Patrie ; ce qu'il fit avec d'autant
moins de peine, que son pere étoit
mort alors.

*Claude-Antoine de Vienne*, Baron
de *Clervant*, lui offrit une retraite à
*Mets*, où il l'emmena pour être Gouverneur de ses enfans. Cet emploi
l'occupa pendant plusieurs années. Il
fut avec un d'eux, nommé *François*,
pendant quinze ans entiers, tant en
France qu'en Allemagne & en Italie ;
& lorsqu'il fut de retour de tous ces
voyages, on le chargea de l'éducation d'un autre plus jeune nommé
*Gedeon* ; mais ce nouveau disciple
ayant été envoyé à *Guillaume* Landgrave de *Hesse*, pour être élevé avec
le Prince *Maurice* ; *Boissard*, qui avoit

alors 55. ans, las de la vie ambulante J. J. Bois-
qu'il avoit menée juſques-là, ne ju- sard.
gea pas à propos de le ſuivre, & demeura à *Mets* dans la Maiſon du Baron de *Clervant*, où il paſſa le reſte
de ſa vie dans la tranquillité & le
repos, occupé ſeulement de la lecture & des Livres.

Il mourut en cette Ville le 30. Octobre 1602. âgé de 74. ans.

Il avoit une paſſion extraordinaire
pour les Antiquitez, & ce fut pour
la ſatisfaire qu'il entreprit tant de
voyages. Il obſervoit par tout avec
beaucoup de ſoin tout ce qu'il pouvoit trouver en ce genre, en faiſoit
des remarques particuliéres, & en
levoit les deſſeins. Ce qui lui arriva
à ce ſujet, dans le Jardin du Cardinal
*Carpi*, merite d'être rapporté. Ce
Jardin, ſitué au Mont-Quirinal,
étoit rempli d'anciens marbres : y
étant allé un jour avec ſes amis pour
le viſiter, il fut ſi charmé de la vûë
de tant d'objets ſi ſatisfaiſans pour un
Antiquaire, qu'il s'écarta de ſa compagnie & ſe cacha dans un boſquet,
juſqu'à ce que tout le monde fût
ſorti. Lorſque les portes furent fer-

J.J. Bois- mées , il commença à parcourir tout
SARD.    à son aise , & employa le reste du
jour à copier des Inscriptions & à
dessiner des Monumens ; exercice
que la nuit seule interrompit , &
qu'il reprit dès que le jour parut. Le
lendemain matin , le Cardinal étant
entré dans son Jardin , le trouva
occupé à ce travail , & fut curieux de
sçavoir comment il y étoit venu :
*Boissard* lui conta naïvement la chose
comme elle s'étoit passée , & le Cardinal en fut si touché , qu'il ordonna
qu'on lui preparât à déjeuner , &
qu'il lui permit de copier & de dessiner tout ce qui se trouveroit de rare
dans son Palais.

*Boissard* avoit ramassé avec beaucoup de peine un grand nombre de
Monumens antiques , qu'il avoit
laissez à *Montbeliard* , chez sa sœur ,
mais qu'il eut le chagrin de perdre
presque tous , lorsque les Lorrains
ravagerent la Franche-Comté. Il ne
lui resta que ceux qu'il avoit fait auparavant transporter à *Mets* ; mais
comme on sçavoit qu'il vouloit donner un gros Recüeil sur cette matiere , on lui envoya de toutes parts

plufieurs deffeins , qui réparerent un
peu fes pertes.

Catalogue de fes Ouvrages.

1. *Poemata. Bafileæ* 1574. *in-*8°. It.
*Auctiora & emendatiora. Metis* 1589.
*in-*8°. It. dans les *Deliciæ Gallorum
Poetarum* , Tom. 1. p. 548. Ces Poëfies confiftent en trois Livres d'Epigrammes , trois Livres d'Elegies &
trois Livres d'Epîtres. Si elles ne
meritent point toutes les loüanges
que *Borrichius* leur a données dans fa
Differtation fur les PoëtesLatins, elles
ne meritent pas non plus le mépris
que quelques-uns en ont fait.

2. *Emblemata per Theodorum de Bry
Sculpta. Francofurti* 1593. *in-*4°. Ces
emblêmes font au nombre de 51.

3. *Vitæ & Icones Sultanorum Turci-
corum, Principum Perfarum , aliorúm-
que illuftrium Heroum , Heroinarúm-
que ab Ofmanne ufque ad Mahometem
II. ad vivum expreffæ, & à Joan. Jacobo
Boiffardo illuftratæ , in æs incifæ per
Theodorum de Bry. Francofurti ad
Mænum* 1596. *in-*4°. On voit d'a-
bord dans chaque article de ce Recuëil un portrait fort bien gravé , &

ensuite une courte Description de la
vie de celui qui y est représenté.

4. *Theatrum vitæ humanæ. Francof.*
1596. *in-*4°. avec des figures de *Theod.*
*de Bry.*

5. *Topographia Romanæ urbis &*
*Antiquitatum*, à *Jano Jacobo Boissar-*
*do. Cum figuris æri incisis à Theodoro de*
*Bry. Partes sex. Francof. in-fol.* La premiere, la seconde & la troisiéme
Partie en 1597. la quatriéme en 1598.
la cinquiéme en 1600. & la sixiéme
en 1602. Trois ou quatre Volumes.
Les deux premieres Parties ont été
réimprimées en 1627. à *Francfort*,
chez *Merian*, *in-fol.* Ce Recüeil,
qui est fort rare, & fort cher, est
composé de differentes Pieces, dont
il faut donner le détail.

La premiere Partie contient la Topographie de *Rome*, par *Boissard*;
elle est divisée en quatre journées,
pendant lesquelles il croit qu'on peut
parcourir tout ce qu'il y a de remar-
quable dans cette Ville. On voit ensuite *Onuphrii Panvinii descriptio qua-*
*tuordecim Regionum urbis*, *prout ab*
*Augusto Imperatore divisa*, *& Publii*

*Victoris de Regionibus urbis Roma J. J. Bois-*
*Liber.* SARD.

La seconde Partie renferme la
Topographie de *Rome*, par Jean B.
*Marlianus.*

Dans la troisiéme on voit d'abord
une courte Dissertation *De Antiquæ*
*urbis Roma situ & origine, præcipuis-*
*que ejus ruinis & reliquiis.* Elle est
suivie d'un petit Traité de *Valerius*
*Probus, de Notis antiquarum Litera-*
*rum*, & d'une centaine d'Inscriptions anciennes.

La quatriéme est composée d'une
Dissertation de *Boissard : De Funeribus*
*& modo sepeliendi apud Antiquos :*
d'un autre *De Apotheosi ;* & de 149.
figures de pierres antiques avec leurs
Inscriptions.

La cinquiéme renferme de même
plusieurs Monumens anciens, & l'on
y voit entre autres quelques Statuës
des Imperatrices.

La sixiéme & derniere, contient
l'Ouvrage de *Gyraldi : De Sepulchris*
*& vario Sepeliendi ritu*, avec plusieurs
inscriptions dont la plûpart sont
sepulchrales.

Cet Ouvrage a un defaut ; c'est

**J. J. Bois-**
**SARD.**

qu'il manque de bons Indices. Ceux de *Gruter* & de *Reinesius* lui font préferables par cet endroit.

6. *Icones Virorum illustrium doctrina & eruditione præstantium, ad vivum effictæ, cum eorum vitis descriptis. Francof. in-4°.* Quatre Parties ; la premiere en 1592. les deux suivantes en 1598. & la quatriéme en 1599. It. sous ce titre : *Bibliotheca sive Thesaurus Virtutis & Gloriæ, complectens illustrium doctrina Virorum effigies & vitas. Francof.* 1628. & 1631. *in-4°.* Quatre Parties : il en parut une cinquiéme *in-4°.* en 1628. & elle a été suivie d'une sixiéme de la façon de *Sebastien Furckius,* & d'une 7e. 8e. & 9e. dont on est redevable à *Clement Ammonius* le jeune, gendre de *Theodore de Bry.* On a donné une Edition de l'Ouvrage, sans discours, avec de simples distiques, sous cet autre titre : *Bibliotheca Calcographica Illustrium virtute atque eruditione in tota Europa Virorum. Francof.* 1650. *in-4°.* Chaque Partie de l'Ouvrage de *Boissard* contient 50. Eloges, qui sont courts, mais assez particularisez, quoiqu'il y ait quelques endroits peu exacts ; les por-

Portraits aſſez bien gravez ne ſont pas J. J. Bois-
toûjours fort reſſemblans. Au reſte SARD.
*Boiſſard* a ſouvent copié *Reuſner* ſans
le citer, ainſi on pourroit le mettre
au nombre des Plagiaires.

7. *Parnaſſus cum imaginibus Muſa-*
*rum. Francof. 1601. in-fol.*

8. *De Divinatione & Magicis præſ-*
*tigiis, quorum veritas & vanitas expo-*
*nitur per deſcriptionem Deorum Fatidi-*
*corum, Prophetarum, Sacerdotum, Si-*
*byllarum, &c. cum figuris Fratrum de*
*Bry. Oppenheimii, in-fol.* (ſans date)
It. *Hanoviæ 1611. in-4°.* Quelques-
uns ont confondu cet Ouvrage avec
celui de l'origine & des portraits des
Dieux, dont *Boiſſard* parle en pluſieurs endroits de ſes écrits; mais il
eſt viſible qu'ils ſe ſont trompez,
puiſque cet Auteur y renvoye plus
d'une fois à celui de l'origine des
Dieux.

V. *ſon Eloge dans le quatrième Tome*
*des Obſervationes Halenſes, an. 1701.*
p. 1. *Hankius de Rerum Romanarum*
*Scriptoribus. Bayle, Dictionnaire.*

*Tome XVIII.* Dd

# JEAN DE LA FONTAINE.

*JEAN de la Fontaine* naquit le 8. Juillet 1621. à *Château-Thierry*, de *Jean de la Fontaine*, Maître des Eaux & Forêts de ce Duché, & de *Françoise Pidoux*, fille du Bailly de *Coulommiers*.

Après avoir fait ses études, il entra à l'âge de dix-neuf ans dans la Congrégation de l'Oratoire; mais la vie de Communauté étoit trop opposée à son genie particulier, qui ne pouvoit s'assujettir à rien de fixe, pour qu'il y demeurât long-temps; il en sortit au bout de dix-huit mois.

Lorsqu'il fut rentré dans le monde, son pere se démit de sa Charge en sa faveur; il y trouva cependant si peu de goût, qu'il n'en fit pendant plus de vingt années les fonctions que par complaisance.

Ce fut aussi uniquement par complaisance, qu'il se détermina à se marier, & qu'il épousa *Marie Hericart*, fille d'un Lieutenant au Baillage Royal de la *Ferté-Milon*.

Cette femme ne manquoit ni d'eſprit, ni de beauté ; mais pour l'humeur elle tenoit fort de cette Madame Honeſta, qu'il dépeint dans ſa
nouvelle de *Belphegor*, & qui étoit

> *D'un orgüeil extrême ;*
> *Et d'autant plus que de quelque vertu*
> *Un tel orgüeil paroiſſoit revêtu.*

Auſſi ne trouvoit-il d'autre ſecret que
celui de *Belphegor*, pour vivre en
paix ; c'eſt-à-dire, qu'il s'éloignoit
de ſa femme le plus ſouvent, & pour
le plus de temps qu'il pouvoit, mais
ſans aigreur & ſans bruit. Quand il ſe
voyoit pouſſé à bout, il prenoit dou-
cement le parti de s'en venir ſeul à
*Paris*, & il y paſſoit les années entieres, ne retournant chez lui, que pour
vendre quelque portion de ſon bien.
Car c'étoit-là de quoi il ſubſiſtoit
dans les commencemens, parce que
ni lui, ni ſa femme n'entendoient
rien à faire valoir leurs terres, dont
le revenu, s'ils les avoient bien gou-
vernées, leur pouvoit ſuffire.

Son talent pour la Poëſie lui fut
dans la ſuite d'une grande reſſource,

J. DE LA
FONTAI-
NE.

pour reparer les effets de sa noncha-
lance, en lui procurant de puissans
protecteurs.

M. *Perrault*, dans son éloge, prétend que ce fut son pere qui l'engagea à s'appliquer à la Poësie, qu'il
aimoit passionnément, quoiqu'il n'y
connût presque rien, & que lorsqu'il
vit ses premiers vers, il en eut une
joye incroyable. Mais M. l'Abbé
*d'Olivet* raconte la chose autrement
dans son *Histoire de l'Académie Françoise.*

» *La Fontaine*, dit-il, avoit déja
» vingt-deux ans, qu'il ne se portoit
» encore à rien, lorsqu'un Officier,
» qui étoit à *Château-Thierry*, en
» quartier d'Hyver, lut devant lui
» par occasion & avec emphase, cette
» Ode de *Malherbe*.

*Que direz-vous, races futures,*
*Si quelquefois un vrai discours*
*Vous recite les avantures*
*De nos abominables jours ?*

» Il écouta cette Ode avec des trans-
» ports méchaniques de joïe, d'ad-
» miration, & d'étonnement, & se

» mit aussi-tôt à lire *Malherbe*, au- J. DE LA
» quel il s'attacha de telle sorte, qu'a- FO N T AI
» près avoir passé les nuits à l'appren- N E
» dre par cœur, il alloit de jour le
» déclamer dans les bois. Il ne tarda
» pas à vouloir l'imiter, & ses Essais
» de Versification, comme il nous
» l'apprend lui-même, furent dans le
» goût de *Malherbe.*

» Un de ses parens, nommé *Pintrel,*
» homme de bon sens, & qui n'étoit
» pas ignorant, lui fit comprendre
» que, pour se former, il ne devoit
» pas se borner à nos Poëtes François,
» & qu'il devoit lire sans cesse *Ho-*
» *race,* *Virgile,* & *Terence.* Il se ren-
» dit à ce sage conseil, & trouva
» que la maniere de ces Latins étoit
» plus naturelle, plus simple, moins
» chargée d'ornemens ambitieux, &
» que par consequent *Malherbe* pé-
» choit par être trop beau, ou plû-
» tôt trop embelli. » Voici ce qu'il
dit sur ce sujet dans une Epître à
M. *Huet:*

*Je pris certain Auteur autrefois pour*
 *mon Maître ;*

Dd iij.

J. DE LA
FONTAI-
NE.

*Il pensa me gâter : à la fin, grace aux Dieux,*

*Horace par bonheur me desilla les yeux.*

*L'Auteur avoit du bon, du meilleur ; & la France*

*Estimoit dans ses Vers le tour & la cadence.*

*Qui ne les eût prisez ? j'en demeurai ravi ;*

*Mais ces traits ont perdu quiconque l'a suivi.*

Ses Poësies lui firent bien-tôt un nom, & lui acquirent l'estime & la protection de plusieurs personnes de distinction. Il reçut en divers temps des gratifications de M. *Fouquet*, de Messieurs de *Vendôme* & de M. le Prince de *Conti*. Tout cela lui étoit d'un grand secours ; mais ces bienfaits ne lui venoient que de temps en temps & de loin à loin, & il auroit eu besoin d'autres fonds plus sûrs & plus abondans, s'il avoit continué encore long-temps à être l'œconome de son bien.

Heureusement Madame de *la Sabliere* le délivra de tout soin domestique, en le retirant chez elle. C'étoit une Dame d'un rare merite, & qui ſe plaiſoit à la Poëſie, & plus encore à la Philoſophie, mais ſans oſtentation. *La Fontaine* demeura chez elle pendant près de vingt ans; & elle avoit ſoin de pourvoir genéralement à tous ſes beſoins, perſuadée qu'il n'étoit gueres capable d'y pourvoir lui-même.

J. DE LA FONTAINE.

Après la mort de M. *Colbert*, il fut ſur les rangs pour lui ſucceder dans l'Academie Françoiſe. La plûpart des Academiciens le ſouhaitoient à cauſe de ſon rare genie & de ſa grande réputation; mais quelques-uns jugeoient qu'ayant fait & publié des Poëſies, où il avoit franchi les bornes de la pudeur, il ne devoit pas être admis dans une Compagnie, qui met la vertu au-deſſus des talens, & qui compte parmi ſes membres beaucoup de Prélats. Cette conſideration n'empêcha pas qu'il n'eût, lorſqu'on procéda à l'Election, ſeize voix contre ſept. Mais cet avantage ne produiſit rien en ſa faveur, parce que le parti qui lui étoit contraire, ſe hâta de prévenir le Roy, & d'intereſſer ſa Religion.

Dd iiij

Pendant que les ordres du Roy se faisoient attendre , M. de *la Fontaine,* qui avoit le succès de cette affaire fort à cœur , lui présenta une Balade , dont le refrein étoit :

*L'Evénement ne peut être qu'heureux.*

Et dans l'Envoi , dont il pria Madame de *Thiange* , de faire la lecture & le Commentaire au Roy , il dit à ce Prince :

*Ce doux penser , depuis un mois ou*
*    deux ,*
*Console un peu mes Muses inquietes.*
*Quelques esprits ont blâmé certains jeux;*
*Certains recits, qui ne sont que sornettes.*
*Si je défere aux leçons qu'ils m'ont faites,*
*Que veut-on plus ? Soyez moins rigou-*
*    reux ,*
*Plus indulgent, plus favorable qu'eux ;*
*Prince , en un mot soyez ce que vous êtes;*
*L'Evénement ne peut m'être qu'heureux.*

Mais ce ne fut point-là ce qui détermina le Roy , ou du moins il ne s'expliqua que lorsqu'on eut nommé M. *Despreaux* à une autre place qui vaquoit. Un député de l'Académie lui en ayant alors rendu compte , il

répondit que le choix qu'on avoit J. DE LA
fait de M. *Deſpreaux* lui étoit *très-* FON TAI
*agréable* , *& ſeroit genéralement ap-* N E
*prouvé. Vous pouvez* , ajoûta-t-il ,
*recevoir inceſſamment la Fontaine* , *il a*
*promis d'être ſage.*

Dans le fonds, le Roy n'avoit pas
été content de la préference qu'on
avoit donnée à *la Fontaine* ſur *Deſ-*
*preaux*. Ces deux grands Poëtes
avoient été mis en concurrence pour
la même place ; & les ſept voix que
*la Fontaine* eut contre lui, avoient
été pour *Deſpreaux* , qui étoit bien
plus connu à la Cour. Mais pendant
les ſix mois , qui s'écoulerent d'une
élection à l'autre, le Roy ne laiſſa
qu'à peine entre-voir ſon inclination ,
parce qu'il s'étoit fait une loy de ne
jamais prevenir les ſuffrages de l'Academie.

*La Fontaine* y fut reçu le 2. May
1 6 8 4.

Après la mort de Madame de *la*
*Sabliere* , *la Fontaine* fut invité par
M. de *Saint-Evremont* à ſe retirer en
Angleterre , & quelques Mylords
s'obligerent de pourvoir à ſes beſoins.
Mais les bienfaits de quelques per-

sonnes de consideration, épargne-
rent à la France la douleur de perdre
un si grand homme, & la honte de
ne l'avoir point arrêté par quelques
secours.

Vers le milieu du mois de Decembre de l'an 1692. *la Fontaine* étant
tombé dangereusement malade, M.
*Poujet*, Vicaire de la Paroisse de S.
*Roch*, sous laquelle il demeuroit,
qui entra depuis dans la Congrégation de l'Oratoire, alla le voir & fit
tomber la conversation sur des matieres de pieté & de Religion. *La
Fontaine* qui n'avoit jamais été impie
par principes; mais qui avoit toûjours vêcu dans une prodigieuse in-
dolence sur la Religion, comme sur
tout le reste, lui dit avec cette naï-
veté qui lui étoit naturelle : *Je me suis
mis depuis quelque temps à lire le nouveau Testament : je vous assûre que c'est
un fort bon Livre ; oüi par ma foy c'est
un bon Livre : mais il y a un article sur
lequel je ne suis pas rendu, c'est celui de
l'éternité des peines : je ne comprens pas
comment cette éternité peut s'accorder
avec la bonté de Dieu.* M. Poujet s'expliqua alors avec lui sur cet article,

& fur plufieurs autres, qui lui fai- J. DE LA
foient de la peine, & il le fit avec FONTAI-
tant de force, qu'après dix ou douze NE.
jours de converfation, il le convain-
quit de toutes les veritez de la Religion, & que *la Fontaine* l'affûra qu'il
vouloit penfer ferieufement à vivre
& à mourir chrétiennement : il fe
difpofa alors à faire une confeffion
generale de toute fa vie, jetta au feu
une Piece de Theâtre, qu'il fe difpo-
foit à faire reprefenter, & promit de
faire une fatisfaction publique, pour
reparer le mal qu'il avoit caufé par
fes Contes : deux chofes que M.
*Poujet* exigea de lui, & fur lefquelles il eut d'abord quelque peine à fe
rendre.

Sa maladie augmentant, on jugea
à propos de lui faire recevoir le Viatique. Cela fut executé le 12. Fevrier
1693. Mais avant que de le recevoir
il parla ainfi à M. *Poujet*, qui étoit
venu pour le lui adminiftrer, en pre-
fence des Députez de l'Academie,
qu'il avoit fait inviter la veille d'affif-
ter à cette action.

*Monfieur, j'ai prié Meffieurs de*
*l'Academie Françoife, dont j'ai l'hon-*

J. DE LA
FONTAI-
NE.

neur d'être un des membres, de se trouver ici par Députez, pour être temoins de l'action que je vais faire. Il est d'une notorieté qui n'est que trop publique, que j'ai eu le malheur de composer un Livre de Contes infames. En le composant, je n'ai pas cru que ce fût un Ouvrage aussi pernicieux qu'il l'est. On m'a sur cela ouvert les yeux, & je conviens que c'est un Livre abominable. Je suis très-fâché de l'avoir écrit & publié : j'en demande pardon à Dieu, à l'Eglise, à vous, Monsieur, qui êtes son Ministre, à vous Messieurs de l'Academie, & à tous ceux qui sont ici presens. Je voudrois que cet Ouvrage ne fût jamais sorti de ma plume, & qu'il fût en mon pouvoir de le supprimer entierement. Je promets solemnellement en la presence de mon Dieu, que je vais avoir l'honneur de recevoir, quoiqu'indigne, que je ne contribuerai jamais à son debit, ni à son impression. Je renonce actuellement & pour toûjours au profit, qui devoit me revenir d'une nouvelle Edition par moi retouchée, que j'ai malheureusement consenti que l'on fit actuellement en Hollande. Si Dieu me rend la santé, j'espere qu'il me fera la grace de soûtenir authentiquement la protesta-

*tion publique que je fais aujourdhui ;* &    J. DE LA
*je ſuis réſolu à paſſer le reſte de mes jours* FONTAI-
*dans les exercices de la penitence, au-* NE.
*tant que mes forces corporelles pourront*
*me le permettre, & à n'employer le ta-*
*lent de la Poëſie qu'à la compoſition*
*d'Ouvrages de pieté. Je vous ſupplie,*
*Meſſieurs,* ajoûta-t-il en ſe tournant
du côté des Députez de l'Academie,
*de rendre compte à l'Academie de ce*
*dont vous venez d'être les temoins.*

L'Après-midi il fut viſité par un
Gentilhomme, envoyé par M. le
Duc de Bourgogne, pour s'informer
de l'état de ſa ſanté, & lui porter de
la part de ce Prince une bourſe de
cinquante louis. Ce Gentilhomme
avoit eu ordre de lui dire que le Prince venoit d'apprendre avec beaucoup
de joye ce qu'il avoit fait le matin ;
que cette action lui faiſoit beaucoup
d'honneur devant Dieu & devant les
Hommes, mais qu'elle n'accommo-
doit pas ſa bourſe ; que le Prince
trouvoit qu'il n'étoit pas raiſonnable,
qu'il fût plus pauvre, pour avoir fait
ſon devoir ; & que pour cette raiſon,
il lui envoyoit tout ce qui lui reſtoit
entre les mains. M. le Duc de Bour-

gogne n'étoit alors que dans sa douziéme année , & cependant il fit cette belle action de lui-même , & sans
qu'elle lui eût été inspirée.

Le bruit de ce qui s'étoit passé
chez *la Fontaine* se répandit bien-tôt
par tout : on crut qu'il ne releveroit
pas de cette maladie ; quelques-uns
même publierent sa mort ; ce qui
donna lieu à une Epigramme , qui
fut alors répanduë dans *Paris* , &
dont le Poëte *Liniere* étoit l'Auteur.
La voici :

*Je ne jugerai de ma vie*
*D'un homme avant qu'il soit éteint :*
*Pellisson est mort en impie ,*
*Et la Fontaine comme un Saint.*

Ces deux faits étoient faux. Il est vrai
que M. *Pellisson* venoit de mourir ,
& que surpris par la force de la maladie , il mourut sans recevoir les Sa-
cremens , parce qu'ayant differé au
lendemain , il n'y eut plus de lendemain pour lui : mais il est faux de
dire qu'à cause de cela il soit mort
en impie. Ce malheur arrive tous les
jours aux meilleurs chrétiens. Pour

ce qui eſt de *la Fontaine*, il ne mourut
pas de cette maladie, & vêcut encore
deux ans. Au reſte il tint la parole
qu'il avoit donnée. La premiere fois
qu'il fut en état d'aſſiſter à l'Academie, il renouvella la proteſtation
qu'il avoit faite avant la réception du
ſaint Viatique, & il lut à l'aſſemblée
une Paraphraſe en Vers François de
la Proſe des Morts *Dies iræ*, qu'il
avoit compoſée pour s'entretenir de
la penſée de la mort & des jugemens
de Dieu.

Il paſſa le reſte de ſa vie chez Madame d'*Hervart*, où il alla demeurer après ſa convaleſcence, & où il
trouva les mêmes douceurs, dont il
avoit joüi chez Madame de *la Sabliere*.

Il y entreprit de traduire les
Hymnes de l'Egliſe ; mais ſa ſanté
étoit trop chancelante, pour qu'il
pût finir cet Ouvrage ; d'ailleurs les
remédes qu'on lui avoit fait prendre
dans le cours de ſa maladie, l'ayant
fort échauffé, il voulut eſſayer d'une
ptiſane rafraichiſſante, qui acheva
d'éteindre ſon feu Poëtique, & qui

J. DE LA
FONTAI-
NE.

**J. DE LA FONTAINE.**

vraisemblablement avança la fin de ses jours.

Plus il sentit diminuer ses forces, plus il redoubla sa ferveur & ses austeritez, & on le trouva à sa mort revêtu d'un Cilice.

Il mourut à *Paris* le 13. Mars (a) 1695. âgé de 73. ans, ruë Plâtriere, sous la Paroisse de S. *Euftache*, & fut enterré dans le Cimetiere de S. *Joseph*, à l'endroit même où *Moliere* avoit été mis 22. ans auparavant.

Il s'étoit fait lui-même son Epitaphe, long-temps avant sa mort; comme elle represente assez bien son caractere, il ne faut pas l'oublier. La voici:

*Jean s'en alla comme il étoit venu,*
*Mangea son fond après son revenu,*
*Et crut les biens chose peu nécessaire:*
*Quant à son temps, sçut bien le dispenser;*
*Deux parts en fit, dont il souloit passer*
*L'une à dormir, & l'autre à ne rien faire.*

(a) M. *Perrault* dans ses Eloges, & M. *Poujet* dans sa Lettre, se sont trompez en mettant sa mort le 15. Avril. C'est aussi une faute dans la description du *Parnasse François*, que de l'avoir reculée au 13. Juin.

Il

Il a laiſſé un fils , qui a été l'héri- **J. DE LA**
tier de ſa pauvreté , ſans l'être de ſes **FONTAI-**
talens , & qu'on a vû quelque temps **NE.**
ſimple Commis dans la Ville de
*Troyes.*

Jamais homme ne fut plus ſimple
que *la Fontaine* ; mais de cette ſimplicité qui eſt le partage de l'enfance.
On peut même dire que ce fut un
enfant toute ſa vie ; naïf en tout,
crédule , facile , ſans ambition , ſans
fiel , peu touché des richeſſes , incapable de s'attacher long-temps au
même objet , il ne cherchoit que le
plaiſir , ou plûtôt l'amuſement. A ſa
phyſionomie on n'eût jamais deviné
ſes talens. Son exterieur ne preſentoit
qu'un ſourire niais , un air lourd , des
yeux preſque toûjours éteints , nulle
contenance. *Rigault* & de *Troyes* l'ont
peint au naturel ; mais le portrait ,
que nous en avons dans les Hommes
Illuſtres de *Perrault* , le flatte un peu.

Rarement il commençoit la converſation ; & même pour l'ordinaire ,
il y étoit ſi diſtrait , qu'il ne ſçavoit
ce que diſoient les autres. Il rêvoit à
toute autre choſe , ſans qu'il eût pu
dire à quoi il rêvoit. *Vigneul-Mar-*

J. DE LA *ville* nous parle dans fes *Melanges*
FONTAI-d'une occafion où il fe trouva avec
NE. lui, & où il ne dementit point ce
caractere.

» Trois de complot, dit-il, Tom.
» 2. p. 354 par le moyen d'un qua-
» triéme, qui avoit quelque habitu-
» de auprès de cet homme rare, nous
» l'attirâmes dans un petit coin de la
» Ville, à une Maifon confacrée
» aux Mufes, où nous lui donnâmes
» un repas, pour avoir le plaifir de
» joüir de fon agréable entretien. Il
» ne fe fit point prier; il vint à point
» nommé fur le midi. La Compagnie
» étoit bonne, la table propre & dé-
» licate, & le bufet bien garni. Point
» de complimens d'entrée, point de
» façons, nulle grimace, nulle con-
» trainte. *La Fontaine* garda un pro-
» fond filence; & on ne s'en étonna
» point, parce qu'il avoit autre chofe
» à faire qu'à parler. Il mangea com-
» me quatre & but de même. Le repas
» fini, on commença à fouhaiter qu'il
» parlât, mais il s'endormit. Après
» trois quarts d'heures de fommeil il
» revint à lui. Il vouloit s'excufer fur
» ce qu'il avoit fatigué. On lui dit

» que cela ne demandoit point d'ex- J. DE LA
» cuſe, que tout ce qu'il faiſoit étoit FONT AI-
» bien fait. On s'approcha de lui; on NE.
» voulut le mettre en humeur &
» l'obliger à laiſſer voir ſon eſprit;
» mais ſon eſprit ne parut point. Il
» étoit allé je ne ſçai où, & peut-être
» alors animoit-il où une Grenouille
» dans les marais, ou une Cigale dans
» les prés, ou un Renard dans ſa ta-
» niere; car durant tout le temps que
» *la Fontaine* demeura avec nous, il
» ne nous ſembla être qu'une machi-
» ne ſans ame. On le jetta dans un
» Caroſſe, & nous lui dîmes adieu
» pour toûjours. Jamais gens ne fu-
» rent plus ſurpris, & nous nous di-
» ſions les uns aux autres : comment
» ſe peut-il faire qu'un homme qui a
» ſçu rendre ſpirituelles les plus groſ-
» ſes bêtes du monde, & les faire
» parler le plus joli langage qu'on ait
» jamais oüi, ait une converſation ſi
» ſéche, & ne puiſſe pas pour un
» quart d'heure faire venir ſon eſprit
» ſur ſes levres, & nous avertir qu'il
» eſt là ?

Il eſt vrai pourtant que quand il
ſe trouvoit entre amis, & que le diſ-

J. DE LA
FONTAI-
NE.

cours venoit à s'animer par quelque
agréable difpute, furtout à table, il
s'échauffoit alors veritablement, fes
yeux s'allumoient, & l'on voyoit le
veritable *la Fontaine.*

On ne tiroit rien de lui dans un
tête à tête, à moins que le difcours
ne roulât fur quelque chofe de ferieux
& d'intereffant pour celui qui parloit.
Si des perfonnes dans l'affliction &
dans le doute s'avifoient de le con-
fulter, non feulement il écoutoit
avec grande attention ; mais encore
il s'attendriffoit, il cherchoit des
expédiens, il en trouvoit ; & cet
homme, qui pendant toute fa vie
n'a pas fait à propos une démarche
pour lui, donnoit les meilleurs con-
feils du monde.

Une chofe qu'on ne croiroit pas
de lui, & qui cependant eft certaine,
c'eft que dans fes converfations il ne
laiffoit rien échapper de libre ni
d'équivoque. Beaucoup de gens l'a-
gaçoient dans l'efperance de lui entendre faire des Contes femblables à
ceux qu'il a rimez : mais il étoit fourd
& muet fur ces matieres ; toûjours
plein de refpect pour les femmes,

donnant de grandes loüanges à celles J. DE LA
qui avoient de la raiſon, & ne té- FONTAI
moignant jamais de mépris à celles NE.
qui en manquoient.

Autant qu'il étoit ſincere dans ſes
diſcours, autant étoit-il facile à croire
tout ce qu'on lui diſoit. C'eſt ce qui
paroît par ſon avanture avec un nommé *Poignan*, ancien Capitaine de
Dragons, retiré à *Château-Thierry*.
Tout le temps que cet homme n'é-
toit point au Cabaret, il le paſſoit
auprès de Madame de *la Fontaine*.
Quoiqu'il ne fût point du tout galant,
& que cette Dame eût de la vertu,
on en fit cependant de mauvais rap-
ports à *la Fontaine*, & on lui dit
qu'il étoit deshonnoré, s'il ne ſe bat-
toit contre *Poignan*. Il le crut ; ainſi
un jour d'Eté il alla chez lui à quatre
heures du matin, & le preſſa de s'ha-
biller, & de le ſuivre avec ſon épée :
*Poignan* le ſuivit ſans ſçavoir où, ni
pourquoi. Quand ils furent hors de
la Ville, *la Fontaine* lui dit : *Je veux
me battre contre toi, on me l'a conſeillé ;*
& après lui en avoir expliqué le ſujet,
il mit l'épée à la main. *Poignan* tira
à l'inſtant la ſienne ; & d'un coup

J. DE LA
FONTAI-
NE.

ayant fait fauter celle de *la Fontaine*
à dix pas, il le ramena chez lui, où
la réconciliation fe fit en déjeûnant.

Ses Auteurs favoris étoient *Rabe-*
*lais* & *Marot*. Il admiroit le premier
à l'excès, comme il paroît par une
faillie qui lui échappa chez M. *Def-*
*preaux*, où il étoit avec *Racine*, *Boi-*
*leau* le Docteur, & quelques autres
perfonnes. On y parloit de S. *Augu-*
*ftin*, & *la Fontaine* écoutoit avec cette
ftupidité, qui étoit ordinairement
peinte fur fon vifage ; enfin il fe
reveilla comme d'un profond fommeil, & demanda d'un grand ferieux
au Docteur, s'il croyoit que S. *Au-*
*guftin* eût eu plus d'efprit que *Rabe-*
*lais* ? Le Docteur l'ayant alors regardé
depuis la tête jufqu'aux pieds, lui dit
pour toute réponfe : *Prenez garde,*
*Monfieur de la Fontaine, vous avez mis*
*un de vos bas à l'envers* ; & cela étoit
vrai en effet.

Pour ce qui eft de *Marot*, il lui a
beaucoup fervi pour fe former ce ftile
fimple & naïf que l'on admire en lui.
Après ces deux Auteurs, *la Fontaine*
n'eftimoit rien tant que l'*Aftrée* d'*Ur-*
*fé*. C'étoit de-là qu'il tiroit ces ima-

ges champêtres , qui lui ſont fami- **J. DE LA** lieres , & qui ſont toûjours un bel **FO N T AI-** effet dans la Poëſie. Il liſoit peu nos **N E.** autres Livres François. Il ſe diver- tiſſoit mieux , diſoit-il , avec les Ita- liens , ſurtout avec *Bocace* & l'*Arioſte* , qu'il n'a que trop bien imitez.

Mais ce qu'on ne s'imagineroit pas , il faiſoit ſes délices de *Platon* & de *Plutarque* ; & les exemplaires qu'il avoit de ces Auteurs étoient notez de ſa main à chaque page ; & ces notes indiquoient des maximes de morale ou de politique , qu'il a ſemées dans ſes Fables.

Pour les traits de Phyſique qu'il y a placez , auſſi-bien que dans ſon Poë- me du *Quinquina* , il les devoit moins aux Livres , qu'à ſes entretiens avec *Bernier* le Gaſſendiſte , qui logeoit comme lui chez Madame de *la Sa- bliere.*

Tous ſes Ouvrages ne ſont pas d'un prix égal. Il nous en découvre lui-même la raiſon ; c'eſt qu'il a vou- lu eſſayer trop de genres differens. Je m'avouë , dit-il ,

*Papillon du Parnaſſe , & ſemblable aux Abeilles.*

J. DE LA
FONTAI-
NE.

*A qui le bon Platon compare nos mer-*
*veilles.*

*Je suis chose legere, & vole à tout sujet,*
*Je vais de fleur en fleur, & d'objet en*
*objet.*
*A beaucoup de plaisir, je mêle un peu*
*de gloire.*
*J'irois plus haut peut-être au Temple de*
*memoire,*
*Si dans un genre seul j'avois usé mes*
*jours.*
*Mais quoi ? je suis volage en vers com-*
*me en amours.*

Le même esprit, qui présidoit à sa conduite, présidoit aussi à ses compositions. Esprit simple, ingenu, sensé, galant ; mais inconstant, distrait, paresseux, il ne mettoit pas toûjours la derniere main à ses Ouvrages, qu'il abandonnoit aussi facilement qu'il les commençoit ; cependant jusqu'aux morceaux les plus négligez, jusqu'à ses moindres ébauches, tout décele en lui un grand Maître, & qui est, à divers égards, veritablement original.

Ses Fables sont incontestablement son chef-d'œuvre ; on y voit un genie aisé, délicat, naïf, & qui dans
une

une ſimplicité apparente & ſous un J. DE LA air négligé, renferme des beautez & FON TAI des graces inimitables. N E.

Ses Contes ſont à peu près de la même force. Sa maniere de narrer, ſimple & unie, a des agrémens & un air original, que l'on ignoroit avant lui, & » l'on ne pourroit en » faire trop d'eſtime, dit M. *Perrault*, » s'il n'y entroit preſque par tout » trop de licence contre la pureré: » les images de l'Amour y ſont ſi » vives, qu'il y a peu de lectures plus » dangereuſes pour la jeuneſſe, quoi- » que perſonne n'ait jamais parlé plus » honnêtement des choſes deshon- nêtes; » & qu'il ait corrigé en quel- que maniere l'immodeſtie des faits qu'il rapporte, par la chaſteté de ſes expreſſions.

Catalogue de ſes Ouvrages.

1. *L'Eunuque, Comedie. Paris* 1654. *in-*4°. Cette Piece eſt en Vers & en 5. Actes.

2. *Contes & Nouvelles en Vers. Paris, in-*12. Premiere Partie en 1665. ſeconde Partie en 1666. & troiſiéme en 1671. Ces trois Volu- mes ne contiennent qu'une partie de

*Tome XVIII.* Ff

ses Contes , & le debit en fut défendu par une Sentence du Lieutenant
de Police , du 5. Avril 1675. Les autres Editions font beaucoup plus amples & ont paru pour la plûpart dans
les Païs étrangers , ou du moins fous
leur nom. Les principales font les
fuivantes. *Amfterdam* 1685. *in* 8°.
deux Volumes , avec des figures de
*Romain de Hooge* ; c'eft la plus belle
par rapport à ces figures ; mais les
fuivantes font plus amples. It. *Amf-*
*terdam* 1700. *in*-8°. deux Tomes ,
avec les mêmes figures , quoique
moins belles. It. *Amfterdam* ( c'eft-
à-dire *Paris* ) 1695. & 1721. *in*-8°.
deux Tomes , avec des figures ; non
point de *Romain de Hooge* , comme
il eft marqué dans le titre , mais copiées fur les fiennes. It. *Anvers* ( c'eft-
à-dire *Paris* ) 1726, *in*-4°. avec les
autres Oeuvres de *la Fontaine* , fans
figures. *Picart* avoit eu deffein d'en
graver de nouvelles ; mais il n'en a
fait qu'une , qui eft celle du Conte du
Roffignol.

Joconde , nouvelle tirée de l'*Ariofte*,
qui fe trouve dans ce Recüeil , a
fait affez de bruit , pour que j'en par-

le ici en détail. *La Fontaine* ne s'y    J. DE LA
eft pas contenté d'une traduction FONT AI-
toute féche, il s'eft quelquefois éloi- NE.
gné du tour & des manieres de fon
Auteur ; il a même changé plufieurs
des principales circonftances. M. *de*
*Bouillon*, Secretaire de M. le Duc
d'*Orleans*, qui avoit traduit la même
nouvelle quelque temps auparavant,
en avoit ufé d'une autre maniere ; il
s'étoit entierement attaché à fon texte
& n'avoit pas abandonné d'un pas
l'*Ariofte*. Ces deux manieres differentes donnerent lieu à beaucoup de dif-
putes ; les uns prétendant que le
Conte étoit devenu meilleur par les
changemens, qui y avoient été faits ;
les autres au contraire foûtenant,
qu'il en étoit tellement défiguré,
qu'il n'étoit pas connoiffable. Beaucoup de perfonnes prirent parti dans
cette conteftation, & elle s'échauffa
tellement qu'il fe fit des gageures
confiderables en faveur de l'un &
de l'autre. Telle fut une de cent
piftoles entre l'Abbé *le Vayer* & M.
de *Saint-Gilles*. *Moliere* étoit leur
ami commun, & ils le prirent pour
Juge ; mais il refufa de dire fon fen-

J. DE LA FONTAINE. timent, pour ne pas faire perdre la gageure à *Saint-Gilles*, qui avoit parié pour la *Joconde* de *Bouillon*. M. *Despreaux*, qui étoit jeune alors, décida le differend par une Differtation en forme de Lettre à M. l'Abbé *le Vayer*, qui a été imprimée fans nom parmi les Contes de *la Fontaine*, & qui a été dans la fuite jointe aux Oeuvres de M. *Despreaux*. Il y fait voir qu'il n'y a point de comparaifon à faire entre les deux *Jocondes*, puifqu'il ne peut y en avoir entre un Conte plaifant, & une narration froide; entre une invention fleurie & enjouée, & une traduction féche & trifte; que *la Fontaine* a pris à la verité fon fujet de l'*Ariofte*; mais qu'en même temps il s'eft rendu maître de fa matiere; que ce n'eft point une copie qu'il ait tirée trait pour trait fur l'Original; mais que c'eft un Original qu'il a formé fur l'idée qu'*Ariofte* lui a fournie; qu'au contraire on peut dire que M. *Bouillon* eft un valet timide, qui n'oferoit pas faire un pas fans le congé de fon Maître, & qui ne le quitte jamais que quand il ne le peut plus fuivre; que c'eft un Tra-

ducteur maigre & décharné ; que les J. DE LA
plus belles fleurs, qu'*Ariofte* lui four- FONTAI-
nit, deviennent féches entre fes NE.
mains, & qu'à tous momens quittant
le François pour s'attacher à l'Italien,
il n'eft ni Italien ni François. Il va
même plus loin & foûtient que non
feulément la *Joconde* de *la Fontaine*
eft meilleure que celle de *Bouillon*;
mais qu'elle eft encore plus agréable-
ment contée que celle de l'*Ariofte*.
Au refte le jugement du public a été
dans la fuite le même que celui de
*Defpreaux*, par rapport aux deux *Jo-*
*condes* ; celle de *Bouillon* étant entierement tombée dans l'oubli, pendant
que celle de *la Fontaine* s'eft toûjours
foûtenuë.

3. *Fables choifies mifes en Vers ; pre-*
*miere Partie dédiée à M. le Dauphin.*
*Paris* 1668. *in-*4°. *Seconde Partie dédiée*
*à Madame de Montefpan*, 1679. *Troi-*
*fiéme dédiée à M. le Duc de Bourgogne*,
1693. Ces Fables ont été imprimées
un grand nombre de fois depuis,
avec des augmentations qui font
deux nouvelles parties, & quelquesfois avec des figures. Les meilleures
Editions font celle de *Paris* en cinq

J. DE LA
FONTAI-
NE.

Volumes *in*-12. avec des figures de *Chauveau*, & celle de *la Haye*, 1700 *in*-8°. avec figures, cinq Tom. qui ne font que deux Volumes. *Balthazar Nickisch* a traduit cès Fables en Allemand, & fa traduction a été imprimée accompagnée du texte François, à *Augsbourg*, 1708. & 1713. avec des figures fort jolies, de *Kraus*.

4. *Les Amours de Pfyché & de Cupidon. Paris* 1669. *in*-8°. It. *la Haye* 1700. *in*-12. *Apulée* a fourni la matiere de cette Fable, & *la Fontaine* y a donné la forme, en y ajoûtant ou y changeant ce qu'il a jugé à propos. L'Ouvrage eft en Profe entremêlée de Vers.

5. *Fables nouvelles & autres Poëfies. Paris* 1671. *in*-12. Les Fables contenuës dans ce Volume ont été jointes dans la fuite aux précedentes.

6. *Recüeil de Poëfies Chrétiennes & diverfes, dediées à M. le Prince de Conti, par M. de la Fontaine. Paris* 1671. *in*-12. 3. Vol. Le veritable Auteur de ce Recüeil, eft *Henri-Louis de Lomenie*, Comte de *Brienne*, qui après avoir été Secretaire d'Etat, s'étoit retiré à l'Oratoire. *La Fontaine*

n'y a eu d'autre part que d'en avoir J. DE LA
fait l'Epître dédicatoire , qui eſt en FONTAI-
Vers. NE.

7. *Poëme de la captivité de S. Malc.*
*Paris* 1673. *in-12.*

8. *Epîtres de Seneque traduites en*
*François par M. Pintrel. Paris* 1681.
*in-12.* J'ai déja parlé de cet homme ,
qui étoit parent de *la Fontaine* ; comme il mourut avant que d'avoir publié cette traduction , notre Auteur
prit ſoin de la donner au public.

9. *Poëme du Quinquina & autres*
*Ouvrages en Vers. Paris* 1682. *in-12.*

10. *Ouvrages de Proſe & de Poëſie*
*des Sieurs de Maucroix & de la Fon-*
*taine. Paris* 1685. *in-12.* 2. Vol. Il
n'y a de *la Fontaine* que le ſecond
Volume ; le premier contient des
traductions de M. *de Maucroix.*

11. *Aſtrée, Tragedie repreſentée par*
*l'Académie de Muſique. Paris* 1691.
*in-*4°. Cette Piece , qui eſt en trois
Actes , a été miſe en Muſique par M.
*Collaſſe.* On la trouve dans le quatriéme Tome du Recuëil des Opera.

12. *Oeuvres poſthumes. Paris* 1696.
*in-12.*

13. *Pieces de Theâtre. La Haye*

Ff iiij

J. DE LA 1702. *in-*12. Les Pieces contenuës
FONTAI-dans ce Recuëil font au nombre de
NE. cinq : Mais il n'y en a que deux qui
foient attribuées à *la Fontaine, le Flo-*
*rentin*, & *je vous prens fans verd.*

14. *Oeuvres de M. de la Fontaine.*
*Anvers* 1726. *in-*4°. 3. Vol. Cette
Edition, qui a été faite à *Paris* eft
fort belle ; mais plufieurs perfonnes
ne goûtent pas le cadre dans lequel
chaque page fe trouve enchaffée, &
qui effectivement bleffe un peu la
vûë ; le premier Volume contient les
Contes, le fecond les Fables, & le
troifiéme les Oeuvres diverfes.

15. *Oeuvres diverfes de M. de la*
*Fontaine. Paris* 1729. *in-*8°. 3. Tom.
It. *La Haye* 1729. *in-*12. 4. Tom. Il eft
bon de rapporter ici en détail ce qui
eft contenu dans l'Edition de *Paris*,
qui a été copiée à *la Haye*, & dont
on a exclu les Contes & les Fables,
qui font un corps à part.

On voit dans le premier Volume.

Les *Poëfies mêlées.* Il y a 76. Pieces,
dont onze paroiffent pour la premiere
fois.

Les *Poëmes* ; 1°. *Adonis* ; 2°. *La*
*Captivité de S. Malc* ; 3°. *Le Quin-*

*quina* en deux chants ; 4°. *Philemon* J. DE LA

*& Baucis* ; 5°. *Les Filles de Minée*; F O N T A I-

6°. Infcription tirée de *Boiffard*, tra- N E.

duite en François.

Des *Fragmens du Songe de Vaux* ;

Piece mêlée de Profe & de Vers,

avec quelques autres Poëfies.

Dans le fecond font contenuës :

Les *Lettres*, au nombre de 27.

Les *Pieces Dramatiques.* 1°. *Climene*,

Comedie en Vers. Ce n'eft propre-

ment qu'un recit fans diftinction de

Scenes. 2°. *L'Eunuque*, Comedie en

Vers, en 5. Actes. 3°. *Fragmens de*

*Galatée*, Opera. 4°. *Je vous prens*

*fans verd*, Comedie attribué à M. de

*la Fontaine.*

Le troifiéme renferme :

*Les Amours de Pfyché & de Cupidon.*

*Daphné*, Opera.

*Ouvrages divers de Profe & de Vers.*

*Aftrée*, Tragedie.

*Le Florentin*, Comedie attribuée à

M. de *la Fontaine.*

V. *fon Eloge par M. l'Abbé d'Olivet*

*dans l'Hiftoire de l'Academie Françoife.*

*Les Eloges de Perrault*, Tom. 1. *La*

*Defcription du Parnaffe François*, p.

376. *Lettre du P. Poujet fur la conver-*

J. DE LA *sion de M. de la Fontaine, dans les*
FONTAI-*Memoires de Litterature du P. Desmo-*
NE. *lets*, Tom. 1. p. 285.

---

## SEVERIN PINEAU.

S. PI-*SEVERIN Pineau* naquit vers le
NEAU. milieu du 16. siécle dans la Ville
de *Chartres*; ainsi c'est mal à propos
que *Draudius* l'a appellé *Cornutensis*,
& *Lindenius*, *Camutensis*.

Il s'appliqua avec succès à la Chi-
rurgie, & y fit de si grands progrès
qu'il devint dans la suite Chirurgien
du Roy. Il excella surtout dans la
Litothomie; science, qui étoit alors
dans un état plus imparfait qu'elle ne
l'a été depuis. C'est tout ce qu'on
sçait de la vie de cet Auteur, qui est
plus connu par ses Ouvrages que par
toute autre chose.

Il mourut à *Paris*, Doyen des
Chirurgiens de cette Ville, le 29.
Novembre 1619.

Catalogue de ses Ouvrages.

1. *Opusculum Physiologicum, Ana-*
*tomicum, Physice vere admirandum,*
*Librisque duobus distinctum, Tractans*

*analytice primo Notas integritatis &*
*corruptionis virginum, deinde gravidi-*
*tatem & partum naturalem mulierum,*
*in quo ossa Pubis & Ilium distrahi, di-*
*lucide docetur. Paris.* 1598. *in-*8°. It.
*Francofurti* 1599. *in-*8o. It. *Lugduni*
*Bat.* 1639. 1641. 1650. & 1660. *in-*12.
avec quëlques autres Traitez de divers Auteurs fur le même fujet. It.
*Amstelod.* 1663. *in-*12. *Pineau* composa d'abord cet Ouvrage en François dans le deffein de le faire imprimer en cette Langue, afin de rendre
fervice aux Chirurgiens qui font
obligez de faire leur rapport aux Juges & aux Parens, qui les confultent
fur la matiere qu'il y traite. Mais
ayant vû que les Effais qu'il en montra à quelques perfonnes ne fervirent
qu'à produire des difcours trop libres, ou de mauvaifes plaifanteries,
il changea de deffein, & mit fon
Livre en Latin, afin de n'être entendu que des Sçavans, difpofez à le
recevoir d'une maniere plus férieufe;
c'eft pour cela qu'il mit à la fin de fa
Préface ces Vers d'*Horace*, Ode premiere du troifiéme Livre.

*Odi profanum vulgus & arceo.*
*Favete Linguis; carmina non prius*
*Audita, Musarum Sacerdos,*
*Virginibus puerisque canto.*

Cet Ouvrage a été traduit en Allemand, & cette traduction fut imprimée à *Francfort* vers le commencement du 17e. siécle; mais elle fut
proscrite par les Magistrats, qui ne
trouverent pas bon que des matieres
si délicates fussent traitées en Langue
vulgaire. Nous apprenons ce fait
d'une Lettre écrite à *Goldast* le 5.
Août 1607. par un de ses amis nommé *Segeth*, qui se trompe, lorsqu'il
dit que cette traduction avoit été
faite sur le François. Il a supposé
mal à propos que l'Ouvrage venant
d'un François, étoit écrit en sa Langue,
& c'est ce qui l'a fait tomber dans
l'erreur. Au reste la matiere seule,
qui est traitée dans le Livre de *Pineau*,
est ce qui l'a fait rechercher, & ce
qui a produit toutes les Editions que
j'ai rapportées.

2. *Discours touchant l'invention &*
*extraction du Calcul de la Vessie. Paris*

1610. *in-*8°. La plûpart de ceux qui S. P 12
ont parlé de lui, n'ont fait aucune N E A U.
mention de ce Difcours.

V. *Index Funereus Chirurg. Pari-*
*fienfium. Bibliotheque Chartraine du P.*
*Liron,* p. 210. *Bayle, Dictionnaire.*

---

# LOUIS TANSILLO.

L OUIS *Tanfillo* naquit d'une fa- L. TAN-
mille patricienne à *Nola,* Ville SILLO.
du Royaume de *Naples.* C'eft en ce
fens que *Maurolico* dans fon Hiftoire
de Sicile, *Ghilini* dans fon *Teatro*
*d'Uomini Letterati,* & d'autres le nom-
ment Napolitain.

L'année de fa naiffance n'eft point
marquée ; mais on peut vraifembla-
blement la rapporter à l'an 1510. puifque dans fa *Canzone* au Pape *Paul IV.*
il dit avoir compofé fon *Vendangeur*
dans le temps qu'il n'avoit pas encore
accompli fon cinquiéme luftre, c'eft-
à-dire fa 25e. année ; or il compofa &
publia pour la premiere fois cette
Piece en 1534.

Il paffa la plus grande partie de fa
vie à *Naples,* au fervice de la Maifon

L. TAN-
SILLO.

de *Tolede*, c'eſt-à dire de Dom *Pierre*, qui y fut Vice-Roy pendant pluſieurs années, & de Dom *Garcias*, ſon fils, General des Galeres de *Naples*, qui fut enſuite Vice-Roy de Sicile & de Catalogne, ſous le Roy *Philippe II.* Ce dernier le conduiſit avec lui en Sicile, en 1539. & lorſqu'il reçut à *Meſſine*, le 27. Decembre de cette année, *Antoinette Cardona*, fille du Comte de *Colleſano*, qu'il venoit épouſer, *Tanſillo* fit une Comedie paſtorale pour être repreſentée dans les Fêtes, qui furent faites à cette occaſion.

Comme il n'étoit pas moins hom-me de Guerre que Poëte, le même Dom *Garcias* ayant été nommé par l'Empereur *Charles-Quint*, pour com-mander avec *Jean de Vega*, l'Armée Eſpagnole, qui devoit faire une deſ-cente en Afrique, voulut qu'il l'ac-compagnât dans cette expedition, où l'on s'empara de la Ville d'*Africa* ſur les côtes de Barbarie, & il l'y ſer-vit très-fidélement.

Quelques-uns, comme *Ammirato*, *Ghilini*, *Creſcimbeni*, & d'autres, ont cru que ce voyage de *Tanſillo*,

en Afrique, s'étoit fait fous le Roy
*Philippe II.* dans le temps que Dom
*Garcias* étoit Vice-Roy de Catalogne, c'eft-à-dire en 1564. que ce Seigneur s'empara avec l'Armée Efpa-
gnole du Fort de *Vilez*, & renforça
la garnifon de *la Goulette*. Mais *Ruf-
celli*, qui vivoit alors, les contredit
dans fes *Imprefe*, & marque ce voyage
fous *Charles-Quint*.

On ne fçait pas précifement le
temps de la mort de *Tanfillo*. Ce
qu'il y a de fûr, c'eft qu'il étoit mort
en 1584. comme on le voit par deux
Lettres de *Thomas Cofto*, écrites cette année à *Jean-Baptifte Attendolo*. Un
paffage d'*Ammirato* peut faire croire
qu'il mourut en 1569. quoique *Crefcimbeni* le faffe vivre jufques par de-là
l'an 1571. Cet Auteur, dans fes
Opufcules, Tome 2. p. 256. dit
qu'en allant à *Rome*, il logea à *Gaete*
chez *Tanfillo*, qui en étoit Gouverneur, & qui mourut quelques mois
après. Or le dernier voyage qu'*Ammirato* fit dans le Royaume de *Naples*
& à *Rome*, fut certainement avant
qu'il paffât à *Florence*, où il demeura
le refte de fes jours, c'eft-à-dire pen-

L. TAN-
SILLO.

dant l'Eté de 1569. comme il le marque dans ses *Familie Fiorentine.* On
peut donc croire avec fondement
que *Tansillo* mourut vers la fin de
cette année.

*Tansillo* a égalé en fait de Sonnet
les plus fameux Poëtes Italiens ; mais
il les a surpassez dans ses *Canzoni.*
*Annibal Caro* devint son admirateur
& son ami, pour en avoir vû une
seule. Si nous nous en rapportons au
jugement de *Stiliani*, il étoit meilleur Poëte Lyrique, que *Petrarque*
même ; mais c'est une gloire que ses
plus grands partisans n'osent lui attribuer.

*Baillet*, qui s'est mêlé de vouloir
dire son sentiment sur les Poëtes Italiens, qu'il n'entendoit pas, dit que
ses Poësies Lyriques lui ont acquis de
la réputation dans son Païs ; mais
qu'aucune ne lui a fait plus d'honneur
que son *Vendangeur*, & son Poëme
des *Larmes de S. Pierre.* Il n'est rien
de moins juste que ces paroles : car le
*Vendangeur* quoiqu'ingenieux en lui-
même, n'est qu'une production imparfaite de sa jeunesse, plus propre à
faire tort à sa réputation qu'à lui
meriter

meriter des loüanges. Pour ce qui L. TAN-
est des *Larmes de S. Pierre*, ce Poëme SILLO.
lui auroit acquis beaucoup de gloire,
s'il avoit pu lui donner la derniere
main ; mais c'est ce que la mort ne
lui a pas permis de faire ; d'ailleurs
nous ne l'avons pas tel qu'il l'avoit
laissé parmi ses écrits, puisqu'il a été
rajusté ou plûtôt gâté, par ceux qui
l'ont publié.

Catalogue de ses Ouvrages.

1. *Il Vendemmiatore.* In Napoli
1534. *in-4º.* Ce fut le premier Ouvrage qui parut de sa façon, & qui lui
acquit de la réputation dans le monde. Il est en rimes Octaves, & contient environ 160. Stances : c'est une
Piece entierement licentieuse, qu'il
se repentit dans la suite d'avoir composée. Il en prit l'occasion d'un ancien
usage de sa Patrie & de plusieurs autres endroits du Royaume de Naples,
où dans le temps des vendanges les
gens de la lie du peuple ont le privilege de dire aux plus grands Seigneurs & aux Dames même les plus
qualifiées qu'ils rencontrent, toutes
les injures qu'ils veulent ; & ceux qui

L. TAN-
SILLO.
usent le plus de cette liberté sont les Vendangeurs.

Il composa cette Piece étant en vendange dans l'Autonne de 1534. & l'envoya le 1. Octobre à son ami *Carrafa*, Gentilhomme Napolitain, avec une Lettre par laquelle il le pria de ne la montrer à personne, mais de la garder pour lui. Elle ne laissa pas d'être imprimée la même année, sous le titre d'*Il Vendemmiatore*, comme je l'ai marqué ci-dessus, en huit feuilles *in*-4°. Ainsi *Nicodemo* s'est trompé dans ses Additions à la *Bibliotheque Napolitaine* de *Toppi*, lorsqu'il a dit que l'Ouvrage fut imprimé pour la premiere fois *in*-8°. sous le titre de *Stanze di cultura sopra gli Orti delle Donne*, *Stampate nuovamente è istoriate. In Venezia*; erreur dans laquelle est aussi tombé *Crescimbeni* dans son *Histoire de la Poësie Italienne* : car ce n'est pas-là la premiere Edition, mais une des posterieures, qui fut faite à *Venise* vers l'an 1550. Il y manque plusieurs Stances qui se trouvent dans l'Edition de *Naples*, & on y a changé plusieurs Vers, dont la licence étoit trop frappante.

Il en parut en 1560. une nouvelle L. TAN-
Edition *in-12.* fous le titre de *Ven-* SILLO.
*demmiatore*, dans la premiere Partie
des *Stanze di diverfi*, que *Dolce* fit
imprimer cette année chez *Giolito*;
mais on l'ôta des Editions fuivantes
de ce Recuëil, qui fe firent en 1563.
1581. & 1590.

Voici le titre d'une Edition bien
differente de la premiere : *Stanze
amorofe fopra gli Orti delle Donne, &
in lode della Menta. La Caccia d'A-
more del Bernia. Quarantadue Stanze
in materia d'amore, nuovamente ritro-
vate, è con diligenza corrette, è di
vaghe Iftorie adornate è date in luce. In
Venezia* 1574. *in-12.* On ne voit ici
ni le nom de *Tanfillo*, ni fa Lettre à
*Carrafa.*

L'Edition fuivante fe trouve dans
la Bibliotheque du Cardinal *Imperia-
li* : *Il Vendemmiatore di Luigi Tanfillo.
In Venetia, per Baldaffar Coftantini*
1649. *in-4°.* Enfin il y en a une autre
*in-12.* faite à *Venife*, où l'on n'a marqué ni le nom de l'Imprimeur, ni le
lieu, ni l'année. Dans cette derniere,
après les *Capitoli burlefchi d'incerto
Autore*, c'eft-à-dire de *Jerôme Maga-*

L. TAN-
SILLO.

*gnati*, dont ces *Capitoli* portent le nom dans l'Edition qui en a été faite à *Spire* en 1629. *in-12.* après la *Murtoleide*, & après quelques autres plaisanteries, on voit l'Ouvrage de *Tansillo*, qui est intitulé : *Il Vendemmiatore di M. Luigi Tansillo, per addietro con improprio nome intitolato,* Stanze di coltura sopra gli Orti delle donne, *di nuovo riformato, e di piu d'altrettante Stanze accresciuto, è revisto.* Quoique dans cette Edition on ait rendu le premier titre à l'Ouvrage de *Tansillo*, on ne l'a point remis dans son premier état. Il y a plusieurs omissions, & toutes les Additions promises dans le titre se terminent à un endroit assez mal tourné, qui vient d'une main étrangere, & à une partie des Stances *In Lode della Menta,* qui font un Ouvrage particulier & entierement different du Vendangeur.

2. J'ai dit plus haut que D. *Garcias de Tolede* fit representer en 1539. à *Messine*, une Comedie pastorale de la composition de *Tansillo*. On en trouve le sujet avec la Description de la Fête, qui se donna alors, dans un des endroits du sixiéme Livre de

l'Ouvrage de l'Abbé *François Mauro-*   L. TAN-
*lico* , intitulé : *Rerum Sicanicarum* SILLO.
*compendium* , qu'on a retranchez dans
l'Edition qui en a été faite à *Meffine*
en 1562. *in-*4°. mais que M. *Baluze*
a publiez dans le fecond Tome de
fes *Mifcellanea* , p. 337. M. *Fontanini* ,
qui dans fon *Aminta difefo* , rapporte
le paffage de *Maurolico* , qui concerne cette Fête , ajoûte que *Tanfillo* eft
le premier , qui ait compofé des Comedies paftorales ; mais *Crefcimbeni*
dans fon *Hiftoire de la Poëfie Italienne* ,
veut que l'Auteur de ces fortes de
compofitions ait été *Auguftin de' Bec-*
*cari* , Ferrarois. Pour décider là-def-
fus , il faudroit avoir la Piece de
*Tanfillo* , que *Crefcimbeni* juge être
feulement une Eglogue , pendant
qu'il paroît d'un autre côté par ce
qu'en dit *Maurolico* , qu'elle dura
trois heures , que c'étoit une veritable Piece Dramatique.

3. En 1540. il parut à *Venife* 80.
Stances auffi obfcenes que celles du
*Vendangeur* , fous le titre de *Stanze in*
*lode della Menta* ; *Stampate nuovamen-*
*te con diligenza* , & *hiftoriate. Per Cur-*
*tio Navo è Fratelli* 1540. *in-*8°. Le.

L. TAN-
SILLO.

nom de l'Auteur ne paroît point dans cette Edition, non plus que dans les suivantes; mais le stile entierement semblable à celui du *Vendangeur*, fait juger que c'est l'Ouvrage de *Tansillo*; c'est pour cela qu'on l'a joint au *Vendangeur* dans les Editions, qui ont suivi la premiere de *Naples*. On ne peut cependant pas assûrer que cette Piece soit de lui, puisque dans sa *Canzone à Paul IV.* il dit expresse-ment qu'il n'avoit composé qu'une Piece licentieuse, entendant par-là son *Vendangeur*. Au reste il est bon d'observer que malgré les obscenitez dont les Ouvrages de sa jeunesse sont remplis, il a toûjours été sage dans sa conduite & reglé dans ses mœurs.

4. Le regret qu'il eut d'avoir com-posé des Poësies si licentieuses lui fit entreprendre son Poëme des *Larmes de S. Pierre.* Il le commença sûre-ment avant l'an 1538. puisqu'au com-mencement du quatriéme chant il parle de *Pierre Bembo* comme d'une personne, non seulement vivante, mais qui n'avoit pas été encore élevée au Cardinalat, ce qui arriva au mois de Decembre de cette année 1538.

Il y travailla pendant plus de 24. ans, L. TA
& ne le termina apparemment qu'à SILLO.
la fin de ſa vie ; puiſqu'après avoir
fini les quinze Chants dont il eſt
compoſé , il n'eut pas le temps de le
revoir , & de le mettre en état d'être
donné au public. Il ne parut en effet
dans ſon entier que long-temps après
ſa mort.

Le premier eſſai qui en fut publié
furent 42. Stances imprimées à *Veniſe*
en 1560. *in-8°. Jean-Marie Verdiz-*
*zotti*, Venitien, les ayant trouvées
manuſcrites ſous le nom du Cardinal
*de' Pucci* , les fit imprimer après le
ſecond Livre de l'Eneide , qu'il avoit
traduit en Vers Italiens , avec le nom
de ce Cardinal , ſans déterminer auquel des trois Cardinaux de la famille *de' Pucci*, qui vivoient tous dans le
16ᵉ ſiécle, & qui étoient morts avant
l'an 1560. elles devoient être attribuées, ou à *Laurent* , Cardinal de la
création de *Leon X.* mort en 1532. ou
à *Antoine* de celle de *Clement VII.*
mort en 1544. ou enfin à *Robert* élevé
à la Pourpre par *Paul III.* en 1542. &
mort en 1547.

Ces Stances, qui font une partie

du premier Chant du Poëme, furent renduës à leur veritable Auteur, par *Augustin Ferentilli*, qui les fit imprimer en 1571. sous le nom de *Tansillo*, par les *Giunti* de *Venise*, dans le premier Volume des *Stanze di diversi Autori*, recueillies par ses soins, & qui furent réimprimées par les mêmes *Giunti* en 1579. *in-*12.

Le P. *François de Trevise*, Carme, les insera dans le même temps, avec le nom de *Tansillo*, dans un Recuëil de Poësies spirituelles, qu'il publia alors sous ce titre : *Salmi Penitenziali di diversi eccellenti Autori, con alcune Rime Spirituali di diversi. In Venetia* 1572. *in-*12. On le trouve aussi dans les deux Recuëils suivans : *Nuova Scelta di Rime di diversi begli ingegni. In Genova* 1573. *in-*12. *Scelta di Rime di diversi Autori, Parte* 1ª. *In Genova* 1582. *in-*12.

La premiere Edition de l'Ouvrage entier, parut en 1585. *In Vico Equense, in-*8°. par les soins de *Jean-Baptiste Attendolo*, de *Capoue*, sçavant homme, qui en avoit été chargé par les Seigneurs de *Nola* ; mais au lieu de le donner comme il étoit sorti des mains

de

de l'Auteur, il le réforma ſuivant ſon  **L. TAN-**
goût ; d'ailleurs ſon ſéjour à *Capoue*  **SILLO.**
ne lui permettant pas d'avoir l'œil ſur
l'impreſſion , on en chargea un homme peu habile , qui laiſſa paſſer pluſieurs fautes , leſquelles n'étoient ni
de *Tanſillo* , ni d'*Attendolo*. Il ſe fit
depuis trois autres Editions à *Veniſe* ,
toutes *in*-8°. en 1589. 1592 & 1599.
*Draudius* en cite auſſi dans ſa *Biblio-*
*theca Claſſica* , une de *Munich* , de
l'an 1595. *in-fol.* Quoique toutes ces
Editions fuſſent imparfaites & peu
correctes , elles ne laiſſerent pas d'être
eſtimées & recherchées.

La meilleure eſt celle qui fut faite
à *Veniſe* en 1606. *in-*4°. ſous ce titre :
*Le Lagrime di S. Pietro di Luigi Tan-*
*ſillo , cavate dal ſuo proprio Originale.*
*Poëma ſacro ed' Eroico , con gli argo-*
*menti ed allegorie di Lucrezia Mari-*
*nella , è con un diſcorſo di Tomaſo Coſto.*
*In Venezia per Barezzo Barezzi.* Il y
a une augmentation de près de quatre
cens Stances , & le Poëme y eſt diviſé
en quinze Chants ( *Canti* ) au lieu
que dans les Editions précedentes il
l'eſt ſeulement en ſeize , auſquels
*Attendolo* a donné le nom de *Pianti ,*

*Tome XVIII.* Hh

L. TAN- ſuivant l'uſage de quelques Poëtes de
SILLO. ſon temps, à la place de celui de
*Canti*, qui étoit dans l'Original de
*Tanſillo*. L'Imprimeur *Barezzi* avoüe
dans ſa Préface que le manuſcrit,
dont il s'étoit ſervi pour ſon Edition,
n'étoit pas de la main même de l'Auteur ; mais de celle d'un homme peu
inſtruit des regles de la Langue Italienne ; & que pour cette raiſon il
avoit changé pluſieurs choſes dans
l'ortographe, & même dans l'ordre
des paroles & des Vers. C'eſt donc à
tort que l'on a marqué dans le titre de
cette Edition qu'elle avoit été faite
ſur le manuſcrit original de *Tanſillo*,
& que *Thomas Coſto*, dans le diſcours
qu'il a mis à la tête pour en relever
le merite, dit que le Poëme y eſt tel
qu'il a été compoſé par *Tanſillo*.

*Malherbe* a imité ce Poëme dans
une de ſes Pieces de Poëſies. *Nicolas
Antonio* dans ſa Bibliotheque d'Eſpa-
gne, en cite une traduction Eſpagnole, faite par *Jean Sedenno*, ſans marquer ſi elle a été imprimée. Nous en
avons une autre en cette même Langue qui l'a été à *Naples* en 1613.
*in*-12. & qui a pour Auteur *Damien*

*Alvarez*, Dominicain Efpagnol.  L. TAN-

SILLO.

*Thomas Stigliani* a avancé fort mal
à propos à la page 118. de fes Lettres,
que les *Larmes de S. Pierre* n'étoient
pas de *Louis Tanfillo*, mais de *Jacques*,
fon neveu. Mais ce n'eft pas-là la
feule fauffeté qu'il ait dit fur fon fujet ; tout ce qu'il a ajoûté à cela dans
le même endroit, n'eft proprement
qu'une fuite de méprifes.

5. Un decret de l'Inquifition de
*Rome* du 30. Decembre 1559. ayant
ordonné que tous les Livres marquez
dans l'Index, imprimé cette année
pour la premiere fois à *Rome*, fuffent
genéralement défendus ; *Tanfillo* en
conçut beaucoup de chagrin, parce
que toutes fes Poëfies y étoient inter-
dites fans exception : *Aloyfii Tanfilli
Carmina* ; & il compofa alors fa fameufe *Canzone* au Pape *Paul IV.* où
il lui avoüa la faute qu'il avoit faite
de compofer la Piece licentieufe,
qui lui avoit attiré cette cenfure, &
le pria de ne point en étendre le châ-
timent fur fes autres productions,
qui ne le meritoient pas. Ses prieres
furent fi efficaces, que non feulement
l'on effaça des Editions fuivantes de

Hh ij

L. TANSILLO, l'*Index*, les Poëſies de *Tanſillo*, mais que le *Vendangeur* même n'y parut point. Cette Piece a été imprimée dans divers Recuëils de Poëſies Italiennes.

6. *Sonetti è Canzoni di Luigi Tanſillo. In Bologna* 1711. *in*-12. pp. 94. Ce Recuëil eſt petit, mais précieux; puiſqu'il contient ce qu'il a fait de meilleur.

7. On a en divers Recuëils de Poëſies Italiennes, & principalement dans la premiere Partie de celui de *Gennes* de l'an 1582. quelques Stances de *Tanſillo* qui n'ont point été miſes dans celui de *Boulogne*, dont je viens de parler.

8. On imprima à *Vicence* en 1601. & enſuite en 1610. *in*-8°. ſous le nom de *Tanſillo*, trois Comedies en Proſe, intitulées; *Il Finto*; *Il Cavallarizzo*; *Il Sofiſta*. *Stigliani* a raiſon de juger qu'elles ne ſont point de *Tanſillo*; mais il ſe trompe, lorſqu'il les croit de quelque *Vicentin* ignorant; puiſque ſuivant la remarque de *Creſcimbeni*, ce n'eſt proprement qu'un déguiſement de trois Pieces de *Pierre Aretin*, intitulées; *L'Ipocrita*; *Il*

*Mareſcalco*, & *Il Fiſolofo*, auſquel- L. TAN-
les on a changé le nom des perſon- SILLO.
nages & le commencement des Pro-
logues, & où l'on a retranché quelques endroits trop licentieux.

V. *Toppi & Nicodemo. Bibliotheca
Napoletana. Creſcimbeni Hiſtoria della
volgar Poeſia. Ghilini Teatro d'Huomini
Letterati.* Cet Auteur ne merite preſque point d'être cité. *Journal de Veniſe*, Tom. 11. p. 110. On y trouve
des recherches curieuſes & exactes
ſur *Tanſillo*.

---

# JACQUES WARE.

JACQUES *Ware* ( en Latin *Wa-* J. WA-
*rauʒ*) naquit à *Dublin*, en Irlande RE.
le 26. Novembre 1594. de *Jacques
Ware*, Auditeur general de ce Royaume.

Son pere lui voyant de la diſpoſi-
tion pour les ſciences , n'épargna
rien pour la cultiver. Il le fit entrer
à l'âge de 16. ans dans le Collège de
la Trinité à *Dublin*, où en moins de
ſix années il fut reçu Maître-ès-Arts.

Vers l'an 1629. il fut fait Chevalier

J. WA-
RE.

par *Adam Ely* & *Richard Boyle*, qui étoient alors grands Justiciers d'Irlande ; & trois ans après, c'est-à-dire en 1632. son pere étant venu à mourir, il lui succéda dans la Charge d'Auditeur general. Les fonctions de cette Charge qui est aussi pénible que lucrative, & les embarras du Mariage ne l'empêcherent pas de satisfaire la passion qu'il avoit pour l'étude, & de composer plusieurs Ouvrages.

En 1639. il devint membre du Conseil privé d'Irlande. En 1644. *Jacques*, Marquis d'*Ormond*, Lieutenant General de ce Royaume, l'envoya avec deux autres Seigneurs au Roy *Charles I.* qui étoit alors à *Oxford*, pour lui parler de quelques affaires d'importance. A leur retour ils furent arrêtez sur Mer par la Flote du Parlement, & envoyez à *Londres*. On les y retint prisonniers dans la Tour pendant onze mois, au bout desquels ils furent échangez.

*Ware* étant retourné à *Dublin*, fut quelque temps après un des Ostages de cette Ville, lorsqu'elle se rendit au Colonel *Michel Jones*, qui commandoit les Troupes du Parlement.

Il étoit trop attaché au parti du J. WA-
Roy pour qu'on lui permît de de- RE.
meurer davantage dans un Païs qu'on
vouloit souſtraire à ſon obéïſſance ;
auſſi lui ordonna-t-on auſſi-tôt après
d'en ſortir. Sur cet ordre il paſſa en
France, où il demeura un an & demi,
tantôt à *Paris*, & tantôt à *Caën.*

En 1651. il alla en Angleterre, &
s'établit à *Londres*, où il compoſa &
fit imprimer quelques Ouvrages.

Au rétabliſſement du Roy *Charles II.* il retourna en Irlande, & rentra
dans ſes Charges d'Auditeur général
& de Conſeiller privé.

Il mourut à *Dublin* le 1. Decembre
1666. âgé de 72. ans.

Catalogue de ſes Ouvrages.

1. *Archiepiſcoporum Caſſilienſium &
Tuamenſium Vitæ, duobus expreſſæ Com-
mentariolis. Dublinii* 1626. *in*-4°. Cet
Ouvrage a été inſeré depuis dans celui *De Præſulibus Hiberniæ.*

2. *Cœnobia Ciſtercienſia Hiberniæ.
Dublinii.* Inſeré enſuite dans les *Diſquiſitiones de Hibernia, &c.*

3. *De Præſulibus Lageniæ ſive Pro-
vinciæ Dublinienſis Liber unus. Dublinii* 1628. *in*-4°. *Ware* l'a fait enſuite

Hh iiij

J. W**a-**
**re.**

entrer dans celui *De Præsulibus Hi-*
*berniæ.*

4. *De Scriptoribus Hiberniæ Libri*
*duo. Dublinii* 1639. *in-4°.* La plus
grande partie de ce Livre est tirée de
l'Ouvrage de *Jean Bale*, qui a pour
titre : *De Scriptoribus Majoris Britan-*
*niæ*, & de la Description de l'Irlande,
par *Richard Stanyhurst.* Il est rare.

5. *De Hibernia & antiquitatibus*
*ejus disquisitiones. Londini* 1654. *in-8°.*
It. 2ª. *Editio*, 4ª. *Parte auctior. Londi-*
*ni* 1658. *in-8°.* Ce Livre, au jugement
de *Struve*, fait connoître fort bien
l'ancien état de l'Irlande.

6. *De Præsulibus Hiberniæ Commen-*
*tarius*, *à prima gentis Hibernicæ ad fi-*
*dem Christianam Conversione ad nostra*
*usque tempora. Dublinii* 1665. *in-fol.*

7. *Bedæ Epistolæ duæ & Vitæ Abba-*
*tum Weremuthensium & Girwicensium,*
*cum Annotationibus Jacobi Waræi.* Dublinii 1664. *in-8°.* It. *Paris.* 1666. *in-8°.*

8. *Egberti*, *Archiepiscopi Eboracen-*
*sis*, *Dialogus de Ecclesiastica Institu-*
*tione*, *cum Notis Jac. Waræi. Dublinii*
1664. *in-8°.*

9. *S. Patricio*, *qui Hibernos ad Fi-*
*dem Christi convertit adscripta Opuscu-*

*la , cum Notis Jac.* Waræi. *Londini* **J. WA-**
1656. *in-8°.* **RE.**

10. *Rerum Hibernicarum Annales Regnante* Henrico *VII.* Imprimées pour la premiere fois à la fin de la seconde Edition des *Difquifitiones de Hibernià. Londini* 1658. *in-4°.* & enfuite réimprimées dans le Livre *De Præfulibus Hiberniæ.*

11. *Rerum Hibernicarum* Henrico *VIII. Eduardo V. & Maria Regnantibus Annales.* A la fuite des Annales précedentes dans l'Ouvrage *De Præfulibus Hiberniæ.*

12. *Les Antiquitez & l'Hiftoire d'Irlande.* ( en Anglois ) *Londres* 1705. *in-fol.* C'eft une traduction des *Difquifitiones de Hibernia ,* des Annales d'Irlande, & des deux Livres des Ecrivains de ce Royaume ; ce dernier Ouvrage a été augmenté fur le manufcrit de *Ware.*

13. Il a outre cela publié en Anglois l'*Hiftoire d'Irlande , par Edm. Campian , les Chroniques de Meredith Hanmer, & de Henri Marleburrough, & la Notice d'Irlande par Edm. Spenfer.* à *Dublin* 1633, *in-fol.*

V. *Antoine* Wood *Fafti Oxonienfes.* Tom. 2. p. 42.

# HENRI MEIBOMIUS.

**H. MEI-**
**BOMIUS.**

HENRI *Meibomius* naquit à *Lubec* le 29. Juin 1638. de *Jean-Henri Meibomius*, Profeſſeur en Medecine à *Helmſtadt*, dont je parlerai ailleurs, & d'*Elizabeth Oberberg*, fille d'un Syndic de *Minden*.

Après avoir fait ſes premieres études dans ſa Patrie, il alla à l'âge de 17. ans, c'eſt-à-dire en 1655. s'inſtruire dans l'Univerſité d'*Helmſtadt*, & s'y appliqua à la Philoſophie & à la Medecine.

Il paſſa enſuite dans les Provinces-Unies, & après quelque ſéjour à *Groningue* & à *Franeker*, il ſe tranſporta à *Leyde*, où il continua ſes études de Medecine ſous *Sylvius*, *Stammius*, *Vorſtius*, & les autres Profeſſeurs célebres, qui y enſeignoient.

De retour en Allemagne, il en ſortit de nouveau pour aller viſiter l'Italie, la France, & l'Angleterre, & il ſe fit par tout des amis dans la perſonne des Sçavans avec leſquels il eut occaſion de converſer. En paſ-

faut à *Angers* en 1663. il s'y fit rece- **H. MEI-**
voir Docteur en Medecine. **BOMIUS.**

L'Univerſité d'*Helmſtadt* lui avoit
donné en 1661. une Chaire de Profeſſeur extraordinaire en cette Faculté, quoiqu'il n'eût alors que 23. ans;
mais ſes voyages ne lui permirent
d'en prendre poſſeſſion qu'en 1664.
On fut bien-tôt ſi content de lui que
dès l'année ſuivante 1665. il fut fait
Profeſſeur ordinaire, quoiqu'il n'y
eût point alors de place vacante.

Les occupations que lui procura ce
poſte n'empêcherent pas qu'il ne s'ap-
pliquât auſſi à la pratique de la Mé-
decine, dans laquelle il ſe fit une
grande réputation.

En 1678. on lui donna un nouvel
employ, qu'il remplit conjointement
avec le premier; ce fut celui de Profeſſeur en Hiſtoire & en Poëſie. Il les
conſerva tous les deux juſqu'à ſa
mort, qui arriva le 26. Mars de l'année 1700. dans ſa 62e. année.

Il avoit épouſé le 30. Août 1664.
*Anne Sophie*, fille de *Brandanus Dæ-
trius*, Miniſtre des Ducs de *Lune-
bourg*, dont il eut dix enfans, ſept
fils & trois filles, & qui mourut le

H. Mei-
BOMIUS.

3. Août 1727. âgée de 87. ans , étant née le 27. Juin 1640. comme il paroît par le Programme que *Gottlieb-Samuel Trever* a publié sur sa mort.

Catalogue de ses Ouvrages.

1. *Disputatio Moralis de Fundamentis Peripateticorum , quibus Aristoteles Doctrinam de Moribus superstruxit , nec non Stoicorum & aliorum recentiorum inter se collatis. Helmstadii 1657. in-4°.* C'est une These qu'il soûtint à *Helmstadt* sous le Professeur *Jean Eichelius.*

2. *Exercitatio de Incubatione in Fanis Deorum Medicinæ causa olim facta. Helmstadii , in-4°.* Autre These soûtenuë sous *Conringius. Paul Freher* s'est trompé dans son *Theatrum Viror. Erud.* p. 1518. en l'attribuant à *Henri Meibomius* l'ancien , grand-pere de notre Auteur.

3. *De Hydrophobia. Helmstadii , in - 4°.*

4. *Disputatio de re Physiologica. Helmstadii , in-4°.* Il composa & soûtint ces trois Theses dans l'espace d'un mois.

5. *Henrici Meibomii Opuscula historica varia ad Res Germanicas spectantia , partim primum , partim auctius*

*edita ab Henrico Meibomio Autoris ne-* H. MEI-
*pote. Helmftadii* 1660. *in-*4°. C'eft une BOMIUS.
nouvelle Edition des Ouvrages de
fon ayeul, qu'il a procurée.

6. *Epiftola ad Theophilum Spize-
lium de Chemicorum artificiis, quæ à
nonnullis Phænomenis naturalibus, Re-
furrectionem mortuorum illuftrantibus,
adduntur.* A la tête du Livre de *Spi-
zelius,* intitulé : *Confideratio Corporis
gloriofi. Norimbergæ* 1662. *in*-8°.

7. *Arnoldi Bootii Obfervationes Me-
dicæ de Affectibus omiffis cum Præfatione
fecundum editæ. Helmftadii* 1664. *in*-4°.

8. *Epiftola de Longævis ad Ser. D.
Auguftum Ducem Brunfvicenfem & Lu-
neburgenfem octogefimum fextum annum
agentem. Helmftadii* 1664. *in*-4°. Cette
Lettre eft fort fçavante, l'Auteur y
recherche entr'autres chofes, pourquoi la durée de la vie a été abregée
depuis le déluge ?

9. *De vafis Palpebrarum novis Epiftola ad V. C. D. Joelem Langelottum.
Helmftadii* 1666. *in*-4°.

10. *Exercitatio Medica de Offium
conftitutione naturali & præternaturali.
Helmftadii* 1668. *in*-4°.

11. *De Medicorum hiftoria fcribenda*

H. Mei- *Epistola ad Georgium Hieronimum*
bomius. *Velschium. Helmstadii* 1669. *in-4°.*

  12. *Disputatio Medica de Oleorum*
*Stillatitiorum natura & usu in genere.*
*Helmstadii* 1670. *in-4°.*

  13. *Disp. de Hæmorrhoidibus.* Ibid.
1670. *in-4°.*

  14. *Disp. de Paracentesi in Hydrope.*
Ibid. 1670. *in-4°.*

  15. *Disp. de Suffusione.* Ibid. 1670.
*in - 4°.*

  16. *Exercitatio Anatomico-Medica*
*de Valvulis seu Membranulis Vasorum,*
*earumque structura & usu.* Ibid. 1672.
*in - 4°.*

  17. *Disputatio Medica de Colica.*
*Helmstadii* 1674. *in-4°.*

  18. *Disp. de Sanguinis eductione.*
Ibid. 1674. *in-4°.*

  19. *Disp. de concoctione ventriculi*
*læsa.* Ibid. 1678. *in-4°.*

  20. *Disp. de Febribus intermittentibus*
*Epidemicis.* Ibid. 1678. *in-4°.*

  21. *Disp. de Vomitu.* Ibid. 1678.
*in - 4°.*

  22. *Disp. de Febribus Malignis.*
Ibid. 1679. *in-4°.*

  23. *Disp. de Calculo Renum.* Ibid.
1679. *in-4°.*

24. *Differtatio hiftorica de Metallifo-* H. MER-
*dinarum Hartzicarum prima origine,* & BOMIUS.
*progreffu, & quomodo ad Seren. Brunf-*
*vic. & Luneburg. Duces anno* 1235.
*pervenerint. Helmftadii* 1680. *in-*4°.
Cette Differtation eft curieufe & remplie d'une bonne Critique.

25. *Exercitatio Medica de confuetu-*
*dinis natura, vi & efficacia ad fanita-*
*tem & morbum, ejufque in medendo ob-*
*fervationis neceffitate. Helmftadii* 1681.
*in -* 4°.

26. *Difputatio Medica de Lue Vene-*
*rea.* Ibid. 1682. *in-*4°.

27. *Programma de Nummorum Vete-*
*rum in illuftranda Imperatorum Roma-*
*norum Hiftoria ufu. Helmftadii* 1684.
*in -* 4°.

28. *De Divi Julii, Ducis Brunfvic.*
& *Luneburg. Fundatoris Academiæ Ju-*
*liæ, pofteritate in mafculis quidem ex-*
*tincta, fed per fæminas in nepotibus*
*florefcente, Oratio, ipfo Academiæ*
*natali.* 15. *Octobris anni* 1685. *habita.*
Ibid. 1686. *in-*4°.

29. *De Ducum Brunfvicenf. & Lu-*
*neburg, contra infideles Saracenos &*
*Turcas à Sexcentis amplius annis Expe-*

H. MEI-
BOMIUS.

*ditionibus Bellicis Narratio.* Ibid.
1686. *in-4°.*

30. *Exercitatio Medica de Fluxu
humorum ad oculos naturali & præternaturali, hujusque curatione.* Ibid.
1687. *in-4°.*

31. *Exercitatio Medica de Phtisis
curatione per Lac.* Ibid. 1687. *in-4°.*

32. *Ad Saxoniæ, inferioris imprimis,
Historiam introductio, in qua ab ultima
notitia ad nostra usque tempora breviter
ejus historia delineatur, & de plerisque
rerum Saxonicarum Scriptoribus, editis
& ineditis judicatur. Helmstadii* 1687.
*in-4°.* pp. 112. Ouvrage excellent &
estimé.

33. *Rerum Germanicarum Tomi tres,
I. Historicos Germanicos ab Henrico
Meibomio, Seniore, primum editos &
illustratos, nunc auctiores. II. Historicos
Germanicos ab Henrico Meibomio Ju-
niore, è manuscriptis nunc primum editos & illustratos. III. Dissertationes his-
toricas varii argumenti utriusque Meibomii continet. Cum Indicibus copiosissi-
mis. Helmstadii* 1688. *in-fol.* Quoique
cette collection ne soit pas rare, elle
ne laisse pas d'être curieuse & très-
estimée, & l'on reconnoît sans peine
l'habi-

l'habileté de notre Auteur en fait H. MEI-
d'Hiſtoire, dans les Diſſertations BOMIUS.
qu'il y a inſerées. Il ne ſera pas
hors de propos de marquer ici en détail les Pieces contenuës dans ce Recuëil.

Dans le premier Volume, qui appartient à *Meibomius* l'ancien :

*Theodorici de Niem Hiſtoria de Vita
Joannis XXIII. Pontificis Romani*, p. 1.
Cette Hiſtoire peut paſſer pour une
ſuite du Traité du ſchiſme du même
Auteur.

*Gobelini Perſonæ Coſmodromium,
hoc eſt, Chronicon Univerſale, complectens Res Eccleſiæ & Reip. ab O. C.
uſque ad A. C.* 1418. p. 53.

*Levoldi à Northof, Equitis Marca-
ni, Canonici Leodienſis, & Abbatis
Secularis Viſetenſis, Origines Marcanæ,
ſive Chronicon Comitum de Marca &
Altena, à quibus deſcendunt Duces Ju-
liacenſes, Clivenſes & Bergenſes, &c.
quorum familia nuper in Johanne Wil-
helmo deſiit*, p. 371.

*Gerhardi, Præpoſiti Stederburgenſis,
de Henrici Leonis, Baioariæ & Saxoniæ Ducis, poſtremis rebus geſtis, beato-
que ex hac vita exceſſu, Hiſtorica nar-*

*Tome XVIII.* I i

H. MEI-  
BOMIUS.

*ratio , cum Notis Henrici Meibomii.*
*Accessit Anonymi Chronicon Stederbur-*
*gense sub Gerhardo Præposito cons-*
*criptum , & Henrici Meibomii Oratio*
*Panegyrica de Henrico Leone , p. 427.*

*Andronici II. Imperatoris C. P. Au-*
*rea Bulla , data Henrico , Henrici Mi-*
*rabilis Filio , Alberti Magni Nepoti ,*
*Duci Brunsvicensi , regiones Orientis*
*perlustranti , ante annos pene 300. Cum*
*Notis ad Bullam , deque Principis ejus-*
*dem Posteris Narratione exquisita Hen-*
*rici Meibomii , p. 467.*

*Hermanni de Lerbeke , Monachi*
*Dominicani, Chronicon Comitum Scha-*
*wenburgensium è Manuscripto erutum*
*& Notis illustratum ab Henrico Mei-*
*bomio , p. 489.*

*Chronicon Mindense Incerti Autoris,*
*complectens Res ejus Ecclesiæ gestas ab*
*anno Christi 780. usque ad annum 1474.*
*è manuscripto primitus erutum opera H.*
*Meibomii , p. 549.*

*M. Justini , Lippiensis , Lippiflo-*
*rium , sive Poema de Primordiis Comi-*
*tatus Lippiensis , & rebus gestis aliquot*
*Comitum Lippiensium , primum luci*
*datum ab H. Meibomio , p. 575.*

*Adolpheis de Historia generosorum*

*nobiliumque Comitum Theorosburgen-* H. MEI-
*ſium, vel alias vulgo Schomburgenſium,* BOMIUS.
*ac Hamburgenſis Civitatis famoſæ de-*
*cantata per Henricum Aquilonipolen-*
*ſem Poetam. Item de Primordiis Lubi-*
*canæ Urbis Cæſareæ Libri II. p. 597.*

*Witichindi, Monachi Corbeienſis,*
*Annalium Libri III. emendatius &*
*auctius quam antea editi, cum Notis,*
*quæ inſtar juſti Commentarii eſſe poſſunt.*
*Opera H. Meibomii, p. 621.*

*Hroſwitæ, Monialis Germanicæ*
*Panegyris verſu Hexametro in laudem*
*& geſta Oddonis Magni Imperatoris,*
*cum Notis H. Meibomii, p. 705.*

*Erectio Eccleſiæ Magdeburgenſis in*
*Archiepiſcopalem in Concilio Ravenna-*
*te per Joannem Papam XI. p. 731.*

*Diplomata Ottonis Magni Impera-*
*toris Collecta ab H. Meibomio, p. 738.*

*Chronicon Corbeienſe & ad illud H.*
*Meibomii Notæ, p. 755.*

*De Tranſlatione S. Viti & Inſtitutio-*
*ne Novæ Corbeiæ, p. 763.*

*Henrici Roſlæ, Nienborgenſis Saxo-*
*nis, Herlingsbergd, ſive Poemation de*
*Bello inter Henricum Mirabilem, Du-*
*cem Brunſvicenſem & Luneburgenſem*
*ac Confœderatos Saxoniæ Principes,*

Ir ij

H. MEI-
BOMIUS.

-*gesto ad arcem Herlingsbergam anno 1287. Ante annos plus minus 360. in media Barbarie non ineleganter scriptum, primum luci datum à Joanne Henrico Meibomio, cum Notis,* p. 771.

*Tiderici Langen, Canonici Eimbecensis & Goslariensis, Saxonia,* p. 806. Cette Piece est en Vers comme la précedente, dont elle fait une suite.

Dans le second Tome :

*Levoldi à Northof Archiepiscoporum Coloniensium Catalogus,* p. 3.

*Catalogus Episcoporum, Archiepiscoporum & Electorum Coloniensium,* p. 13. Ce Catalogue est tiré de l'Ouvrage du P. Grombach, Jesuite, intitulé : *Ursula Vindicata,* Liv. 1. Ch. 47.

*Henrici Wolteri, Canonici S. Anscharii Bremensis, Archiepiscopatus Bremensis Chronicon,* p. 17.

*Anonymi Chronicon Rastedense,* p. 87.

*Joannis Schiphoweri Chronicon Archi-Comitum Oldenburgensium,* p. 121.

*Erdwini Erdmanni Chronicon Episcoporum Osnaburgensium,* p. 193.

*Anonymi Chronicon Archiepiscopatus Magdeburgensis, cum notis Henrici Meibomii Junioris, & Diplomatibus quibusdam antiquis,* p. 267.

*Anonymi Narratio hiftorica de rebus* H. Mꝭ-
*geftis Alberti , ex Ducibus Brunfvicen-* BOMIUS.
*fibus , Epifcopi Halberftadenfis XIX.*
p. 379.

*Alberti Crummedyckii , Epifcopi Lu-
becenfis , Chronica Epifcoporum Lube-
cenfium , & continuatio Chronica Anonymi ,* p. 389. Notre Auteur y a ajoûté
quelques courtes Notes.

*Annales Gernrodenfium M. Andreæ
Hoppenrodii. Cum Henrici Meibomii
Junioris Notis ,* p. 413.

*Fr. Henrici Bodonis , in Cænobio
Clufa Monachi Benedictini ; Syntagma
de Conftructione Cænobii Gandefiani ,
perfectione quoque & defectione ejufdem ,*
p. 477.

*Chronica Ecclefiæ Hamelenfis per
Joannem de Polda , Seniorem Ecclefiæ ,*
p. 511.

*Chronica Monafterii S. Michaelis
in Hildesheim ,* p. 517.

*Anonymi Chronica Monafterii in
Lothen , Diœcefis Mindenfis , poft in
Oppidum Lemgo tranflati ,* p. 525.

*Anonymi Chronicon Monafterii
Huiesburgenfis , in Diœcefi Halberfta-
denfi ,* p. 533.

Dans le troifiéme Tome :

**H. MEI-**
**BOMIUS.**

*Irminsula Saxonica , hoc est, ejus nominis Idoli , sive Numinis Tutelaris , apud antiquissimos Saxones paganos culti , & à Carolo M. per occasionem Belli Saxonici destructi , luculenta & accurata descriptio , Auctore H. Meibomio , p. 3.*

*H. Meibomii Vindiciæ Billingianæ , sive demonstratio evidens , Hermannum Billingium , primum ab Ottone M. Imperatore , Saxoniæ Borealis institutum Ducem , non Equestris ordinis hominem , nedum pauperis agricolæ filium , sed ex illustri generosaque familia Saxonica fuisse oriundum , p. 33.*

*H. Meibomii Demonstratio , Saxoniam etiam ante Hermannum Billingium suos habuisse Duces , adeoque à temporibus Caroli M. sub Imperatoribus Francicis; contra Jurisconsultos nonnullos superioris Germaniæ in Saxonia parum versatos , p. 45.*

*Bardevicum , sive Historia Urbis istius , congesta ex probatissimis Scriptoribus , antiquis & recentibus , editis & manuscriptis ; adhibitis Veterum Impp. Principumque Diplomatis & Litteris , opera H. Meibomii , p. 51.*

*Bardevicum destructum , seu Paren-*

*talia , Divo Julio Pacifico , Duci* H. MEY-
*Brunfvicenfi ac Luneburgenfi, Funda-* BOMIUS.
*tori Academiæ Juliæ anno* 1602. *decimum quartum facta ab Henrico Meibomio ,* p. 81. C'eft un Poëme en Vers.
heroïques.

De *Utriufque Saxoniæ & vicinarum
Regionum quarumdam Pagis , ex media
ætatis rerum Germanicarum Scriptoribus , & Cæff. Augg. Diplomatis Commentariolus. Autore* H. *Meibomio ,*
p. 93.

*Apologia pro Divo Imp. Cæfare
Ottone* IV. *contra falfas criminationes
& convitia , quibus optimum Principem
onerare & infectari non funt veriti Conradus Abbas Urfpergenfis , Joannes
Cufpinianus , Sebaftianus Munfterus ,
quique hos fequuntur recentiores nonnulli , inftituta ab* H. *Meibomio ,* p. 111.

*Differtatio de Jure Inveftituræ Epifcopalis , Imperatoribus Romanis à Pontificibus per vim adempto, Autore* H.
*Meibomio ,* p. 169.

H. *Meibomii Differtatio fuper quodam antiquo & antiquato Cæfarum Germanicorum Jure in decedentium majorum Prælatorum relictis poffeffionibus ,*
p. 183.

**H. MEI-**
**BOMIUS.**
*Thaffilonis, ex perilluftri & antiqua familia Agilolfingia Boiorum Ducis ultimi, Diploma, quo Monafterium Chrembfmunfter abs fe conditum munifice dotat. Cum Notis H. Meibomii,* p. 191.

*H. Meibomii Erectionis Ducatus Brunfvicenfis Hiftoria, cum ipfis Cæfareïs Tabulis. Accefferunt Diplomata Erectionis Principatus Hennenbergenfis, Ducatus Lucani in Italia, Lütrenburgici & Holfatiæ,* p. 201.

*H. Meibomii Oratio de Academiæ Juliæ Primordiis & incrementis, habita cum natalis ejus XXI. celebraretur,* p. 215.

*H. Meibomii Oratio de Origine Helmftadii,* p. 224.

*Oratio de Origine, dignitate & Officio Cancellariorum Academicorum anno 1612. 17. Cal. Quintilis habita in illuftri Julia ab H. Meibomio,* p. 238.

*H. Meibomii Chronicon Marienthalenfe,* p. 245.

*Ejufd. Chronicon Bergenfe,* p. 287.

*Ejufd. Chronicon Riddagshufenfe, in quo, præter Abbatum celeberrimi & antiqui illius Cœnobii Catalogum & Res geftas, Saxonica illius ævi hiftoria*

*&*

*& illustrium familiarum genealogiæ ex-* H. MEI-
*ponuntur*, p. 335. *H. Meibomius* le BOMIUS.
jeune a augmenté cette Chronique.

*H. Meibomii junioris, de Friderici
Ducis Brunsv. & Luneburg. in Imperatorem Electione & misera cæde Dissertatio*, p. 419.

*Ejusd. De Hugonis de S. Victore
Patria Saxonia contra* Joan. *Mabillonium*, p. 427

34. *Dissertatio Medica de aquæ calidæ potu.* Helmstadii 1689. *in-*4°.

35. *De Leniorum Medicamentorum
eximio usu.* Helmstadii 1692. *in-*4°.

36. *De Vulneribus Lethalibus.* Ibid.
1694. *in-*4°.

37. *De Hydrope Ascite.* Helmstadii
1695. *in-*4°.

38. *Exercitatio Medico-Chirurgica
de Catheterismo.* Ibid. 1699. *in-*4°.

39. *Valentini Henrici Vogleri Introductio Universalis in notitiam cujusumque generis bonorum Scriptorum, cum
Notis & augmento H. Meibomii.* Helmstadii 1691. *in-*4°. It. *Editio secunda
auctior & correctior.* Ibid. 1700. *in-*4°.

V. *son Eloge dans les Nova Litteraria
Maris Balthici an.* 1700. p. 125. &
*Athenæ Lubecenses*, Tom. 3. p. 347.

*Tome XVIII.* Kk

# JEAN DE LABADIE.

J. DE
LABADIE.
JEAN de Labadie naquit à *Bourg* en Guienne, sur la Dordogne, le 13. Fevrier 1610. de *Jean-Charles de Labadie*, Gentilhomme ordinaire de la Chambre du Roy, & Gouverneur de cette Ville.

On l'envoya dès l'âge de six à sept ans, étudier à *Bourdeaux* au College des Jesuites, & il y fit de si grands progrès que ses Maîtres crurent beaucoup faire pour leur Ordre, en l'y attirant. L'esprit de pieté, qui l'animoit alors, le fit facilement entrer dans leurs vûës ; mais l'opposition de son pere retarda l'execution de ses desseins, qui n'eurent lieu que lorsqu'il fut mort.

*Labadie* étant donc entré chez les Jesuites, s'appliqua pendant trois ans à la Rhetorique & à la Philosophie. Ces études finies il se donna à la prédication, quoiqu'il ne fût point encore entré dans les Ordres sacrez. Ce ne fut même que quelques années après qu'il fut ordonné Prêtre, étant encore dans la Société.

Ses infirmitez fréquentes, & le **J. DE** deſir d'une plus grande perfection, **LABADIE.** comme il le prétend lui-même, l'engagerent à en ſortir en 1639. D'autres cependant veulent que les Jeſuites l'ayent chaſſé après avoir découvert ſes idées ſingulieres ſur la pieté, & ſon hypocriſie. Quoi qu'il en ſoit, il vint auſſi-tôt après à *Paris*, où il prêcha avec beaucoup de zéle en pluſieurs endroits, & s'acquit l'eſtime & l'amitié du P. de *Gondren*, General de l'Oratoire.

M. *François de Caumartin*, Evêque d'*Amiens*, ayant un jour entendu un de ſes Sermons, en fut ſi content, qu'il l'engagea à aller s'établir dans ſon Diocèſe, & lui donna pour cela un Canonicat de ſa Cathedrale. *Labadie* accepta d'autant plus volontiers ce poſte, qu'il ſe voyoit expoſé à *Paris* à quelques traverſes, pour avoir debité dans ſes Sermons ſur la grace, la prédeſtination, la pénitence, &c. les mêmes maximes, qui avoient fait mettre l'Abbé de *S. Cyran* au Château de *Vincennes*.

Il s'érigea là en Directeur de conſciences, & ſe vit bien-tôt à la tête

J. DE  d'un nombreux troupeau de Dévotes.
LABADIE. Mais on prétend qu'ayant commencé
par l'esprit, il finit, comme il n'arrive que trop souvent, par la chair,
& que les intrigues amoureuses qu'il
eut dans un Monastere de filles ayant
été découvertes, il fut obligé de
chercher une retraite ailleurs.

Il choisit celle de *Port-Royal*, mais
il n'y demeura pas long-temps; parce
que les Solitaires, qui y demeuroient,
étoient trop éclairez, pour s'en lais-
ser imposer. Il passa de-là à *Bazas*, &
ensuite à *Toulouse*, où le fameux M.
de *Montchal*, qui en étoit Archevêque, lui confia la direction d'un
Couvent de Religieuses du Tiers-
Ordre de *S. François*, ausquelles il apprit qu'il falloit se souvenir deux ou
trois fois la semaine, de *l'état d'inno-
cence*. Il les faisoit pour cela dépouil-
ler toutes nuës, & prêchoit aussi dans
cet état de nudité à huis clos, afin
d'imiter *Eve* & *Adam*.

Un des grands principes de sa dévotion étoit de ne se point inquiéter
des mouvemens du corps, pourvû
qu'on tournât dès le matin sa premiere pensée du côté de Dieu; parce

que *là où est l'esprit de Dieu, là est la*
*liberté.* Cette maxime qu'il avoit toûjours soin de bien inculquer aux Religieuses qu'il dirigeoit, l'autorisoit
à faire des épreuves criminelles sur
elles, & à censurer celles qui faisoient
quelque résistance, en leur disant
que leur cœur n'étoit pas encore
assez spirituel, ni fixé du côté de
Dieu. Beaucoup de Religieuses s'ac-
commoderent de cette direction ;
mais l'Evêque, qui en fut informé,
& qui en craignit les suites, dispersa
en divers Couvens celles qui s'étoient
laissées séduire, pour les mieux instruire.

    *Labadie* accoûtumé à fuir des
lieux, où sa méthode de diriger n'é-
toit pas goûtée, se retira dans un
Hermitage de Carmes à *la Graville*,
& y commença, comme ailleurs,
par la dévotion. Il dit qu'il avoit une
vocation céleste pour prendre l'habit
de cet Ordre, & sous prétexte de
cette vocation il le prit lui-même,
au lieu de le recevoir de la main du
Superieur. Mais comme il étoit sus-
pect à l'Evêque de *Bazas*, qui l'avoit
fait poursuivre, il se cacha sous le

J. DE nom de *Saint-Jean de Christ.* Il prê-
LABADIE. choit que l'habit des Carmes étoit
celui d'*Elie* ; qu'il l'avoit pris, parce
qu'il en avoit l'efprit & le miniftere,
puifque Dieu le deftinoit au rétablif-
fement du régne de grace, lequel fe
devoit faire avant l'an 1666. où le
monde finiroit. Quelques Carmes
entêtez de la fainteté & de l'antiquité
de leur habit, regardoient *Labadie*,
qui en parloit fi avantageufement,
comme un homme célefte, & l'ap-
pelloient leur *Saint Pere* ; il y en eut
même d'affez fimples pour croire recevoir non feulement le Saint Efprit,
mais encore l'autorité de le donner
aux autres, lorfqu'il fouffloit fur
eux.

L'entêtement alla fi loin, que l'E-
vêque de *Bazas* étant allé avec main
forte à *la Graville* pour le faire arrêter, le Superieur & les Moines de
cet Hermitage refuferent de lui parler, & donnerent à celui qu'il pour-
fuivoit, le temps & les moyens de fe
fauver. L'Evêque les voyant fi infa-
tuez de cet homme, fut obligé de
les faire enlever de leur Solitude, &
de les faire tranfporter chez lui,

pour les deſabuſer ; & il les y retint J. DE
juſqu'à ce que les ayant fait revenir LABADIE.
de leur prévention, ils lui revelerent
une infinité de folies, que ce *Saint*
*Pere* leur avoit fait faire, & qui
étoient preſque toutes laſcives.

Labadie deſeſperant de faire des
diſciples chez les Catholiques, parce qu'il y étoit trop connu, ſe retira à *Caſtets* dans le Château du
Comte de *Favas*, qui faiſoit profeſſion de la Religion P. Réformée. Ce
Gentilhomme croyant bonnement
qu'un homme, qui avoit été Jeſuite,
Janſeniſte, Carme ſolitaire, Miſſion-
naire, & dévot, ſeroit une grande
conquête pour ſon Egliſe, le fit
conduire à *Montauban*, où il fut reçû
à bras ouverts. Au lieu de s'aſſûrer
par une longue épreuve des mœurs
& de la Religion d'un homme que
ces differentes profeſſions devoient
rendre ſuſpect, cette Egliſe le prit
pour ſon Paſteur avec trop de préci-
pitation, & il y exerça le Miniſtere
pendant huit ans.

Quoiqu'il choquât dans ce poſte
les ſages par ſes Sermons ſatyriques,
il ne laiſſa pas de ſe ſoûtenir par le

J. DE crédit des Dévotes qu'il avoit en-
LABADIE. chantées, les unes par l'esprit, & les
autres par la chair. Il tâcha d'introduire dans le sein de la P. Réformation, ce qu'on appelle *la spiritualité*
*& l'Oraison mentale.* Il publia pour
cet effet trois petits Livres, qu'il
composa exprès pour en prouver
l'excellence & la nécessité. Mais la
tentative qu'il fit sur la pudicité de
Mademoiselle de *Calonges*, lui fit
perdre l'estime, & la protection des
personnes pour lesquelles il écrivoit.

Voici le fait tel qu'il est rapporté
par M. *Bayle*. (a) Après avoir dressé
cette Demoiselle à la vie spirituelle,
qu'il faisoit consister dans un recueïl-
lement intérieur, & dans un détache-
ment absolu des objets sensibles, il
lui marqua un point de méditation,
& lui ayant fort recommandé de
s'appliquer toute entiere pendant
quelques heures à ce grand objet, il
s'approcha d'elle, lorsqu'il la crut le
plus recuëillie, & lui mit la main
sur le sein. Elle le repoussa brusque-
ment, lui témoigna beaucoup de
surprise de ce procedé, & se prépa-

(a) V. *Mammillaires. Lettre C.*

roit à lui faire des cenſures, lorſqu'il J. DE
la prévint. *Je vois bien, ma fille,* lui LABADIE.
dit-il, ſans être déconcerté, & avec
un air dévot, *que vous êtes encore bien
éloignée de la perfection ; reconnoiſſez
humblement votre foibleſſe, demandez
pardon à Dieu d'avoir été ſi peu atten-
tive aux myſteres que vous deviez médi-
ter. Si vous y aviez apporté toute l'attention néceſſaire, vous ne vous fuſſiez
pas apperçue de ce qu'on faiſoit à votre
gorge. Mais vous étiez ſi peu détachée
des ſens, ſi peu concentrée avec la Divi-
nité, que vous n'avez pas été un moment à reconnoître que je vous touchois.
Je voulois éprouver, ſi voire ferveur dans
l'Oraiſon vous élevoit au-deſſus de la
matiere, & vous uniſſoit au ſouverain
être, la vive ſource de l'Immortalité &
de la ſpiritualité, & je vois avec beaucoup de douleur, que vos progrès ſont
très-petits, vous n'allez que terre à terre.
Que cela vous donne de la confuſion,
ma fille, & vous porte à mieux remplir
les ſaints devoirs de la Priere mentale.*
Mademoiſelle de *Calonges,* qui avoit
autant de bon ſens, que de vertu, ne
fut pas moins indignée de ces paroles
que de l'action de *Labadie,* & rom-

J. DE pit entierement avec lui. *Bayle* en
LABADIE. rapportant ce fait, avertit qu'il ne le
garantit pas, & M. *Bernard*, qui le
rapporte après lui dans la *République
des Lettres*, paroît en douter ; mais
M. *Basnage* assûre qu'il le tient de la
Demoiselle même à qui il l'a entendu rapporter plus d'une fois, & qui
ne parloit jamais qu'avec horreur de
la fausse dévotion de *Labadie*.

Il fut ensuite accusé à la Cour, d'a-
voir excité une sédition pour un Cadavre. Il s'agissoit du corps mort d'u-
ne femme que le Curé de *Montauban*
vouloit enterrer dans son Cimetiere,
parce qu'elle avoit changé de Religion. *Labadie* lui disputa ce corps &
arma ses partisans. L'affaire ayant été
portée à la Cour, le Cadavre fut ad-
jugé au Cimetiere Catholique, &
*Labadie* condamné comme séditieux
à quitter l'Eglise de *Montauban*.
Son exil causa une division affreuse.
*D'Arbussy*, son Collegue, fut accusé
d'avoir contribué à sa condamnation
par un esprit de jalousie. Il se forma
deux partis dans la Ville, qui étoit
presque toute de la Religion P. Réformée ; celui des *Margajats*, & celui

des *Ciquelers.* Ils en vinrent aux der- J. DE
nieres extrêmitez, & comme les deux LABADIE.
Chèfs de parti étoient d'un mauvais
caractere , ils furent également dé-
teſtez de ceux qui les avoient foûte-
nus avec trop de chaleur.

*Labadie* chaſſé de *Montauban* ,
alla chercher un afyle à *Orange* ; mais
n'y ayant pas trouvé autant de fûreté ,
qu'il ſe l'étoit imaginé , il ſe retira
fecretement à *Geneve* au mois de Juin
1659. On le regreta fort à *Orange* ,
où il s'étoit fait moins connoître
qu'ailleurs , & où ſes manieres dévotes , & ſes prédications en avoient
impoſé.

Il ne fut pas long-temps à *Geneve* ,
fans y cauſer de grandes émotions.
On ſe diviſa à fon fujet en deux partis , dont l'un bâtit une grande Maifon , où il y avoit des cellules pour
ceux qui charmez de lui le fuivoient
aveuglement , & l'autre cherchant à
l'éloigner , trouva le moyen de le
faire appeller en 1666. à *Middelbourg.*

Il s'y rendit cette même année &
commença à y répandre encore plus
particulierement qu'il n'avoit fait

**J. DE**
**LABADIE.** Dejusques-là tous ses dogmes. Voici en abregé ceux qui lui étoient propres.

1°. Il croyoit que Dieu pouvoit & vouloit tromper les hommes, & qu'il les trompoit effectivement quelquefois. Il alleguoit en faveur de cette opinion divers exemples tirez des Livres sacrez ; entr'autres celui d'*Achab*, à qui Dieu envoya un esprit de mensonge pour le séduire.

2°. Il ne regardoit pas l'Ecriture sainte, comme absolument nécessaire pour la conduite des ames au salut ; parce que selon lui, le S. Esprit agissoit immediatement sur elles, & leur donnoit de nouveaux degrez de révélation ; & que lorsqu'une fois on étoit frappé de cette lumiere toute divine, on pouvoit tirer des consequences, qui menoient à la parfaite connoissance de la verité. Il croyoit même qu'en lisant cette Ecriture, il falloit être moins attentif à l'explication des mots & du texte, qu'à l'inspiration interieure du S. Esprit.

3°. Quoiqu'il convint que le Baptême est un sceau de l'alliance, qu'on pouvoit conferer aux enfans naissans dans l'Eglise, il ne laissoit pas de

dire qu'on auroit dû le differer jufqu'à un âge avancé, puifqu'il étoit
une marque qu'on étoit mort au
monde & reffufcité en Dieu.

4°. Il mettoit cette difference entre l'ancienne & la nouvelle alliance,
que l'une étoit charnelle, chargée de
céremonies, accompagnée de bene-
dictions temporelles, & que les mé-
chans y entroient comme les bons,
pourvû qu'ils defcendiffent d'*Abraham*. Mais l'Alliance nouvelle n'ad-
mettoit, difoit-il, que des hommes
fpirituels, elle délivroit de la Loy,
de fa malediction, de fes céremonies,
& mettoit l'homme dans une parfaite
liberté.

5°. Il regardoit l'obfervation du
jour du repos comme une chofe in-
differente, & il difoit que Dieu n'a-
voit pas preferé un jour à l'autre. Il
fondoit cette opinion fur un paffage
de S. *Luc*, que *Beze* avoit trouvé
dans un manufcrit, & qu'il avoit
inferé dans fes Notes fur le nouveau
Teftament. Cette Addition porte
que *J. C.* voyant un homme, qui
travailloit le jour du Sabbat, lui dit :
*Tu es heureux, fi tu fçais ce que tu fais :*

J. DE *mais si tu l'ignores, tu es méchant &*
LABADIE. *transgresseur de la Loy. Labadie* con-
cluoit de-là que *J. C.* avoit laissé
une entiere liberté de travailler,
pourvû qu'on le fît dévotement &
avec connoissance, & il blâmoit
*Beze* de ce qu'il n'avoit point inseré
cette Addition dans le texte, d'où
elle auroit passé dans toutes les Versions.

6°. Il distinguoit deux Eglises, l'une
où le Christianisme avoit dégeneré,
& l'autre composée de Régenerez,
qui avoient renoncé au monde; & il
croyoit que *J. C.* viendroit regner
mille ans sur la terre, & qu'il con-
vertiroit veritablement les Juifs, les
Gentils, & les mauvais Chrétiens.

7°. Il disoit que l'Eucharistie n'é-
toit que la Commemoration de la
mort de *J. C.* & qu'encore que les
signes ne fussent rien en eux-mêmes,
on ne laissoit pas d'y recevoir spiri-
tuellement *J. C.* lorsqu'on y partici-
poit comme on doit.

8°. Il enseignoit que la vie con-
templative étoit un état de grace &
d'union divine pendant cette vie, le
comble de la perfection, & *le sommet*

*de la montagne Chrétienne, ſi élevé
qu'il touche les nuës, & atteint de près
le Ciel.*

9°. Que l'homme, dont le cœur
eſt parfaitement content & calme,
joüit à demi de Dieu, s'entretient
familierement avec lui, & voit en
lui toutes choſes ; qu'il prend toutes
les choſes d'ici-bas avec indifference,
voyant ſous lui le monde, & ce qui
s'y paſſe; ſa mutabilité ne l'atteignant
pas, & tous les orages auſquels ce
monde eſt ſujet ſe formant ſous ſes
pieds, comme la pluye & la grêle ſe
forment ſous la cime des montagnes,
& laiſſent regner ſur leur hauteur un
calme conſtant & une paix parfaite.

10°. Que l'on parvenoit à cet état
par l'entiere abnégation de ſoi-même,
la mortification des ſens & de leurs
objets, & par l'exercice de l'Oraiſon
mentale.

Ce fut à la faveur de cette ſpiritualité & d'une ſeverité apparente de
mœurs, que *Labadie* s'acquit en peu
de temps beaucoup d'autorité. On
regardoit comme autant de *Mondains
vendus au ſiécle preſent* ceux qui le
taxoient d'hypocriſie, & comme aux

J. DE tant de saintes celles qui le suivoient.

LABADIE. Mademoiselle *Schurman*, cette fille si fameuse dans la République des Lettres, crut *choisir la meilleure part*, en se rangeant sous sa direction. Elle devint un des Chefs les plus ardens de sa secte, & ce fut elle qui y entraîna la Princesse Palatine *Elizabeth*, qui reçut les disciples errans & fugitifs de *Labadie*. Cette Princesse regardoit comme un grand honneur de recueillir ce qu'elle appelloit *la veritable Eglise*, & se trouvoit heureuse de s'être détrompée d'un *Christianisme masqué*, qu'elle avoit suivi jusques-là. Elle élevoit jusqu'au ciel *Labadie*; c'étoit, selon elle, un homme qui parloit au cœur: il avoit parlé au sien pendant une maladie, & lui avoit mieux fait sentir la vanité des créatures & les voyes du ciel, par des discours qui couloient abondamment de sa bouche, que les autres Prédicateurs n'avoient fait par des Sermons étudiez.

*Labadie* voulut s'unir avec *Antoine Bourignon*, qui donnoit comme lui dans la spiritualité. M. *de Cort*, l'un des associez de cette Demoiselle, avoit

entrepris de deffecher une Ifle du *Holftein*, J. DE appellée le *Noordftrant*, dans le def-LABADIE. fein d'y retirer les difciples de *Jan-fenius*, & ceux de Mademoifelle *Bourignon*. *Labadie* fit une étroite liaifon avec lui, afin de pouvoir trouver un afyle en ce Païs-là. Mais *Antoine Bourignon* n'approuva pas fon deffein, & écrivit fur fon fujet à M. de Cort ; *Vous pouvez y aller fans moi ; car je fens & je fçai que nous ne pour-rions jamais nous accorder enfemble ; leurs fentimens & l'efprit qui les gou-verne, font tout contraires à mes lumie-res & à l'efprit qui me gouverne.* C'eft ainfi que deux fanatiques, qui s'ima-ginoient chacun en particulier, être immediatement conduits par le Saint Efprit, croyoient cependant être gouvernez par des Efprits differens. En quoi ils avoient raifon ; car com-me ils s'abandonnoient aux faillies d'une imagination échauffée qui peut fe diverfifier à l'infini, l'un devoit néceffairement aller à droite, pen-dant que l'autre tournoit à gauche.

Les Sectateurs de *Labadie*, qu'on nomma *Labadiftes*, devinrent fi nom-breux, & tant de perfonnes de l'un

**J. DE LABADIE.** & l'autre sexe abandonnerent l'Eglise P. Réformée pour se joindre à lui, que les Eglises Françoises des Provinces-Unies penserent tout de bon aux moyens d'arrêter le cours d'une desertion, qui augmentoit de jour en jour. Mais lorsqu'elles se disposoient à attaquer *Labadie*, lui-même s'avisa d'attaquer M. *de Wolzogue* sur son Livre de l'*Interpréte de l'Ecriture*, contre lequel plusieurs Theologiens s'étoient déja soulevez, & dont il sollicita la condamnation avec beaucoup de chaleur au nom de l'Eglise de *Middelbourg*.

L'affaire fut jugée dans un Synode tenu à *Narden*, où M. *de Wolzogue* fut *unanimement déclaré Orthodoxe, l'Eglise de Middelbourg censurée, & Labadie condamné à confesser à la face du Synode, & en presence de M. de Wolzogue, qu'il avoit eu tort de l'accuser & qu'il en avoit un singulier déplaisir.*

*Labadie* ayant appris la teneur de ce Jugement, ne voulut point l'entendre prononcer ; & depeur qu'on ne le lui signifiât, il partit secrétement de *Narden*. De retour à *Mid-*

*delbourg*, il aigrit tellement ſon Egli-    J. DE
ſe contre le Synode, qu'elle menaça LABADIE.
d'un ſchiſme dans les formes. Pluſieurs Synodes tâcherent par leurs déciſions de couper la racine du mal ;
mais *Labadie* refuſoit de comparoître
dans les uns, conteſtoit l'autorité des
autres, & appelloit des Sentences dé-
finitives qu'ils prononçoient contre
lui. Il prétendoit que les Loix des
Compagnies Eccleſiaſtiques ne pouvoient lier les conſciences, que ce
ſeroit ramener le Papiſme dans la
Réforme, que de leur attribuer une
autorité ſuprême ; & que ces Aſſemblées ne pouvant *meſurer les choſes*
*qu'au compas humain, on donnoit un*
*Compagnon à l'Ecriture*, en faiſant de
leurs déciſions une régle de foy.

    Enfin le Synode nomma des Com-
miſſaires, pour aller à *Middelbourg*
terminer cette affaire. Ils s'y tranſ-
porterent ; mais le peuple ſe ſouleva
contr'eux, s'empara du lieu de l'Aſſemblée, & ferma les portes de l'E-
gliſe, afin qu'on ne pût y entrer. Le
Magiſtrat ſoûtint *Labadie*, & les
Etats de la Province ſe contenterent
de propoſer un accommodement,

LABADIE. que *Labadie*, qui vouloit profiter de la foiblesse des uns & de la chaleur des autres, rejetta fierement. Les Etats irritez de son refus confirmérent la Sentence prononcée par les Commissaires, lui défendirent aussibien qu'à *Yvon*, son disciple, de prêcher, & aux Imprimeurs de publier aucun Ecrit desavantageux à l'un ou à l'autre des deux Partis ; & parce que *Labadie* crioit à l'injustice, de ce qu'il avoit été condamné sans avoir été oüi, on renvoya la décision au Synode, qui devoit se tenir à *Dordrecht*, & auquel il seroit obligé de comparoître.

Ce Synode déposa *Labadie*, & ne lui laissa esperer de grace qu'à la faveur d'une repentance éprouvée, qui ne vint jamais. Au contraire il se fit suivre à *Middelbourg* par une foule de Dévots & de Dévotes, avec lesquels il alla en triomphe forcer les portes de l'Eglise ; après quoi il prêcha & distribua la Communion à ceux qui l'avoient suivi. Les Bourguemestres, qui craignirent les suites d'une entreprise si hardie, lui envoyerent aussitôt un ordre de sortir de leur Ville,

& du reſſort de leur Juriſdiction. Il J. DE
obéït & ſe retira à *Terveer*, Ville LABADIE.
voiſine, où il avoit de zelés Sectateurs, qui lui tendirènt les bras. C'é-
toient de riches Négocians, qui s'y
étoient refugiez, & qui y attiroient
un gros commerce. Ils le reçurent
avec joye, & lui procurerent la protection du Magiſtrat.

Les Etats de Zelande réſolus enfin
de tirer *Labadie* de ſon fort, ordon-
nerent qu'il fût chaſſé de la Province.
Le Magiſtrat de *Terveer* prit ſon parti
contre les Etats, & allegua trois raiſons en ſa faveur; l'une, que cet
homme, qui vivoit paiſiblement
dans leur Ville, n'avoit rien fait qui
meritât le banniſſement; l'autre qu'il
ſuffiſoit qu'on lui eût fermé la bouche par l'interdiction des Prédications publiques; & la derniere qu'on
craignoit la populace, qui ne permet-
troit pas ſans émotion, qu'on leur en-
levât un homme d'une ſi grande édi-
fication.

La Province fut obligée d'avoir
recours au Prince d'Orange, qui étoit
Marquis de *Terveer*; & ce Prince ordonna à *Labadie* d'obéïr, & défendit

à tous les habitans de lui donner retraite. Celui-ci reprit d'abord le dessein de s'associer avec Mademoiselle *Bourignon* dans le *Noordstrant* ; mais elle ne le trouva pas assez mystique, pour en faire son Collegue, ni assez souple pour le mettre au nombre de ses disciples. Ne pouvant réüssir de ce côté-là, il forma un petit établissement entre *Utrecht* & *Amsterdam*, où il avoit une Imprimerie, de laquelle sont sortis plusieurs de ses Ouvrages. Le nombre de ses Sectateurs s'augmenta depuis, & seroit devenu très-grand sans la desertion de quelques-uns de ses disciples, qui publiant l'Histoire de *sa vie privée & sa maniere d'enseigner*, n'oublierent pas d'instruire le public des familiaritez qu'il prenoit avec ses Dévotes, sous prétexte de les unir plus particulierement à Dieu.

Il envoyoit de sa retraite ses Apôtres dans les grandes Villes de Hollande, afin d'y faire des proselytes dans les Maisons riches ; mais le succès ne fut pas d'abord assez grand pour le garantir de chercher un lieu, où il pût vivre sans craindre la fami-

ne. Il paſſa à *Erfort* , d'où la Guerre J. DE
le chaſſa , & l'obligea de ſe retirer à LABADIE.
*Altena* dans le Holſtein.

Ce fut en ce lieu qu'attaqué d'une
colique violente , il mourut l'an
1674. entre les bras de Mademoiſelle
*Schurman*, qui , comme une Compa-
gne fidelle , l'avoit ſuivi partout. Il
étoit alors âgé de 64. ans.

Catalogue de ſes Ouvrages.

1. *La Pratique des deux Oraiſons*
*mentale & vocale , contenuë en trois Let-*
*tres. Montauban* 1656. *in-*24. Il compoſa ces trois petits Livrets , dans le
deſſein de faire entrer Mademoiſelle
de *Calonges* , le Marquis & la Mar-
quiſe de *Bougi* dans les ſentimens de
ſpiritualité , qu'il vouloit introduire
parmi les Proteſtans. Il eſperoit que
s'il pouvoit leur perſuader ſes opinions , ils les perſuaderoient à d'autres , & qu'ils deviendroient les Apôtres & les Protecteurs de ſa nouvelle
Secte ; mais ſon entrepriſe témeraire
ſur Mademoiſelle de *Calonges* ren-
verſa ſes projets , comme je l'ai dit
plus haut.

2. *Lettre d'Adieu à l'Egliſe d'Orange.*
1660. *in-*12.

J. DE
LABADIE.
3. Jugement charitable sur l'état present des Juifs. Amsterdam 1666. in-12.

4. Declaration de Jean de Labadie, contenant les raisons, qui l'ont obligé à quitter la Communion de l'Eglise Romaine, pour se ranger à celle de l'Eglise Réformée. Geneve 1666. in-12.

5. Triomphe de l'Eucharistie; ou la vraye Doctrine du S. Sacrement. Amsterdam 1667. in-4°.

6. Les divins Herauts de la Penitence au monde. Amsterd. 1667. in-12.

7. Le veritable Exorcisme, ou l'unique effectif moyen de chasser le Diable du monde Chrétien, donné par J. C. Notre Seigneur, au Chap. 9. de S. Marc, & réduit en Méditation pour un jour de jeûne. Amsterd. 1667. in-12.

8. L'Idée d'un bon Pasteur. Amsterd. 1667. in-12.

9. La Réformation de l'Eglise par le Pastorat, contenuë en deux Lettres Pastorales de Jean de Labadie. Middelbourg 1667. in-12.

10. Le Heraut du grand Roy Jesus. Amsterd. 1667. in-12.

11. L'Arrivée Apostolique aux Eglises; Sermons. Middel. 1667. in-8°.

12. L'Idée d'une bonne Eglise. Amst. 1667. in-12.

13.

13. *Manuel de Pieté. Middel.* 1668. *in* - 12.

14. *Le Discernement d'une veritable Eglise, suivant l'Ecriture sainte. Amst.* 1668. *in*-8°.

15. *La puissance Ecclesiastique bornée à l'Ecriture & par elle. Amsterd.* 1668. *in* - 18.

16. *Traité Ecclesiastique selon les sentimens de Jean Labadie, de l'exercice Prophétique, selon S. Paul au Chap.* 14. *de sa premiere Epître aux Corinthiens, sa liberté, son ordre, & sa pratique. Amsterd.* 1668. *in*-8°.

17. *Points fondamentaux de la vie vrayement Chrétienne. Amsterd.* 1670. *in* - 12.

18. *Le Chant Royal du Roy Jesus-Christ, dont l'argument est pris du Livre de l'Apocalypse. Amsterd.* 1670. *in*-12.

19. *Abregé du veritable Christianisme Theorique & Pratique, ou Recüeil de Maximes Chrétiennes, tant de foy que de pieté, & de conduite spirituelle. Amsterd.* 1670. *in* 12.

20. *Les Entretiens d'esprit du jour Chrétien. Amsterd.* 1671. *in*-12.

21. *Les saintes Décades des Quatrains de pieté Chrétienne, touchant la con-*

*Tome XVIII.* M m

J. DE noiſſance de Dieu, ſon honneur, ſon
LABADIE. amour, l'union de l'ame à lui. Amſterd.
1671. in-8°.

22. L'Empire du S. Eſprit ſur les
ames. Amſterd. 1671. in-12.

23. Apologie pour les Egliſes Wallo-
nes de Middelbourg & de Roterdam,
in-12.

24. Le Renoncement à ſoi-même,
pour ſe donner entierement à Dieu,
in-12.

25. Traité du ſoi, ou le Renoncement
à ſoi-même pour la petite Egliſe. Herfort
en Weſtphalie, 1672. in-8°.

26. Fragmens de quelques Poëſies, &
ſentimens d'eſprit de M. Labadie. Amſt.
1678. in-12.

27. Tractatus de Sabbato, 1661.
in-12.

28. Confutatio Quakeriſmi, in-12.

29. Veritas ſui Vindex, ſeu ſolemnis
declaratio fidei Joannis de Labadie,
Petri Yvon & Petri du Lignon, & ſuo,
& integræ Eccleſiæ, cui Miniſtrant,
nomine jam ante edita, nunc vero aucta,
& ab objectionibus D. Hundii, D.
Adriani Pauli, & ſex Scotorum concio-
natorum Vindicata. Hervordiæ 1672.
in-8°. Je ne ſçai quand a paru la premiere Edition.

30. *Juſtum Judicium de juſta bono-*    J. D E
*rum à malis, quod ad Communionem* LABADIE
*Eccleſiaſticam attinet, Seceſſione, Au-*
*tore Daniele Jona Beda Separato Gall-*
*Belg - Germ - Anglico. Neapoli* 1673.
*in-*8°. Cet Ouvrage eſt de *Labadie.*

31. *Cenſura Libri de Interprete Scrip-*
*turarum* 1668. *in-*12. J'ai déja parlé de
cette Critique de l'Ouvrage de *Wol-*
*zogue.*

V. l'Ouvrage intitulé : *Abregé ſin-*
*cere de la vie, de la conduite & des vrais*
*ſentimens de feu M. de Labadie.* C'eſt
un Panegyrique continuel, auquel
il ne faut pas ſe fier. M. *Baſnage* a
parlé de *Labadie* fort au long & d'une
maniere plus exacte dans le ſecond
Volume, p. 52. de ſes *Annales des*
*Provinces-Vnies*, & c'eſt lui que j'ai
ſuivi principalement dans cet article.

*Fin du dix-huitiéme Volume.*

# TABLE NECROLOGIQUE
### des Auteurs contenus dans ce Volume.

# TABLE NECROLOGIQUE.

STANIHURST ( Richard ) m. en
1618.

PINEAU ( Severin ) m. le 29. Novembre 1619.

VALLADIER ( André ) m. le 3.
Août 1638.

LONGOMONTAN ( Christian )
m. le 8. Octobre 1647.

HERBERT ( Edouard ) m. le 20.
Août 1648.

CASENEUVE ( Pierre de ) m. le 31.
Octobre 1652.

BURTON ( Guillaume ) m. le 27.
Decembre 1657.

WARE ( Jacques ) m. le 1. Decembre 1666.

CASAUBON ( Meric ) m. le 14.
Juillet 1671.

GODEAU ( Antoine ) m. le 21.
Avril 1672.

LABADIE ( Jean de ) m. l'an 1674.

BORELLI ( Jean-Alphonse ) m. le
31. Decembre 1679.

MORISON ( Robert ) m. le 9. Novembre 1683.

PUFENDORF. ( Samuel de ) m. le
26. Octobre 1694.

CHARLTON ( Gautier ) m. vers
l'an 1695.

## TABLE NECROLOGIQUE.

FONTAINE ( Jean de la ) m. le 13.
   Mars 1695.

RACINE ( Jean ) m. le 22. Avril
   1699.

MEIBOMIUS ( Henri ) m. le 26.
   Mars 1700.

COUSIN ( Louis ) m. le 26. Fevrier
   1707.

BROEKHUIZEN ( Jean ) m. le 15.
   Decembre 1707.

FRAGÜIER ( Claude-François ) m.
   le 3. May 1728.

JANIÇON ( François-Michel ) m.
   le 19. Août 1730.

*Fin de la Table Necrologique.*

# TABLE

*Des Auteurs contenus dans ce Volume,*
*selon l'ordre des matieres qu'ils ont*
*traitées dans leurs Ouvrages.*

## A

*Anatomie.*

*Antiquitez.*

*Architecture Militaire.*

*Arithmetique.*

Mm iiij

# TABLE

## *Astronomie.*

## B

### *Bibliothecaires.*

### *Botanique.*

## C

### *Chimie.*

### *Comedies.*

### *Controverse.*

## D

### *Droit Public.*

### *Droit Civil.*

### *Droit Canonique.*

## DES MATIERES.

### E

### G

# TABLE

## H

# DES MATIERES.

# TABLE

# DES MATIERES.

*Fin de la Table des Matieres.*

## APPROBATION.

J'AY lû par ordre de Monseigneur le Garde des Sceaux le dix-huitiéme Volume de ces Memoires, & j'ai crû qu'on en pouvoit permettre l'impression. A Paris le 8. May 1732.

HARDION.

## PRIVILEGE DU ROI.

LOUIS, par la grace de Dieu, Roy de France & de Navarre: A nos amez & feaux Conseillers, les Gens tenans nos Cours de Parlement, Maîtres des Requêtes ordinaires de notre Hôtel, Grand Conseil, Prevôt de Paris, Baillifs, Senechaux, leurs Lieutenans Civils, & autres nos Justiciers qu'il appartiendra, SALUT: Notre bien amé ANTOINE-CLAUDE BRIASSON, Libraire à Paris, nous ayant fait remontrer qu'il lui auroit été mis en main un Manuscrit, qui a pour titre: *Memoires pour servir à l'Histoire des Hommes Illustres dans la République des Lettres, avec un Catalogue raisonné de leurs Ouvrages*, qu'il souhaiteroit faire imprimer & donner au Public; s'il nous plaisoit lui accorder nos Lettres de Privilege sur ce necessaires, offrant pour cet effet de le faire imprimer en bon papier & en beaux caracteres, suivant la feüille imprimée & attachée pour modele sous le contre-scel des presentes; A CES CAUSES, voulant traiter favorablement ledit Exposant, Nous lui avons permis & permettons par ces Presentes, de faire imprimer lesdits Memoires & Catalogue ci-dessus specifiés, en un ou plusieurs volumes, conjointement, ou séparément, & autant de fois que bon lui semblera, sur papier & caracteres conformes à ladite feüille imprimée & attachée pour modele sous notredit contre-scel, & de le vendre, faire vendre & débiter par tout notre Royaume, pendant le tems de *huit années* consecutives, à compter du jour de la date desd. Presentes. Faisons défenses à toutes sortes de personnes de quelque qualité &

condition qu'elles foient, d'en introduire d'impref-
fion étrangere dans aucun lieu de notre obeïssance;
comme aussi à tous Libraires, Imprimeurs & autres, d'imprimer, faire imprimer, vendre, faire vendre, débiter, ni contrefaire lesdits Memoires &
Catalogue ci-dessus exposés, en tout ni en partie, ni
d'en faire aucuns Extraits, sous quelque prétexte
que ce soit, d'augmentation, correction, changement de Titre, ou autrement, sans la permission ex-
presse & par écrit dud. Exposant ou de ceux qui au-
ront droit de lui, à peine de confiscation des Exemplaires contrefaits, de trois mille livres d'amen-
de contre chacun des contrevenans, dont un tiers
à Nous, un tiers à l'Hôtel-Dieu de Paris, l'autre
tiers audit Exposant, & de tous dépens, domma-
ges & interêts. A la charge que ces Présentes se-
ront enregistrées tout au long sur le Registre de la
Communauté des Libraires & Imprimeurs de Paris,
& ce dans trois mois de la date d'icelles; que
l'impression de ce Livre sera faite dans notre
Royaume & non ailleurs, & que l'Impetrant se
conformera en tout aux Reglemens de la Libr. &
notamment à celui du 10. Av. 1725, & qu'avant
de l'exposer en vente, le manuscrit ou imprimé
qui aura servi de copie à l'impression dudit Livre
fera remis dans le même état où l'Approbation
y aura été donnée, és mains de notre très cher &
féal Chevalier Garde des Sceaux de France le sieur
Fleuriau d'Armenonville, Commandeur de nos
Ordres; & qu'il en sera remis 2 exemplaires dans
notre Bibliotheque publique, un dans celle de notre Château du Louvre, & un dans celle de notre
très-cher & féal Chevalier Garde des Sceaux de
France le Sr Fleuriau d'Armenonville, Commandeur de nos Ordres; le tout à peine de nullité des
Présentes, du contenu desquelles vous mandons
& enjoignons de faire joüir l'Exposant ou ses
ayans cause pleinement & paisiblement, sans souffrir qu'il leur soit fait aucun trouble ou empêche-
ment. Voulons que la copie des Présentes qui
fera imprimée tout au long au commencement
ou à la fin dud. Livre soit tenue pour dûement
signifiée, & qu'aux copies collationnées par l'un

de nos amez & feaux Confeillers & Secretaires, foi foit ajoutée comme à l'original. COMMANDONS au premier notre Huiffier ou Sergent, de faire pour l'execution d'icelles, tous Actes requis & neceffaires, fans demander autre permiffion, & nonobftant clameur de Haro, Charte Normande, & Lettres à ce contraires : CAR tel eft notre plaifir. DONNE' à Paris le 28 Novembre l'an de Grace mil fept cens vingt-fix, & de notre Regne le douziéme, Par le Roy en fon Confeil, DE S. HILAIRE.

Regiftré fur le Regiftre VI. de la Chambre Royale des Libraires & Imprimeurs de Paris, N. 530. F. 421. conformément aux anciens Reglemens, confirmez par celui du 28 Fevrier 1723. A Paris le 3. Decembre 1726.

Signé, VINCENT, Adjoint.

---

# De l'Imprimerie de GISSEY.

www.ingramcontent.com/pod-product-compliance
Lightning Source LLC
Chambersburg PA
CBHW070548030726
47505CB00001B/206